Ce que m'ont dit les pierres

Ce que m'ont dit les pierres

> Pour l'essentiel, l'homme est ce qu'il cache,
> un misérable petit tas de secrets.
> *André Malraux*

Loïc Lacam

Ce que m'ont dit les pierres
© 2025, Loïc Lacam

Béta lecture et correction : Eléonore Affinito - 01960 Péronas

Illustration : Loren Bes - 07330 Barnas

Édition : BoD · Books on Demand, 31 avenue Saint-Rémy, 57600 Forbach, bod@bod.fr
Impression : Libri Plureos GmbH, Friedensallee 273, 22763 Hamburg (Allemagne)

ISBN : 978-2-3225-6158-2
Dépôt légal : avril 2025

* * * * * * *

Du même auteur :

4 Saisons d'Ardèche *(La vallée oublié)*

Recueil de poèmes illustrés paru aux éditions BOD, en mars 2020.

Remerciements

Ce livre n'aurait pu voir le jour sans le travail de mémoire effectué à la fin des années 80 par tout un village, avec la généreuse contribution des habitants de Burzet. Un grand merci à eux et à monsieur Pierre Janin qui fut l'instigateur de la collecte, oh combien précieuse, auprès des anciens, des traces orales, écrites et photographiques de ce passé et de la vie de « ce pays. » Ces éléments furent compilés dans les cahiers d'histoire et de tradition locale et plus tard dans le livre :
Pentes abruptes, paru aux éditions des œuvres laïques de l'Ardèche en 2005.

A la terre d'Ardèche, obstinée et magnanime, aussi âpre que douce, aussi sombre que radieuse, que l'on dit pauvre, mais dont la nature est inestimable.

A mon précieux ami et beau-frère Olivier, à Nelly mon amour de sœur, et à Agnès Valentin pour les siècles à venir.

A mon merveilleux carré d'as enfin, avec par ordre d'apparition : Léo, Tom, Jules et Matéo

La Malle

« D'où tu viens toi ? »

L'air terriblement éprouvé, un mulot s'approchait de Julien d'un pas hésitant, sans mesurer un instant le danger qui le menaçait. Au point qu'il tentait à présent d'escalader la chaussure lui barrant la route. Son grand âge et le mépris qu'il affichait des risques encourus firent sourire le géant qui se désintéressait déjà de ce petit sujet pour se préoccuper du passage qu'avait emprunté l'animal.
— *Mais dis-moi, tu es monté jusqu'au grenier par la façade ?*

La surface en pierre que l'homme s'appliquait à libérer d'un tas d'encombrants était en effet le mur rampant du pignon de la ferme, inscrit entre les deux pentes de la toiture.
Intrigué, Julien s'évertua à dégager un moellon en partie déjà descellé, situé à un mètre au-dessus du plancher.
Pour ce faire, il utilisa une barre métallique dénichée aisément dans le chaos de l'amoncellement des choses à ne pas jeter.
Le morceau de roche n'offrit qu'une faible résistance et se rendit sans faire de difficulté, en créant une trouée dans le mur. Julien qui s'était agenouillé s'étonna de ne pas voir le jour au travers de l'orifice.
Ce n'est pas encore le fond, songea-t-il en passant la main par le trou puis le bras entier jusqu'à l'épaule.
Il parvint finalement à sentir la pierre froide sous ses doigts.

« La façade ! »

— *Il y a bien une double paroi, un vide entre les murs,* murmura-t-il, en s'adressant à sa nouvelle amie ardéchoise.
La souris ne l'entendit pas, car elle avait fini par reprendre son « bonhomme » de chemin, sans attendre le résultat des fouilles.
— *Papa...*

La voix forte et timbrée de Manon monta du rez-de-chaussée et sortit Julien de sa réflexion.
— *Oui, mon ange, qui a-t-il ?*
— *On y va, maman veut voir si elle trouve un manteau à Aubenas pour l'enterrement. Nous ferons un arrêt à Lalevade, pour les courses en rentrant. Tu as besoin de quelque chose ?*
— *Vous ne mangez pas avec moi...*
Prends le Dauphiné s'il te plait, pour voir si l'avis de décès est paru, bisous, les filles...
Il ajouta : « *Et du pâté Marion de Saint-Martial, j'en ai envie.* »

Au travers du velux, depuis son perchoir, il vit monter dans la voiture et s'en aller sans se retourner les deux femmes de sa vie qui lui restaient encore. La troisième avait tiré sa révérence quelques jours plus tôt, « sans se retourner non plus ».
Après leur départ, son regard resta posé sur le pré qui remontait en pente régulière depuis la maison, vers la bordée d'arbres lui servant de clôture. Sur toute la périphérie du grand champ, les sapins enfonçaient leurs cimes ambitieuses dans le bleu d'un ciel aux reflets indigo.
Il prit ensuite le temps de considérer la longue soupente couvrant les deux tiers de la surface de l'ancienne ferme.
Comment est-il possible d'accumuler autant de choses inutiles et sans le moindre intérêt ? Il y avait là, pêle-mêle, des tuiles en réserve, des cassées et des pas cassées, les chevrons d'une ancienne charpente, des fagots de genêts fossilisés, des meubles de style « Louis caisse », des cartons emplis de trésors surannés

et tant de vieilleries... La tâche lui parut soudain immense, mais il s'était assigné la mission de regagner du terrain sur le passé en libérant de son engorgement le grenier de la maison familiale.

10 h 20, il se fixa jusqu'à midi et demi pour faire un premier tri. En débutant par le tas de bois, il ne pouvait pas se tromper, de plus, pas besoin de se rendre à la déchetterie des Estables, le tout serait brulé cet hiver dans la cheminée.
Il commença l'évacuation des premières brouettes en prenant soin de ne pas les surcharger et en empruntant la large porte nord, qui donne directement sur le terrain à l'arrière de la maison depuis le premier étage.
Ce travail n'était en rien déplaisant pour Julien, qui avait maintes fois constaté que débarrasser et ranger lui procurait une grande satisfaction, voir même du soulagement. Pris par son activité, il entrait et sortait du grenier dans un va-et-vient régulier. Les timides rayons du soleil de cette mi-mars l'encouragèrent à retirer son pull pour ne rester vêtu que de son tee-shirt, offrant ainsi son torse transpirant aux 10 degrés ambiants.

Que tu es belle, ma fille ! s'exclama-t-il face à la soudaine apparition. Son regard venait de rencontrer celui d'une biche de l'année qui l'observait fixement depuis la lisière du bois, sans avoir l'air étonné le moins du monde.
Les biches sont ainsi, elles ne donnent jamais l'impression d'être surprises. Mues par l'instinct de survie qui leur fait envisager tous les possibles, elles parviennent ainsi à trouver une échappatoire dans chaque situation.
La frontière entre le monde sauvage et celui des hommes est poreuse dans ces régions reculées. Chaque rencontre que vivait Julien avec un habitant de la forêt, le ramenait invariablement à son enfance. Le doux visage de sa mère dans les années bonheur lui revint en mémoire. Les vacances d'été à Pierrebelle, quand,

avec ses parents, ils partaient durant des après-midis entiers faire de longues promenades au bord de la Padelle ou dans les bois d'Aiguebelle et de Bauzon. Les jeux aussi dans sa cabane et les baignades dans la Loire près du pont de Rieutord avec ses amis du plateau, « les Pagel ».

Sur le coup de treize heures, la faim se fit cruellement sentir, il put une nouvelle fois mesurer combien son appétit augmentait sensiblement lors de chacun de ses séjours dans ces lieux d'authenticité et de vie. L'humanité n'est-elle pas au premier chef une espèce animale ? qui bien que très évoluée recouvre son essence et sa place, lors de chaque reconnexion avec les espaces naturels.

Quand il s'installa dix minutes plus tard à la table de la salle à manger pour prendre un encas, des tensions pesaient lourdement dans ses jambes et sur ses genoux. Est-il possible d'être aussi fatigué en ayant travaillé seulement une petite demi-journée ? se demanda t'il.

Ce repas vite avalé et l'instant de détente qu'il s'octroya lui permirent de se laisser aller aux divagations de ses pensées.

D'un animal à l'autre, après la visite de la biche en fin de matinée, Julien repensa à la souris venue à sa rencontre en toute insouciance dans le grenier.

« Le vide entre les murs ! »

S'il avait appris quelque chose des générations de paysans ardéchois qui avaient modelé ces campagnes et survécu dans les rigueurs de leurs petites montagnes :

« C'est qu'ils ne faisaient rien pour rien ! »

Chaque action était pesée, chaque effort devait être justifié et raisonné dans le respect de l'objectif premier : l'autosuffisance et la pérennité de la ferme. La construction de cette contre-paroi avait donc une fonction, tout du moins un sens.

Il dut prendre appui des deux mains sur les accoudoirs du fauteuil pour se relever. En remontant péniblement à l'étage par les escaliers intérieurs, Julien songea aux nombreux points communs entre lui et le mulot et surtout aux années qui commençaient à peser bien lourdement sur leurs organismes.
Il vérifia que la souris n'était pas dans les parages avant de se remettre à genoux devant la percée réalisée dans la matinée. Non pas qu'il éprouvât une quelconque crainte de ces petites bêtes, mais juste pour s'assurer qu'il n'allait pas l'écraser.

La lampe de son téléphone s'éclaira en faisant apparaitre les pierres de façade au travers du trou.
Le volume intérieur étant assez restreint, Julien crut d'abord se trouver devant un ancien conduit de cheminée. La couleur de la paroi en face de lui, écarta cette éventualité en un instant.
Après avoir une nouvelle fois joué les passe-murailles, il laissa retomber son bras dans le vide entre les deux parois. Sa main rencontra aussitôt une surface molle en tissu.
Immédiatement, une image lui traversa l'esprit.
En un éclair, l'explorateur retira son bras du trou.
— *Merde ! Le linceul d'un cadavre.*

Cette pensée, lui parut rapidement saugrenue et le fit même sourire, mais sa réaction et la frayeur ressentie n'étaient-elles pas un écho ? Une résonnance avec des espaces personnels intérieurs encore insoupçonnés.
Il devait en avoir le cœur net.
Sans se ménager et avec une énergie renouvelée, c'est armé d'une massette et d'un burin qu'il entreprit d'agrandir le passage vers « le cadavre dans le placard ».
— *Si les pierres ont des choses à dire, qu'elles parlent, ou bien qu'elles se taisent à jamais !*

La réflexion qu'il venait de se faire à haute voix lui parut pertinente et fort appropriée.
— *Elle est bien bonne, celle-là !*

À la faveur des derniers jours de l'hiver, au travers des deux velux de la toiture, le soleil dispensait des rais de lumière vibrants, venus ressusciter les vieilleries du grenier.
— *Si ma mère me voyait...*
Elle se dirait que sitôt disparue, son fils en profite pour entreprendre des fouilles dans la maison familiale, à la recherche d'un hypothétique trésor ! Une à une, les pierres se détachaient de la paroi, Julien les fit soigneusement rouler sur le côté, et les rassembla jusqu'à faire un tas. Ce ne fut qu'après en avoir dégagé une plus volumineuse que les précédentes qu'il aperçut le coffre.
— *Mais, c'est qu'il y a vraiment un truc là-dedans !*

Il sentit son rythme cardiaque et son excitation s'emballer, un sourire d'inventeur de trésors lui barrait le visage.
Ses mains s'activaient pour libérer les blocs qu'il ne prenait plus la peine de ranger. Sous ses yeux venait d'apparaitre, ou plutôt de réapparaitre une solide malle en bois ornée de larges ferrures et coiffée d'un sac en toile posé sur le dessus.
« *Le trésor de Pierrebelle.* »
Il n'eut pas la patience de terminer une ouverture suffisante, lui permettant de dégager la malle.
Son émotion fut malgré tout très vive, en extirpant le sac posé sur le couvercle, emmuré dans ce caveau depuis combien d'années déjà ?
Des vestiges de l'histoire de ce lieu et de l'histoire familiale remontaient à la surface après avoir traversé des décennies d'enfermement et de silence. L'idée l'effleura un instant d'attendre les filles pour terminer l'exhumation de ces témoignages du passé, mais il ne put se contenir.

Débarrassé de sa couche de poussière, le grand sac en toile de jute grossière livrait déjà ses premiers secrets.

En fait de trésor, ce furent d'abord de vieux habits que l'archéologue libéra de leur linceul. Un lot de vêtements d'homme : deux pantalons, une veste et trois chemises en tissus épais, considérablement usagées.

Si l'on en jugeait par la qualité et la vétusté de l'ensemble, il s'agissait d'un lot que l'on pourrait qualifier : « de style néorural, début XXe ». Sans parler des godillots troués aux semelles et de la paire de sabots qui les accompagnaient.

Il découvrit encore, soigneusement enveloppé dans du papier journal : un nécessaire de rasage et un peigne, deux livres, un opinel maladroitement gravé aux initiales BE, ainsi qu'une montre à gousset entamée par la corrosion.

— *Qui a bien pu avoir l'idée d'emmurer de telles antiquités ?*

La question était posée, la réponse n'allait pas tarder à lui parvenir.

Julien sursauta.

« *Maudit téléphone !* »

A chacune des sonneries de l'appareil, il ne pouvait s'empêcher de se sentir dérangé ou traqué. Sur la vitre de son iPhone apparurent les lettres lumineuses du prénom de son ami et associé Michel.

Il engagea la conversation directement après avoir décroché.

— *Comment vas-tu, Michel ?*

— *C'est à toi qu'il faut le demander mon beau, c'est quand les obsèques ?*

— *J'attends la confirmation, probablement vendredi matin…*

— *Tu sais que je ne pourrai pas monter, à cause du confinement !*

— *Oui, je sais Michel, de toutes les façons nous sommes limités à 30 personnes, la liste n'est pas simple à établir.*

— *Tu as pu la voir ?*

— *Même pas… Je crois que c'est ce qui est le plus désarmant.*

A cause du covid, la mise en bière a dû être effectuée le jour même à l'hôpital, sur le lieu du décès. Nous allons accompagner une boite au cimetière et je ne suis pas sûr que ma mère soit dedans !
— Ah ! Mon pauvre... Je suis vraiment désolé !
— Merci à toi, c'est gentil. Et pour le restau ?
— *Nous attendons l'allocution de Macron lundi, il se dit dans la profession qu'ils vont fermer les bars dès ce soir. Je n'envisage pas autre chose qu'un arrêt de l'activité pour nous aussi...*
Tu fais quoi en ce moment ?
— *Là... En ce moment... Je suis à un vide grenier.*

La conversation se poursuivit quelques minutes encore...
Les deux hommes se connaissaient de longue date, leur association lors de la reprise du restaurant n'avait fait que renforcer le lien amical étroit qui les unissait.
 Durant la conversation, de lourds nuages s'étaient installés durablement au-dessus de la ferme, une froideur soudaine avait envahi l'étage de la maison.
Julien venait d'être replongé dans l'intensité de la perte et la douloureuse réalité de l'instant. Marie, sa maman n'était déjà plus très lucide lors de leur ultime conversation téléphonique, une semaine avant son décès. Par la suite, elle avait vécu ses dernières heures terrestres inconsciente et seule, dans l'anonymat de sa chambre d'hôpital, derrière la bulle de plastique d'un respirateur artificiel. Il n'y a pas de fin de vie parfaite, songea-t-il.
Si ce n'est peut-être de partir pendant son sommeil, après avoir dit au revoir aux siens, en se laissant simplement aller pour ne plus jamais se réveiller.
Mais là, dans ces circonstances, c'était juste l'horreur !

Julien perçu soudainement le froid qui s'était emparé de lui, il se sentit mal et décida de descendre se réchauffer dans la maison.
Arrivé au pied des escaliers, il ne put réprimer un cri.

Une douleur vive, insoutenable, lui coupa la respiration, l'intérieur de sa poitrine fut comme déchiré en deux par le choc qui le terrassait.
Vacillant sous ce coup de boutoir, il tenait difficilement debout. La pression augmentait progressivement dans sa cage thoracique. Des gouttes envahissaient ses tempes, coulaient sur son visage et le long de son dos. La nausée, les sueurs froides, le souffle court, il ne connaissait que trop bien ces sensations, pour les avoir déjà éprouvés !

Ne pas s'affoler, *« mes cachets… »*

Garder son calme et ses esprits, ne pas tomber dans les pommes. S'allonger, oui c'est ça, s'allonger…

Ne pas tomber dans les…

Marie

« Y a quelqu'un ? Oh, oh ! »

La voix résonnait en écho dans l'imposant volume, le sol pavé de larges dalles de pierres couleur crème cliquetait sous les coups de talon nerveux de Mathilde. Avec la légitimité que lui procuraient ses innombrables venus dans la maison, elle traversa sans hésitation la salle à manger de l'ancienne ferme.
— *Y a quelqu'un, c'est moi...*
Houlà !
Hé ! Monsieur Julien...
Après un temps d'arrêt, les pas reprirent leur pétarade sur quelques mètres à un rythme plus soutenu. La visiteuse se retrouva rapidement à proximité du corps inerte du nouveau propriétaire des lieux.
— *Monsieur Julien, ho, ho, monsieur Julien...*

La pâleur de l'homme étendu au sol l'effraya.
Après avoir vérifié qu'il respirait encore, elle courut vers la cuisine pour y chercher un verre d'eau. Puis se ravisa à mi-chemin, en revenant sur ses pas, pour repartir l'instant d'après dans la direction opposée en suivant son idée première !
— *Mon Dieu, mon Dieu, mon Dieu !*
Au prix d'un effort conséquent, Julien venait de se redresser et s'était adossé au mur.
Les mots de Mathilde, dont il ne comprenait pas le sens, résonnaient lourdement dans sa tête, en lui procurant une sensation de confusion et de gêne.
— *Ça va, ça va, ce n'est rien, juste de la fatigue !*

— *Pas vous, monsieur Julien, pas maintenant ! J'appelle les urgences,* dit-elle en attrapant son sac à main.
— *Donnez-moi plutôt mes cachets, je vous prie. Dans la chambre, sur la table de nuit. Quelle heure est-il ?*
— *4 heures et quart.*

Le matin même, après le petit déjeuner, n'avait-il pas délibérément oublié de prendre ses bêtabloquants ?
A cause de cette sensation constante de fatigue qui l'habitait et de l'état de somnolence que le traitement lui procurait. Il se garda bien d'en parler à quiconque durant les jours qui suivirent.

Son téléphone à la main, investit de toute l'autorité que lui conférait sa fonction d'aide à domicile, en scrutant l'homme des yeux Mathilde hésitait à composer le 15, pour réclamer l'intervention du SAMU.
— *Vous pouvez vous vanter de m'avoir fait une belle frayeur !*
Lui dit-elle, avant de se lancer dans un monologue au sujet de toutes les fois ou lors de ses visites, elle avait eu l'occasion de trouver ses clients en détresse.
— *La France vieillit monsieur Julien et personne ne semble s'en préoccuper !*
— *Si vous le dites…*
— *Qu'est-ce qui s'est passé alors ? Vous avez fait un malaise ?*
— *J'ai trop forcé je crois, je ne m'en suis pas rendu compte.*
Ce matin, j'ai voulu débarrasser le grenier…
A propos, j'y ai trouvé des effets et de vieux objets, probablement ceux d'un de mes ancêtres.
— *Vous savez ! maman m'a toujours dit qu'il ne faut pas réveiller les morts, même en pensée, sinon après ils viennent vous tracasser.*
La gravité qu'exprimait le visage rond de l'énergique quinquagénaire lui parut aussi risible que son propos.

Depuis combien d'années la connaissait-il ?
Comment était-elle entrée au service de son père dans un premier temps, avant de s'occuper de sa maman ?
— *25 ans, monsieur Julien, ça fait 25 ans…*
Pardon, ça aurait fait 25 ans en septembre de cette année.
Mon fils avait 3 ans et votre papa allait sur ses 80 printemps…
Vous savez, vos parents, je les aimais beaucoup, elle crut bon devoir ajouter, *tous les deux.*
Julien, qui affichait des signes ostensibles de lassitude que ne voulait pas prendre en compte son interlocutrice, l'interrompit en levant la main dans sa direction.
— Mes parents vous ont toujours appréciée, Mathilde…
— *Je leur ai toujours rendu la pareille vous savez, je les aimais beaucoup. D'ailleurs, je suis désolé de vous parler de ça, à ce moment-là, mais…*
Marie, enfin votre maman…
— Eh bien quoi ?
— *Euh… Marie m'a dit qu'elle me donnerait les deux lampes du bahut de la salle à manger. Noter qu'elle me l'a dit y a un moment maintenant, mais je n'ai jamais osé les emporter pendant qu'elle était encore avec nous.*

Devant le visage défait de Julien, elle se ravisa.
— *Mais si vous pensez…*
— *Non, tout va bien Mathilde, si elle te l'a dit c'est qu'elle en avait le désir.*
Une demi-heure plus tard, l'Audi A1 couleur crème de Marie pénétrait sur le chemin de terre qui scinde en deux le grand pré de Pierrebelle. D'un pas décidé et alerte, malgré ses rondeurs, Mathilde rejoignit le véhicule qui finissait de s'immobiliser.
Elle s'adressa à ses occupantes au travers de la vitre.

— *Madame Aurore, ma petite Manon, je suis désolée de ce qui vous arrive. Tu sais Manon, je l'aimais beaucoup, ta grand-mère !*
— *Bonjour ! Mathilde, comment ça va ?*
— *Bien, merci.*
Au fait, Bastien te passe le bonjour, il t'embrasse.
Ah ! Aurore, je dois vous dire que votre mari vient de faire un malaise, il se sent mieux, mais j'ai quand même commandé le SAMU !
Julien qui avait retrouvé ses esprits, voulut rassurer son épouse et sa fille en se dressant sur ses jambes pour les accueillir.
Hormis la sensation de froid et sa faiblesse, il se sentait bien, suffisamment en tout cas pour se risquer à une plaisanterie.
— *J'espère que vous ne songez pas à faire coup double en m'enterrant le même jour que mamie Marie tout de même ?*
Ce serait un comble…

Sa femme qui n'avait pas la moindre envie de sourire ne releva pas la boutade. Dehors, la lumière alternative d'un gyrophare balaya l'herbe et la façade de la maison pendant un court instant. Déjà, l'urgentiste et le chauffeur étaient à pied d'œuvre pour s'enquérir de l'état de Julien.
— *En temps normal, nous aurions dû vous transporter jusqu'à Aubenas pour des examens complémentaires et une mise en observation…*
Mais vu les conditions sanitaires actuelles dans les hôpitaux, ce n'est pas envisageable.
Aurore prit les devants en interrompant le médecin…
— *Du coup, on fait quoi ? on attend la prochaine crise ici bien sagement assis sur le canapé !*
— *Ce n'est pas ce que j'ai dit madame. Apparemment, ce n'est qu'un coup de fatigue. Alors aucun stress et du repos pour le monsieur, pensez à vérifier régulièrement sa tension.*

En faisant montre d'un surcroit d'autorité, il ajouta.
— *Je vous ai déjà expliqué que l'hospitalisation n'était pas possible en l'état ! Prenez contact avec son cardiologue pour les examens de contrôle.*
Tout en finissant de décharger les courses, Mathilde salua l'urgentiste et Gérard le chauffeur de l'ambulance, au moment de leur départ. Alors qu'elle déposait les derniers sachets sur la table de la cuisine, elle se fendit d'un :
« ça va aller, il est costaud, monsieur Julien. »

Avant de s'étonner ouvertement de la quantité de provisions ramenée par les deux femmes. Bien qu'un peu agacée par l'aplomb de Mathilde, Aurore lui expliqua qu'une collation était prévue avec la famille et les proches le vendredi midi, juste après l'enterrement. Puis elle la remercia sincèrement pour son intervention et son assistance auprès de son mari.
— *En fait, je n'étais pas montée de Burzet pour ça, vous pensez bien ! Mais pour vous saluer et vous parler de votre belle-mère... Enfin de ce qui s'est passé, à la fin !*

Dès qu'ils furent tous installés dans la cuisine, Mathilde fit le récit détaillé des dernières heures passées avec Marie.
Les problèmes, comme elle le dit, avaient commencé dix jours auparavant.
— *C'était le 4, le mercredi, le jour où j'ai téléphoné à monsieur Julien. Quand je suis arrivée à 9 heures, elle m'a expliqué que depuis la veille ça n'allait pas très fort.*
Votre maman ne se plaignait jamais, du coup j'ai compris qu'en fait « ça n'allait pas du tout ! »
— *Nous avons plaisanté en disant que ce n'était rien, juste le covid. En fait, elle ne pensait pas si bien dire, c'était le covid 19 !*

Le visage de Manon se figea sous un rictus de douleur, sa grand-mère, sa douce mamie. Sa « mère-grand » comme elle se plaisait à l'appeler quand elle croyait encore au loup.
Ce loup qui pendant toutes ses années de prime enfance ne sortit d'ailleurs jamais du bois voisin d'Aiguebelle, pour entrer dans la maison de ses grands-parents.
Un silence pesant envahit la pièce, devant l'émotion ambiante et les mines défaites de son auditoire, Mathilde ne put qu'interrompre son récit.
Manon lui demanda dans un sanglot :
— *Elle est rentrée quand, à l'hôpital d'Aubenas ?*
— *2 jours plus tard, après le résultat du test. Mais c'était déjà plus ça. Elle était très faible, ses poumons étaient touchés.*
Julien renchérit :
— *Oui, je l'ai eu au téléphone le vendredi soir, après son admission, son souffle était court. Elle n'arrivait pas bien à s'exprimer, le médecin a parlé d'insuffisance cardiaque.*
— *Je crois que dimanche dernier elle n'était déjà plus consciente, c'est ce que m'a dit Agnès, une amie infirmière qui m'a donné des nouvelles à chacune de ses gardes.*
Après ce jour, mes pauvres, elle ne s'est plus réveillée.

Avec un naturel désarmant et sans malveillance aucune, l'aide à domicile venait d'asséner le coup de grâce à la famille Bourillon. Aurore prit Manon dans ses bras au plus fort de la crise de larmes. Dans la mesure ou même Mathilde pouvait comprendre la situation, le silence s'installa dans la pièce.
Gênée peut-être, elle se leva pour aller récupérer ses affaires dans la salle à manger, avant de prendre congé.
— *C'est toujours trop tôt*, dit Julien à mi-voix. *Mais 86 ans c'est un bel âge me semble-t-il. Elle a bien vécu, même si elle est restée trop longtemps seule dans les dernières années…*

C'était une mamie douce et aimante, une femme aussi raffinée qu'attentionnée, c'était ma maman !

Tout à coup, la surprise et l'incompréhension remplacèrent la tristesse dans le regard de Manon. En se retournant, Julien aperçut Mathilde dans l'embrasure de la porte.
Elle portait son sac à main en bandoulière et les deux lampes, récupérées sur le buffet de la salle à manger calées sous ses bras.
— *Je dois vous laisser, il me reste une visite à faire en soirée.*
Je viendrai dire au revoir à votre maman vendredi à l'église.
Ne vous dérangez pas !
Sitôt la femme sortie, Manon effarée ne put se contenir.
— *Elle va où, avec les lampes de mamie !?*

La ferme de Pierrebelle est posée en bordure sud du plateau ardéchois, à 1200 m d'altitude, sur la commune de Burzet.
Elle se trouve cependant à bonne distance du village lui-même, que l'on aperçoit plus bas, à une altitude de 600m. Planté aux pieds de ses montagnes, dans la vallée de la Bourges.
En empruntant la route départementale D289 qui maintient le lien entre ces deux mondes, Mathilde songea à Emilien et Marie.
A leur relation si enrichissante qui traversa un quart de siècle et à la générosité dont ils firent preuve jusqu'au bout à son égard.
Comment ne pas se sentir dévastée en ce jour ?
En sachant que lors de ses prochaines venues à la ferme, au moment de franchir le seuil de la grande maison, Marie ne serait plus là pour l'accueillir et la faire entrer chez elle.
« *Je te dis que j'ai trouvé un trésor à Pierrebelle !* »
Un peu, parce qu'il en mourait d'envie et beaucoup pour changer les idées aux filles, Julien s'employa à faire un compte-rendu détaillé de sa matinée et des trouvailles archéologiques faites au grenier.
Aurore mit un frein à l'enthousiasme de son mari.

— On verra ça demain, hors de question que quelqu'un remonte là-haut ce soir.
Nous avons eu notre quota d'émotions pour la journée !
Avant de lancer la préparation du repas, elle s'appliquait à trier le contenu des sacs de course en veillant bien à ranger chaque chose à sa place, c'est-à-dire à celles que leur avait assignées Marie.
En chassant sans ménagement les dernières lueurs du jour, à l'extérieur une nuit profonde envahissait l'alentour, une nuit froide de fin d'hiver, une nuit d'étoiles.
Le lendemain matin, un peu avant 7 heures, Julien étalait amoureusement la confiture de framboise maison sur sa tartine, en sirotant son premier café.
Le meilleur de la journée, comme il se plaisait à le dire.
Un chapelet d'images lui revenait en mémoire : le plateau figé sous la neige des Noëls de son enfance, ses pas sur les dalles de carrelage glacées à l'aube d'un 25 décembre, l'attente interminable du réveil des parents.
Et sa course folle enfin, au moment du top départ de l'ouverture des cadeaux, que seul Emilien son père était en mesure de donner.
Tout son univers…
Sa carabine de cowboy, son premier vélo Peugeot avec lequel il fit plusieurs « tours de France » entre les villages des Sagnes et Goudoulet, de Lachamp Raphaël et de Sainte-Eulalie, en poussant même parfois jusqu'au Cros de Géorand.
Le train électrique Jouef aussi, qui n'eut jamais le loisir de faire autre chose que de courts trajets circulaires sans prendre aucun passager à son bord.
Toutes ces heures, tous ces visages, ces objets, ce lieu, la somme hétérogène et bariolée de ses premiers rêves : ses origines.

Lassé d'attendre, il finit par s'assoupir mollement sur un des deux canapés du salon, jusqu'à ce que les lèvres d'Aurore viennent se poser sur les siennes en le sortant de sa léthargie.

Un baiser coutumier entre eux, un petit bisou volé qu'ils avaient baptisé « très sobrement » le réveil de la princesse ou du prince c'était selon.
Julien pensa, ça y est, le feu vert pour les cadeaux…
L'ouverture de la malle !
— *Une dernière chose, on ne montera qu'une fois que tu auras pris ta tension !*
— *C'est fait mon amour : 15,4 juste après le petit-déj !*

Une chaise paillée fut assignée au père de famille à proximité du lieu des fouilles, avec l'interdiction pour lui d'y participer ou de se laisser aller aux émotions.
C'est donc Aurore et sa fille qui se chargèrent, non sans peine, d'agrandir la percée dans la paroi permettant d'en exhumer le contenu. Pendant que ses femmes étaient à leurs travaux, il prit le temps de parcourir les vieux journaux ayant servi d'emballages sommaires aux objets du grand sac.
— *6 novembre 1926…*
— *Et bien quoi* 1926 ? répliqua Aurore, une lourde pierre dans les mains.
— *La malle n'a pas pu être emmurée avant le 6 novembre 1926, nous avons un premier indice…*

Le désir de participer au chantier de fouilles fut trop fort pour Julien, qui profita de la conversation pour se relever de sa chaise, avec l'idée d'apporter son aide et d'accélérer les manutentions.
Econduit sans ménagement, il fut prié de se rasseoir.
Une demi-heure plus tard, c'est malgré tout, forte de tous ses membres que la famille Bourillon parvint à dégager le grand coffre qui n'attendait plus qu'une chose désormais : « Livrer ses secrets ».
Manon eut l'insigne honneur de soulever le couvercle bombé de la malle, dont les charnières ne grincèrent même pas à l'ouverture.

Comment décrire la sensation d'exaltation mêlée de curiosité ? au moment d'opérer cette plongée dans le temps, aux confins de la mémoire familiale.

Un drap de lin brodé portant un monogramme sobrement orné des lettres **MC**, couvrait le contenu du grand coffre.

En soulevant le linge bruni par l'usage intensif et le siècle écoulé, Manon mit à jour le portrait qu'il recouvrait.

Dans son cadre en bois trônait la photographie du buste d'un soldat, coiffé de son képi à visière. Le beau moustachu à la fière allure semblait avoir attendu cet instant depuis toujours.

— Ce doit être Emile, le grand-père !

Sitôt sorti de sa cachette, l'homme regardait fixement sa descendante, qui répondit à son père sans parvenir à quitter l'ancêtre des yeux.

— Le grand-père de qui ?
— Le mien, le père de papi : « Emile Bourillon. »
— Tu te souviens de lui ?

La question de sa fille fit sourire Julien.

— Impossible, je ne l'ai pas connu, ton grand-père non plus d'ailleurs. Emile est mort pendant la guerre de 14–18, je ne sais même pas si lui-même a rencontré son fils un jour.
— Il est beau, c'est mon arrière-grand-père alors…
C'était un héros ?
— Ils étaient tous des héros, tu peux me croire !

Derrière la vitre, le regard franc et volontaire du militaire dans la pleine force de l'âge, avait le pouvoir de vous pénétrer jusqu'à l'âme et de vous captiver.

Totalement investie de son rôle d'enquêtrice, Manon s'étonna que dans les deux lettres brodées sur le drap on ne retrouve pas le B de Bourillon.

Sa mère lui fit remarquer qu'à cette époque il était d'usage pour les jeunes filles de préparer leur trousseau des années avant leur

mariage. Elles étaient généralement aidées pour cela par les autres femmes de la famille. Ne sachant bien évidemment pas à l'avance l'identité de leur futur époux, ce sont leurs initiales que les brodeuses inscrivaient sur le linge de maison.
« *Elle s'appelait Marthe, Marthe Chabanel.* »

Le nom de famille énoncé par Julien résonna étrangement dans le volume mansardé du grenier.
Par strates géologiques successives, la malle livra le reste de son contenu :
- les deux pièces principales d'un uniforme de fantassin de la Grande Guerre, composé du lourd manteau bleu flanqué de ses rangées de boutons rutilants, ainsi que le fameux pantalon rouge-garance, tellement voyant qu'il transformait les soldats français en cibles de foire au début du conflit.
Pour parer à cela, après la première bataille de la Marne, cet uniforme fut progressivement remplacé par un ensemble uni, couleur bleu horizon, supposé se fondre dans le paysage et les tons azur. Ils trouvèrent ensuite, un drapeau tricolore orné de franges dorées sur son pourtour, un morceau d'étoffe très éprouvé et en partie déchiqueté, sur lequel on pouvait encore lire :

République
Française
61e Régim
D'infan

- Un bracelet composé d'une chaine rudimentaire sur laquelle était montée une plaque d'identité militaire de forme ovale, portant l'inscription : Bourillon Emile — 1904.
- Un lot de 4 carnets emplis d'annotations, de dates et de dessins, que feuilleta brièvement Aurore.

- Une quantité importante de lettres, réunies en plusieurs paquets enrubannés de feutrines multicolores.
- Des documents militaires ainsi qu'un cahier d'instruction à l'attention des élèves gradés.
- Des livres de toutes sortes : des romans, trois recueils de poésie, le fameux Cyrano de monsieur Rostand qui pourrait à l'envi être rangé dans l'une ou l'autre de ces deux catégories, un précis d'agriculture en saison, l'Almanach Vermot de 1912 et d'autres encore, inclassables.

Outre le portrait d'Emile et les photographies de régiment, sur lesquelles posaient fièrement de bien trop jeunes soldats.
Dans les pages d'un des ouvrages, ils découvrirent également une photo de famille prise à l'occasion d'un mariage d'antan. Un instantané de vie saisit devant une grande bâtisse en pierre dont les ouvertures avaient, semble-t-il, été soigneusement comptées lors de sa construction, un bâtiment malgré tout aisément identifiable : La ferme de Pierrebelle.
Une tristesse inattendue envahit Julien, devant les vestiges de l'histoire familiale étalés face à lui dans la poussière du grenier. Un sentiment ambivalent, entre chagrin et joie, un monde d'émotions entremêlées qu'il ne parvenait pas à déchiffrer…
Mais qu'une larme vint sanctifier.
Aurore, que la chasse au trésor n'amusait que modérément, prit conscience du trouble de son mari, avant de s'exclamer.
— *Allez, ça suffit pour le moment, laissons tout ça ici, nous reviendrons un peu plus tard. On a bien mérité un petit café.*
Oust, tout le monde descend !
— *Tu peux m'expliquer pourquoi ils ont emmuré la malle ? Pourquoi n'a-t-elle tout simplement pas été rangée au grenier avec le reste ? C'est dingue, papa n'a jamais eu connaissance de son existence, il a vécu toute sa vie à côté d'objets ayant appartenu à son père, sans le savoir. Quelle tristesse !*

Gentiment poussé par son épouse et sa fille pendant sa réflexion, l'homme eut juste le temps avant de s'exécuter, de saisir à la volée le paquet de lettres qu'un ruban rose framboise emprisonnait.
Le bruit et l'odeur des grains torréfiés moulus par la machine expresso emplissaient la pièce. Sur le plan de travail de la cuisine, deux tasses en grés recevaient leurs volumes serrés d'arabica costaricien infusé à haute pression.
Sans attendre son café, Julien dénoua l'étoffe enserrant une vingtaine d'enveloppes et de cartes postales jaunies. Dès que le vacarme du broyeur cessa, il entreprit leur lecture à voix haute.

8 janvier 1907

Monsieur Emile,

Nous avons été très heureux d'avoir de vos nouvelles et vous remercions pour vos bons vœux.
Notre santé est très bonne à tous, aussi celle de mon frère Joseph qui se remet d'un coup de froid.
Je profite, d'avoir maintenant votre adresse pour vous répondre, et de vous envoyer nos meilleurs vœux pour la nouvelle année et mon bon souvenir.

Marthe de la ferme Chabanel (à Burzet)

Julien enchaina la lecture d'une seconde lettre sans attendre…

Le 27 avril 1907

Monsieur Emile,

Pour terminer de vous rassurer complètement, comme je vous l'ai dit dans ma dernière lettre, l'affaire de l'inventaire de l'église, de l'an passé s'est tassée depuis belle lurette.

Il y a long que le sujet n'est plus parlé ici et cette bagarre aura au moins eu l'avantage de nous faire connaitre.
Si cela vous ravit, je suis aussi heureuse de savoir que vous serez bientôt libéré de votre devoir militaire et que vous quitterez le service comme caporal.

Je ne -- répondre mieux à votre question qu'en vous disant que je suis née en 1888 pendant le mois de mai, les formalités se sont faites après. J'ai été inscrite sur les listes à l'église vers la fin de ce mois-là pour le baptême.
Maman dit que c'était un peu après la fête de la Sainte Vierge.

Vous devrez me donner votre adresse pour les envois d'après l'armée, dans votre prochaine lettre.

Je vous prie de croire à mes bons sentiments.

Marthe   de la ferme Chabanel

Alors qu'il était sur le point d'entreprendre la lecture d'un nouveau courrier, Julien releva les yeux par-dessus ses lunettes pour écouter Manon s'étonner des termes de la lettre de Marthe.
Il lui expliqua que les tensions au sujet de l'inventaire des biens de l'Eglise de 1906 n'auraient pu être qu'un épisode cocasse de notre histoire, s'il n'y avait eu dans beaucoup de régions, des débordements de violence douloureux et même des morts.
Lors de cette période de laïcisation de la France, deux courants politiques forts s'opposèrent durant près de trois décennies : les républicains un tantinet anticléricaux et les défenseurs de l'ancien régime, mus en partisans de la chose religieuse et de ses bénéfices pour la société, l'éducation, et les bonnes mœurs.

— Je te reparlerai de cette année-là, et surtout des événements de l'inventaire de l'église de Burzet, qui fut un tournant décisif dans la petite histoire de notre famille.
Ton grand-père m'a souvent raconté cet épisode que tu as déjà dû entendre sans pour autant le retenir. Mais là, je vais devoir partir, il faut que je descende au village. J'ai rendez-vous avec le prêtre après la messe, pour la préparation des obsèques.
— Attends-moi s'il te plaît ! Je veux venir avec toi.
Assise au bord du petit ruisseau qui longe la propriété, son téléphone dans une main, une cigarette dans l'autre, Aurore terminait sa conversation.
— Je te laisse... Oui, je t'embrasse fort...
Je rentrerai dans une dizaine de jours, après l'enterrement, le mardi ou le mercredi sûrement...
— On y va !
S'exclama Julien qui venait de retrouver son épouse.
C'était qui ?
— Maman prenait des nouvelles, elle t'embrasse...

Sans même parler de son authenticité et de sa situation privilégiée au cœur du tout nouveau parc régional naturel des Monts d'Ardèche, le village de Burzet possédait un atout inestimable aux yeux de Julien, un bien suprême dont ses habitants ne mesuraient peut-être pas la rareté. Il était resté dans son jus !
Cet Ardéchois « de souche », né à Marseille d'un grand-père aixois, faisait souvent le parallèle entre les antiquités de grands prix et certains lieux dont la patine avait été préservée.
En même temps qu'à l'épreuve des siècles, le petit bourg avait su résister au modernisme et aux assauts du progrès, à ce formica chanté par un tout proche voisin des lieux, monsieur Jean Ferrat.
Et que dire de la beauté de la Bourges ?

Cette rivière jadis si impétueuse, considérablement assagie désormais par les murs qui la bordent et la diminution chronique des précipitations météorologiques.
Le cours d'eau partage le village en deux hémisphères, une scission entre ses pôles, qui correspondit très longtemps à un schisme entre deux franges de sa population qui eurent, semble-t-il, toutes les peines du monde à coexister : huguenots et catholiques.
La transmission orale rapporte qu'au XVIe siècle, après l'écrasante « victoire » sur le sol de France de l'Eglise romaine sur le protestantisme, en point d'orgue de ces affrontements, des exactions furent commises au cœur même de la bourgade. Allant jusqu'à la démolition pierre par pierre du temple protestant et de son cimetière.
Le conflit et ces tensions religieuses disparurent de la mémoire collective avec le temps. Ne subsiste aujourd'hui, du temple et de ces heures troubles, que le nom que porte encore la grande place où il fut édifié et semble-t-il rasé jusqu'à ses fondations.
Comme partout, les tensions et les combats ont perduré, sous des formes différentes avec de nouveaux visages et bien évidemment pour d'autres « excellentes » raisons.
La rivière rythme plus qu'il n'y parait la vie de la petite localité, de son tambour entêtant à la faveur des crues printanières, quand ses vagues se fracassent sur la roche. Et de sa chanson limpide et fraiche quand elle retrouve sa candeur et sa bonhomie, pour redevenir un coin de baignade et de pêche à la truite.
Au fil de l'eau, les façades en pierres des maisons et les murs se renvoient l'écho du chant de la Bourges, d'un bord à l'autre et d'une saison à celle qui lui succédera.
L'église Saint-André de Burzet est située rive droite, « du côté catholique » bien sûr, si l'on se réfère à l'épisode de guerre religieuse qu'ont connu ces vieux murs.

A la fin de la messe, Manon et son père saluèrent la poignée de fidèles sur le point de se disperser, avant de rejoindre le prêtre dans la sacristie. En remontant l'allée centrale dessinée par de massives colonnes en pierre de taille, Julien prit davantage encore la mesure de la situation, il se souvint de l'enterrement de son papa des années plus tôt et de l'affluence dans la paroisse ardéchoise.

Dans quelques jours, sa maman s'en ira comme elle a vécu, songea-t-il, en toute discrétion et ainsi qu'elle le disait souvent elle-même :

« Sans vouloir déranger ! »

L'entretien, qui dura une petite demi-heure, sembla un peu impersonnel à Julien, mais qu'est-ce qui ressemble plus à un enterrement qu'un autre enterrement, se dit-il ?

L'échange fut ponctué par l'évocation de l'inventaire des biens de l'Eglise de 1906, le prêtre leur confia que cet épisode de l'histoire locale l'avait jadis, grandement intéressé.

— Oui avec plaisir, prenons rendez-vous...
Je serai heureux de partager ce que l'on m'en a dit, avec vous, d'autant plus si vous pouvez m'en apprendre aussi...

La curiosité du curé réjouit Manon, tout comme l'intérêt qu'il portait à la malle et au souvenir d'Emile son arrière-grand-père, pour la mémoire duquel il proposa même de dire une messe.

La dépouille froide et inerte de Marie séjournait dans la chambre mortuaire de l'hôpital d'Aubenas depuis tout ce temps.

Ce vendredi 20 mars à 9 heures du matin, accompagnés par le service des pompes funèbres, les Bourillon se présentèrent pour la levée du corps. Les formalités ayant été préalablement effectuées, le petit cortège se mit en route rapidement pour couvrir les 26 km qui séparent le chef-lieu de canton du village.

Quelques jours plus tôt, la maman de Julien avait entrepris son dernier voyage, le plus incertain…
Celui qui voit chacun de nous, quand son heure est venue, se glisser subrepticement derrière le rideau des apparences.
Aujourd'hui, cet ultime voyage, c'est son corps inanimé qui le faisait, sa dépouille mortelle comme il est d'usage de le dire.
« Burzet 2 minutes d'arrêt ! »

Même si un projet voisin de voie ferrée « La Transcévenole » vit le jour dans la région au tout début du XXe siècle, il fut définitivement interrompu au sortir de la Première Guerre. Jamais, bien sûr, un train ne fit halte dans ce coin sauvage qu'un rideau de montagnes « en-châtaignées » rend presque impénétrable.
Burzet, 2 minutes d'arrêt, était pourtant la phrase mille fois répétée par Emilien, lorsqu'il stoppait sa voiture à son arrivée dans le bourg.
« Burzet, 2 minutes d'arrêt ! »

L'expression s'échappa naturellement de la bouche de Manon lorsque son père coupa le contact de la voiture à hauteur du numéro 11 de la rue neuve, le long du parapet qui surplombe la rivière.
Alors qu'il s'extirpait de son véhicule, Julien entendit sonner les cloches de l'église. Pas la sonnerie habituelle qui appelle les ouailles à participer à l'office dominical, mais les trois notes ad libitum du glas. Ce tintement plus sombre et plus pesant, « qui vous plonge directement dans l'ambiance. »
Dès qu'ils furent arrivés en haut de la rue, les Bourillon s'engagèrent sur la petite portion de calade en pente raide qui rejoint le parvis. Le corbillard de la société des pompes funèbres stationnait au milieu du groupe restreint des proches.

Le coffre, grand ouvert du monospace à la teinte de circonstance, laissait entrevoir une poignée de portage en métal blanc fixé sur le bois d'un cercueil verni à l'excès.
Depuis le porche de l'église, d'un effet de manche, le prêtre invita les six hommes à le suivre. Leurs pas rythmés par la chanson « One More day de Sinéad O'Connor », les conduisirent jusque devant l'autel.

C'est là qu'au signal ils purent se soulager du cercueil contenant le corps de Marie Alexandra Bourillon née Maurel, en le déposant sur deux tréteaux devant l'autel, et aussi :
— *En le confiant à Dieu.* Comme l'affirmera un peu plus tard le curé, les bras grands ouverts.

Le front bas, en réajustant sa veste de costume, Julien vint s'asseoir entre sa femme et sa fille. Aurore, murmura un
— *Ça va ?*
Auquel il répondit, d'un hochement de tête en fermant ses yeux rougis. Le texte de l'éloge funèbre, dont la rédaction avait été achevée très tardivement la veille, tremblait tout autant que la feuille de papier que tenait Manon.
Debout, derrière un pupitre trop haut pour elle, l'unique petite fille de Marie essayait de contenir ses larmes, en articulant péniblement des mots, dont à présent elle ne comprenait plus le sens.

Les paroisses de village présentent un avantage non négligeable, une formule « tout en un ». Dans la mesure où le cimetière est attenant à l'église, il n'y a pas de trajets à faire jusqu'au lieu d'inhumation. Tout se fait sur place !
Cette dimension locale « quasi artisanale » plaisait beaucoup à Julien, un enterrement à l'ancienne en quelque sorte.

Il n'aurait pas voulu que cela se passe comme dans les grandes villes, au cimetière Saint-Pierre de Marseille par exemple, où les urnes funéraires sont rangées sans poésie aucune, dans de minuscules placards agencés sur les pans de longs murs glacés. Des boites, les unes à côté des autres avec au-dessus et au-dessous, d'autres boites identiques…
Des lapins dans un clapier !

En ouvrant sa main pour laisser tomber une poignée de la terre d'Ardèche sur le cercueil, il se dit que même les fins ont une fin, une limite ultime !
Une frontière immatérielle que pose la vie, qui ruine à jamais les rapports entre les êtres sous la forme que nous leur avions donnée. Ce fils sut que cette extrémité était atteinte dans la relation avec sa mère.
Dans le même temps, Aurore adressa un petit coup de menton à l'attention de Manon, en direction d'une plaque que celle-ci avait repérée depuis un moment déjà. Un carré de métal émaillé fixé en bas à droite sur la pierre du caveau familial, portant l'inscription :

In memoriam
Bourillon Emile
Mort à Verdun
au champ d'honneur
Le 23 juin 1916

« Vous savez, je les aimais beaucoup vos parents ! »

Toute pimpante, dans sa robe « fuseau » noire, Mathilde retrouva le fils de Marie au sortir du cimetière.
L'homme bedonnant qui l'accompagnait acquiesça d'un signe de tête aux propos de sa voisine, avant de s'avancer la casquette à la main, pour présenter ses condoléances.

Persuadé de l'avoir déjà rencontré et gêné de ne pouvoir mettre un nom sur ce visage, Julien préféra demeurer dans l'incertitude.
— *Vos parents ont toujours été très généreux avec moi, votre maman était une sainte femme, qu'elle repose en paix.*
— *Merci Mathilde.*
Une sainte femme, je ne sais pas, je sais seulement qu'elle s'efforçait à ne pas dérogeait à ses valeurs, à sa ligne de conduite.

— *Je vais embrasser Aurore et la petite, excusez-m...*
Sans même avoir pris le temps de terminer sa phrase, Mathilde filait déjà à grandes enjambées vers la porte sud du cimetière.

— *Monsieur Bourillon, vous imaginez bien qu'en raison du confinement de ce mardi, nous ne pourrons pas procéder à la succession avant un bon moment, semble-t-il.*
Sachez que je suis le premier à le regretter, il ne faut pas laisser trainer ces affaires !

— *Maître Chouffard !* Julien qui venait de recouvrer l'identité de son interlocuteur poursuivit :
— *Effectivement, je n'avais pas envisagé cet aspect des choses, et vous pensez que nous pourrons le faire quand du coup ?*
— *Ce sont messieurs Edouard Philippe et Macron qui le savent, seuls eux pourraient nous le dire ! Ils ont parlé d'une durée de confinement d'un mois et demi, deux tout au plus, nous verrons bien... Ce n'est qu'à ce moment-là bien sûr que nous pourrons évoquer les dernières dispositions prises par votre maman.*

Pressé par les amis et les membres de la famille, Julien ne put prolonger l'échange avec le notaire, qui s'effaça de lui-même sans plus rien ajouter. Des bises « prépandémiques » claquaient déjà de joue en joue, sans que leurs auteurs se soucient le moins du monde des risques encourus.

Firmin

« Grâce à Dieu ça redescend, j'en ai plein les godasses ! »

La formule de « Rata, » qui n'avait rien d'original traduisait le sentiment de tous les hommes.
En s'éloignant de Saint-Cirgues en montagne ce samedi 24 novembre 1906, la petite compagnie du 61e de ligne s'engageait sur le chemin des Oulettes en direction de « Buzet, » comme venait de dire un lieutenant, en escamotant le nom du village.
En ce début d'après-midi, les rayons du soleil parvinrent enfin à percer l'épais matelas de nuages en faisant remonter la température ambiante, ainsi que le moral des soldats sur le point de quitter le plateau ardéchois. En tête de colonne, juchés sur leurs montures, les officiers s'assuraient de l'itinéraire pour que la troupe se retrouve comme convenu, à 3 h 45, au rendez-vous fixé devant l'église.
Mis à part sur quelques tronçons du parcours, le chemin étroit ne permettait pas un passage à deux de front. Durant leur descente en file indienne, les 3 amis de régiment tentèrent malgré tout de poursuivre leur conversation, en élevant la voix.
– Va savoir encore où nous dormirons ce soir.
– A la belle étoile comme avant-hier ?
– Au mieux sur le foin d'une grange, répondit Emile.
– Dormir, ça se fera toujours même si c'est dans la paille, moi c'est le manger qui me tire soucis…
— Tu n'es qu'un ventre Rata ! Si tu n'arrêtes pas de réfléchir avec ton estomac, tu finiras bien un jour par peser tes 240 livres.

Depuis son tout jeune âge, Ferdinand Jobert alias Rata, s'était vu affubler de ce sobriquet qui lui allait comme un gant.

Le surnom attribué à ce Marseillais débonnaire, avait pour origine son appétit sans bornes et son gout immodéré pour les ragouts et la ratatouille, d'où il était tiré.

La chanson des gourdes et des gamelles en fer-blanc dansant au-dessus du sac à dos des hommes reprit, en accompagnant leur dégringolade vers le fond de la vallée. La petite compagnie forte d'une centaine de soldats et d'une dizaine de gendarmes venus la compléter, terminait sa marche vers l'étape du soir.

Les hommes aperçurent enfin le clocher-peigne de l'église Saint-André. La vision de la maison de dieu, ordinairement si sécurisante, entrainait chez eux depuis quatre jours un stress certain et un surcroit de tension.

Au lieu-dit Laligier en contrebas du calvaire local, les militaires firent une dernière halte au bord du ruisseau, afin de remplir leurs gourdes et de recevoir les ordres.

L'officier, le brigadier de gendarmerie et l'agent du fisc qui était le seul à connaitre les lieux établirent de concert un plan d'action où les rôles dévolus à chacun furent soigneusement répartis.

Peu après, le visage fermé, le lieutenant s'adressa à ses hommes avec une gravité de circonstance :

— Le Bourg compte près de 2800 habitants et nous sommes attendus de pied ferme par une bonne partie d'entre eux. Cela signifie qu'il risque encore d'y avoir des débordements et des incivilités...

Je vous demande à nouveau de ne pas répondre aux provocations et aux insultes et de n'écouter que les ordres !

N'oubliez pas qu'au terme de l'inventaire, les villageois ont un devoir d'hospitalité envers la troupe. Vous passerez la nuit chez l'habitant par groupe de deux.

Débarqué du train à Aubenas le 19 novembre 1906, ce détachement du 61ᵉ régiment d'infanterie d'Aix-en-Provence, appuyé par les hommes du 7ᵉᵐᵉ génie d'Avignon, ainsi que par des brigades de gendarmerie, venait terminer le travail entrepris neuf mois plus tôt. En effet, depuis une petite semaine, la troupe parcourait à pied les routes d'Ardèche et de Haute-Loire, à raison de 40 km par jour, avec la mission de faire appliquer manu militari, le décret du 29 décembre 1905 relatif à la séparation de l'Eglise et de l'état, de la loi votée le 9 du même mois.
1000 hommes au total furent mobilisés et répartis en plusieurs sections, pour sillonner la région jusqu'au parfait achèvement de leur tâche.

— Tout ce remue-ménage pour 2 calices et 3 encensoirs…

Nans, cet agriculteur provençal originaire de Pertuis, exprimait une nouvelle fois son incompréhension de la situation. Emile lui exposa son point de vue.
— Ce n'est pas la question de ce qu'il y a dans les églises ! Une loi a été votée, notre mission est de la faire appliquer. Sans ça, c'en est fini du parlement et de la IIIe République !
— Tu sais Bouillon, répliqua Rata, *ils peuvent bien dire ce qu'ils veulent au gouvernement, la tradition c'est sacré !*
Emile Bourillon, surnommé « Bouillon », poursuivit son exposé.
— Il ne s'agit pas d'une remise en question de la religion, mais juste de clarifier la frontière entre l'Eglise et l'état. Force doit rester à la loi !
Le jeune homme de 22 ans venait de clore le débat et d'écarter toute autre alternative. L'inventaire des biens mobiliers et immobiliers des établissements du culte se devait d'être effectué dans toutes les paroisses de France.
Ou bien ce serait tout bonnement la fin des institutions !

Déjà, les premiers biffins s'étaient remis en route dans le pas des chevaux qui les précédaient. Quelques fermes aux parcelles de terre parfaitement agencées se dessinaient dans les alentours.

Les toits des premières maisons apparurent entre les arbres, ainsi que leurs occupants qui regardaient passer le cortège « des féroces soldats venus jusque dans leurs bras spolier les trésors de leur église, » et renverser leur quotidien.

La tension était palpable…

Alignés en colonne par deux, les hommes achevaient de parcourir les derniers hectomètres de la journée, devant les mines renfrognées et les regards noirs d'une bonne partie de la population.

Comme convenu, c'est un peu avant 4 heures que la troupe fit son entrée dans Burzet par les hauteurs du village.

Sur son côté droit en descendant, la rue de l'église était bordée par un profond rieu partiellement couvert, un ruisseau dont les eaux rapides couraient vers le bas de l'artère, jusqu'à rejoindre la rivière.

Les soldats prirent position le long des façades, devant le porche de l'école des garçons et sur les quatre marches situées à hauteur du café du peuple. D'autres encore furent placés sur le chemin terreux qui file vers le sud, en surplombant l'entrée de l'église et le cimetière.

Sitôt installés, ils essuyèrent des huées de réprobation et quelques jets de pierres rapidement stoppés.

Sur un socle massif d'environ deux mètres de haut, un grand crucifix métallique ouvragé, rehaussé de couches de peinture de couleurs chatoyantes était dressé, en face de l'édifice religieux. Bouillon faisait partie du petit groupe de soldats mis en faction le long de ce chemin, au-dessus du parvis de la paroisse Saint-André. Le hasard voulut aussi qu'il se retrouve juste en dessous de la grand-croix multicolore où le fils de Dieu avait lui-même été installé, les bras grands ouverts et la tête sur le côté.

Alors que d'un coup d'œil circulaire, il balayait l'esplanade pavée de pierres et les forces en présence, le regard de Julien arrêta sa course pile en face de lui.

Entre la porte de l'église et celle du cimetière.

C'est à ce moment-là qu'il fut saisi !

Dans un expire, sa bouche ne put rien articuler d'autre qu'un « *Oh !* »

Sous le choc, son cœur cessa de battre, en créant un espace personnel hors temps, d'une durée indéfinissable.

Une anomalie temporelle que l'horloge cosmique fut dans l'incapacité d'égrainer.

Parce qu'elle était là !

Un nœud sur le fil des secondes, l'incident d'un instant qui n'appartenait qu'à lui...

Parce qu'elle était là, devant lui, dans sa robe en toile écrue couverte de motifs floraux couleur prune.

Cette petite chose craintive, dont les bras ballants se rejoignaient au niveau de ses mains qu'elle tenait serrées devant son bas ventre. Un chapeau ridicule à souhait ne parvenait pas à cacher sa magnifique chevelure châtain tombant sur ses épaules. Une forme de résolution se dégageait pourtant d'elle, tout autant qu'une candeur d'un autre âge qui toucha le soldat.

Et que dire du carmin de ses lèvres ourlées, de son menton volontaire et de sa taille bien marquée, que l'homme devina sous le vêtement trop large.

Mais au-delà de tout, ce qui bouleversa Emile, ce qui faisait que la foule avait disparu et que le temps comme une rivière en crue venait d'être chassé de son cours.

Au-delà de tout, ce qui le bouleversa, c'est qu'elle était désespérément belle !

A peine eut-il posé les yeux sur cette apparition, qu'aussitôt l'étrange sensation d'être perdu l'habitat.

Se peut-il que nous ayons rendez-vous les uns avec les autres ? se peut-il que nous parcourions les méandres de nos vies et les aiguillages de nos destins jusqu'à ce que nous puissions nous reconnaitre et nous retrouver, sur le parvis d'une paroisse d'Ardèche, au sommet d'une montagne, ou dans tout autre inenvisageable ailleurs.
La lueur vespérale inondait de ses tons irisés et de sa lumière froide le mur ouest de l'église et la grande porte étonnamment carbonisée de la paroisse. Figée sous les motifs imprimés de sa robe, osant à peine relever les yeux pour regarder la foule des curieux…
Sans le savoir et dans le même temps, la jeune femme illuminait Emile d'une brûlure inconnue pour lui jusqu'à lors.
Quand l'officier et le commissaire Flouroux s'approchèrent des portes du saint lieu en rejoignant le prêtre qui en défendait l'accès, l'assemblée s'indigna plus vivement encore en fustigeant les deux hommes et les soldats.
Faisant mine de rejoindre son commandant pour parer aux mouvements de foule et aux débordements, Emile traversa la voie caladée qui le séparait de l'apparition.
Alors que le gradé tentait de convaincre le curé Hilaire de se rendre à l'évidence et de bien vouloir coopérer pour que la situation ne s'envenime pas d'avantage.
Bouillon se plaça juste à côté de la belle, aussi près qu'il le pût, jusqu'à frôler les plis de sa robe.

Il ne remarqua pas derrière eux, la niche d'un beau volume, aménagée dans les pierres du mur de l'église, une alcôve figurant depuis des siècles la première station du chemin de croix de Burzet. Et le point de départ de son pèlerinage annuel du vendredi

saint, jusqu'au calvaire situé à 300 mètres de hauteur au-dessus du village.
Une joie intense submergea le militaire, une joie d'enfant.
— *Comment t'appelles-tu ?*
Tu n'as pas peur de prendre un mauvais coup ?
Tu es du village ?
Face au mutisme et au désintérêt apparent de la jeune femme, Emile venait d'enchaîner les questions pour capter son attention et ne pas laisser au silence le temps de s'installer.
— *Je m'appelle Marthe…*
— *Dis-moi juste où tu habites.*
— *Je suis de la ferme Chabanel à Burzet. Mais nous autres on est d'en haut, du plateau, à côté des Sagnes.*

A la fin de sa phrase, Marthe releva la tête et plongea furtivement la lumière de ses yeux marron dans le regard noir du soldat, avant de les replaquer aussitôt sur les pierres du parvis. Emile n'eut pas le temps de lui adresser le compliment qu'il voulut lui faire.
Une poignée de villageois s'étaient regroupés, avec la ferme intention de rejoindre le trio des parlementaires. Et plus particulièrement l'abbé Jean Baptiste Hilaire, qui, les bras croisés et le front bas n'affichait pas le moindre désir d'obtempérer ou de collaborer ! Une bousculade s'en suivit lorsqu'un cordon de militaires fut dressé pour barrer la route à une poignée de Burzetins et refréner leurs ardeurs. Bouillon qui faisait partie de ce groupe, n'eut que le temps d'apercevoir la jolie paysanne s'enfuir sans se retourner. Effrayée qu'elle était par l'échauffourée et les vociférations des hommes.

***

L'étroitesse des rapports entre la religion et l'état est un vieil héritage de notre histoire, ce lien de « connivence » très ancien qui traversa les siècles, fut mis à mal réellement pour la première fois lors de la Révolution française.

A l'occasion des nombreux bouleversements qu'elle a engendrés et des réformes qui en découlèrent.

En même temps que la monarchie, les instances révolutionnaires ont aboli une part significative des pouvoirs de l'Eglise catholique sur le sol de France.

Diverses mesures très radicales ont impacté l'ensemble des rouages de nos institutions, dans des domaines aussi variés que l'indépendance de l'Eglise, la confiscation d'une partie de ses biens, le traitement des prêtres, le mariage civil et le divorce qui furent instaurés à cette période. Ainsi que la création des registres d'état civil en remplacement de ceux des paroisses et le remaniement complet du calendrier...

Le bouche-à-oreille a rapporté jusqu'aux nôtres que durant ces temps de grands troubles, l'église de Burzet fût investie et débarrassée de son mobilier, des objets cultuels et de toutes ses valeurs. Mais aussi que le grand vaisseau déserté et vide, ne le resta pas longtemps, dans la mesure où il fut transformé en grange à foin par quelques opportunistes des environs !

Plus tard en 1794, au cours de la période de la terreur, l'église Saint-André deviendra même le siège du conseil révolutionnaire, sous l'appellation de « temple de la Raison ».

Il se murmure que durant ces heures noires pour l'institution religieuse, les messes ont malgré tout continué d'être célébrée en secret, aux domiciles de quelques habitants du village et notamment dans une certaine ferme du quartier du Cros de Burzet.

On ne peut effacer d'un coup d'un seul, un rite, des pratiques pluriséculaires et la foi qui les sous-tend, sans que des résistances se forment.

Au tout début du XIXe siècle, avec la période du consulat, une paix religieuse s'organisa peu à peu. Elle fut actée en 1801 avec le concordat, « pour le bien de tous » et surtout pour la tranquillité des esprits et la stabilité des masses.

Les bouleversements et les changements de régime réguliers qui se succédèrent jusqu'en 1870 firent évoluer les rapports entre les gouvernants et l'église sous des formes variées, mais le plus souvent dans un climat de défiance et de tensions larvées.

Jusqu'à ce que, faisant suite à la chute du Second Empire, après la capitulation de Napoléon III et de la France devant l'Allemagne, la IIIe République soit instaurée le 4 septembre 1870.

Le point d'achoppement des inventaires de 1906 s'inscrit dans le prolongement direct de ce nouveau basculement.

Les républicains remportèrent ensuite, une victoire décisive aux législatives de mars 1876. Ils promulguèrent dans la foulée un arsenal de lois relatives entre autres, à l'école pour tous de Jules Ferry et à la laïcisation du pays.

Non sans une vive résistance, la religion y perdra à nouveau beaucoup de ses avoirs matériels et immatériels, et verra se fissurer les derniers bastions de son pouvoir « inaltérable » de gardienne de l'autorité morale, de garante du savoir et de l'éducation des masses.

A l'assemblée, dans les villes et sur tout le territoire, des débats houleux et des batailles rangées opposèrent selon les points de vue : Foi et raison, écoles catholique et publique, dogme religieux et science ou liberté d'opinion.

Jusqu'à la fin de l'année 1905, les conseils de fabrique composés de clercs et de fidèles, assurent la gestion des biens paroissiaux

et l'administration des fonds nécessaires à l'entretien et à la construction des édifices religieux.
Après cette date, les fabriques sont supprimées, et ces bâtiments appartiennent à la nation. C'est désormais dans le cadre communal, par le biais d'associations, que la loi prévoit la conduite des affaires cultuelles et l'encadrement de leur fonctionnement. D'où la nécessité de procéder à l'inventaire général de ces possessions à l'occasion de ce transfert de charge et de responsabilité.

Ce qui se jouait sous le grand mur-clocher de la paroisse de Burzet en cet après-midi de novembre, comme devant toutes les portes des églises de France en 1906...
Ce n'était pas la question des biens qui garnissaient ces édifices ou le fait de dresser la liste exhaustive des chaises, des burettes ou des vêtements sacerdotaux. Ce qui se jouait était plus signifiant, plus profond, plus définitif.

***

Avant de « rendre les armes, » comme l'avait demandé son évêque, en utilisant pas d'autre forme de résistance que l'indignation de son discours, le curé Hilaire fit une déclaration condamnant la loi de séparation et le recours à l'armée par les services de l'état, pour procéder au séquestre des biens paroissiaux. Biens appartenant de surcroit, en majorité, aux nombreux donateurs c'est-à-dire aux villageois eux-mêmes, et dont il n'était que le dépositaire.
L'homme d'Église refusa enfin « tout bonnement », de confier les clés de son sanctuaire à des militaires en arme :
« pour que soit réalisée cette œuvre inique... »

Avec une certaine ironie, il invita enfin l'officier à terminer le travail de destruction entrepris 9 mois plus tôt, à la suite du premier inventaire avorté.
En effet, l'accès à la maison de Dieu avait été refusé une première fois aux agents du fisc le 28 février de la même année. Le lendemain de cette tentative infructueuse à la faveur de la nuit, une poignée d'hurluberlus malveillants avait mis le feu aux très anciennes portes de l'église, qui furent marquées par cet incendie sur une large partie de leur surface.
Ce qui, vous en conviendrez, est un comble, pour un édifice de style gothique flamboyant !

Sous les réprobations des paroissiens et leurs cris hostiles, armés de haches, de masses et de pinces, les soldats préposés à l'ouverture des portes se présentèrent devant le bois passablement carbonisé des deux imposants vantaux.
En ajoutant un surcroit d'intensité à l'émotion ambiante, les Burzetins amassés sur le chemin devant le parvis et au-dessus du cimetière entonnèrent le cantique :
« *Dieu est notre père, Dieu est notre roi.* »

De son côté et afin de laisser une ultime chance de collaborer au noyau des fidèles retranchés dans l'église, l'officier fit une nouvelle demande en forme de sommation.
— *Au nom de la loi, ouvrez !* hurla-t-il en toquant fermement sur les planches de bois noircies.
La réponse cinglante claqua derrière la porte.
— *Au nom de la justice et de la liberté, on n'ouvrira pas !*

Ce fut le dernier refus qu'essuya le gradé.
Ne pouvant envisager d'autres recours, il donna l'ordre à ses hommes d'entreprendre leur triste labeur.

Pour ne pas assister à ce sacrilège, les mains jointes sous le menton, le curé hilaire s'était réfugié dans le cimetière attenant qu'il arpentait de long en large. Sur le parvis et dans la paroisse les cantiques redoublèrent, ponctués par les coups de masse qu'assenaient les soldats. A l'intérieur de l'église, adossé à une des six colonnes hexagonales de la nef, Firmin était partagé entre l'envie d'en découdre pour sauver le sanctuaire et sa position de martyre autoproclamé. Médusé, il regardait voler les éclats de la porte jusqu'au milieu de l'allée centrale. Le bruit tonitruant des coups portés à l'institution religieuse amplifié par les voutes du lieu saint, résonnait lourdement jusque dans ses os.
Le combat entre les blancs et les rouges, entre les catholiques et les anticléricaux, prenait un virage inenvisageable. Jusqu'alors, quelques empoignades, des volées de bois vert bien sentis ou de bonnes taloches avaient suffi à aplanir les différends au sein du village. Ce samedi 24 novembre 1906, la tournure prise par les événements était toute autre.
- *Plus rien ne sera comme avant,* se dit-il.

Ce terrien charpenté à la belle stature d'un mètre quatre-vingt n'était pas homme à se laisser impressionner. La bagarre ne lui faisait pas peur, habitué qu'il était à faire valoir son point de vue avec des arguments aussi définitifs qu'incontestables.
Firmin n'était pas pour autant un cul-bénit comme il se plaisait à le répéter, mais il avait toujours eu le respect de la chose religieuse.
Cet héritage qu'il tenait en grande partie de sa maman et de la dévotion dont elle fit preuve toute sa vie n'avait pas de fondement spirituel et ne s'appuyait pas non plus sur une expérience mystique. Il était simplement le fruit de l'exemplarité et de la foi qu'il accorda toute sa vie à l'autorité parentale.
Les vicaires Bertrand et Ceyte reclus dans l'église avec la cinquantaine de villageois qui l'occupaient prirent le soin de faire

remonter tout ce petit monde vers l'autel, pour prévenir les possibles affrontements, au moment de l'intrusion de la troupe dans le sanctuaire.
Le groupe des hommes et les quelques femmes présentes étaient en train de s'exécuter lorsque les deux vantaux cédèrent sous les coups des militaires. La clarté fiévreuse d'une trop laïque lumière, pénétra dans l'église au moment de l'effondrement de la porte.
Les « serruriers » du 61e régiment d'infanterie eurent un mouvement de recul et n'entrèrent pas à la suite de leur forfait, comme si à cet instant ils pouvaient en mesurer la portée.
C'est un sous-lieutenant qui fit irruption le premier, en ne prenant pas la peine d'ôter son képi qu'il garda délibérément vissé sur la tête. Le commissaire Flouroux et une vingtaine de soldats lui emboîtèrent le pas.
Planté à la croisée du transept, le vicaire Ceyte regardait l'armée Française remonter l'allée en direction du chœur, en prononçant des paroles d'apaisement à l'attention des fidèles disposés autour de lui. Et plus particulièrement à Firmin dont il connaissait la nature belliqueuse.
Lorsque celui-ci parvint à sa hauteur, il demanda poliment au gradé de se découvrir. Devant son refus obstiné et à la grande surprise de Firmin, le religieux asséna un coup de poing au militaire qui fit voler son couvre-chef à travers l'église, en lui signifiant la monstruosité de ses actes. Geste et paroles qui lui valurent d'être traduit devant un tribunal au début de l'année suivante, pour outrage envers un agent du gouvernement.

« Dura lex, sed lex… »
Emile, resté sur le parvis avec des Burzetins étrangement silencieux désormais, se répétait mentalement la locution latine, pour se convaincre de la légitimité de l'intervention et du nécessaire recours à la force.
— *La loi est dure, mais c'est la loi !*

L'inventaire fut rondement mené malgré l'indignation renouvelée des 2 vicaires qui suivirent les événements avec la plus grande attention. Les dimensions de l'église et ses caractéristiques furent renseignées ainsi qu'un état des biens cultuels, des meubles et de toutes les œuvres d'art qu'elle contenait.
Une estimation symbolique et très approximative de la valeur des objets fut également effectuée, ce qui fit dire à un paroissien :
- *Tu vois, j'en étais sûr, ils ont déjà tout vendu !*

A la fin de l'exercice, le commissaire Flouroux quitta les lieux le dernier en marchant maladroitement sur les débris de la grande porte, dont un des battants en partie déchiqueté, était resté suspendu à ses gonds.
En doublant l'abbé Jean Baptiste Hilaire, passablement choqué, il bredouilla :
« *C'est dommage de devoir en arriver là !* »
Un trait auquel l'homme d'Église ne répondit pas.

Au terme de ces événements et de toute cette agitation, c'est sur la place de la confrérie en bas de la rue de l'église et jusque sur le pont enjambant la Bourges, que se rassemblèrent les troufions du 61e RI et le groupe des villageois qui n'étaient pas encore rentrés chez eux.
Monsieur Olivier Plantevin, cet industriel maire de Burzet et ses adjoints, entreprirent une répartition qu'ils voulurent « rapide et sans heurts, » des hommes de la troupe dans leurs foyers d'accueil. A l'annonce du patronyme des habitants présents, les soldats sortaient des rangs pour rejoindre leurs hôtes du soir. Ces derniers se devant de fournir à leurs frais, le gite et le couvert aux militaires, jusqu'au lendemain 6 heures.
« *Chabanel Firmin* » fit un pas en avant à l'appel de son nom.

Rapide comme l'éclair, Emile s'avança à son tour en poussant dans le dos son copain Rata, qui marqua un temps d'arrêt face à la mine peu engageante du fermier.

Le sergent inscrivit sur son feuillet :
— Ferme Chabanel *(plateau)* : Cpl Bourillon et 1 cl Jobert.
Il fut ensuite décidé que les hommes qui remonteraient sur le plateau le soir même, pour y être hébergés, seraient dispensés de l'intervention du matin à Péreyres.
Et qu'ils ne retrouveraient la compagnie que le lendemain sur le coup des 12 heures sur le plateau, à hauteur de la croix de Panlon. La nouvelle réjouit grandement les huit soldats sur le point de se remettre en marche dans les pas de leurs hôtes, pour une ascension d'une bonne lieue, en direction de la montagne.

En chemin, sous sa moustache broussailleuse, Firmin Chabanel ruminait déjà le froid du plat de sa vengeance !
En effet, il fit malicieusement suivre le parcours complet du pèlerinage de Burzet à la petite troupe, à l'occasion de la remontée vers le plateau. L'histoire raconte aussi que pour affirmer ses convictions religieuses bafouées et sa réprobation, il s'arrêta devant chacune des 24 stations pour se signer très ostensiblement. Des signes de croix que la moitié des soldats imitèrent pour signifier à leur tour, leur foi de bons-chrétiens aux paysans.
Après la traversée du hameau de Belvezet, l'ascension se poursuivit patiemment sur sa partie la plus raide, jusqu'aux trois grand-croix du calvaire. Le souffle court, la mine fatiguée, les hommes empruntèrent enfin la longue voie romaine qui relie le village à sa montagne, depuis près de deux millénaires.
Une fin de parcours faite comme on peut l'imaginer, dans un silence de cathédrale et au rythme endiablé du pas de Firmin.

Arrivés sur le plateau au croisement situé non loin du lieu-dit de la Brousse, en face de la ferme de la Barricaude, les paysans se saluèrent, avant de terminer leurs routes solidement escortés par leurs invités d'un soir. Déjà, la nuit enveloppait de son obscurité et de ses incertitudes les vallons et les bois de la grande étendue déserte. Sur le chemin sinueux qui conduit jusqu'à la ferme Chabanel, une froidure glaciale saisit le visage et les mains des trois hommes. Un froid que le vent accentuait de son souffle irrégulier et violent, un froid de fatigue et de faim.

Tout en se soulageant, des bûches de fayard qu'elle déposa à proximité de la cheminée, dans la pièce commune du rez-de-chaussée, Augustine Chabanel attendait le retour de son mari et l'arrivée du soldat. Dans les régions isolées soumises à de rudes intempéries, l'inquiétude plane souvent quand surviennent les heures où la nuit tend ses pièges.

A côté, dans l'étable tout en longueur qui occupait les deux tiers de la surface de la ferme, comme chaque soir Marthe et son frère Joseph étaient affairés à traire et à soigner le bétail.

La place laissée aux animaux dans ces petites sociétés quasi autarciques que constituaient les fermes paysannes est révélatrice de l'interdépendance qui existait entre l'homme et l'animal.

Fine et Champagne, les deux vaches de race Mézine de la maison, connaissaient par cœur le rituel du soir.

Tant que la neige n'en avait pas décidé autrement, au terme d'une journée passée à brouter l'herbe grasse du plateau, elles retournaient au bercail au coucher du soleil, en balançant leurs mamelles chargées et leur nonchalance, sur des chemins de terre éprouvés.

Une fois rentrées du pré, sans avoir manifesté la moindre attention aux 2 veaux de 3 mois qui finissaient leur sevrage dans un enclos indépendant, elles retrouvaient leur quartier et la douceur de l'étable avec une satisfaction évidente.

Plus loin dans la pénombre de leur parc, sous le regard autoritaire d'un bouc hirsute, les agneaux de lait appelaient leurs brebis de mères avec des bêlements ininterrompus.

Passablement irritée, Augustine interpella son mari en découvrant les soldats sur le pas de la porte.
— *Comment tu t'es arrangé dis-moi, pour qu'ils t'en donnent deux à toi ?*
— *Ils sont venus à plus de cent pour attaquer l'église, tu voulais quoi ? Qu'on en laisse la moitié dehors ?*
— *Comment ça s'est fait ?*
— *Ils ont fini de casser les portes et ils ont tout saccagé…*

Après les avoir scrutés de la tête aux pieds, la fermière apostropha les deux hommes qui n'en menaient pas large en face d'elle.
— *On a pas bien où vous faire dormir, vous coucherez dans la fenière au-dessus de l'étable.*
— *Merci, madame, ça ira bien comme ça, merci.*
Le képi à la main, Rata tentait de soulager Augustine d'une gêne qu'elle ne ressentait aucunement. Celle-ci coupa court aux échanges.
- *Y à la fontaine qui coule à l'intérieur, juste après l'enclos des brebis, pour faire de vous débarbouiller.*
C'est au beau milieu de l'étable que les jeunes gens se retrouvèrent, pour un face à face prolongé.
Marthe qui avait entretenu le souvenir du militaire une bonne partie de la soirée, n'en revenait pas ! Emile ne put articuler aucun mot et resta muet, ce qui n'était en rien dans les habitudes de ce beau parleur.
Il ne pouvait qu'admirer la grâce naturelle de la paysanne, en affichant un sourire nigaud qui lui barrait le visage.

Après avoir bredouillé un rapide bonsoir, en passant tout près d'eux, Ferdinand se dirigea à l'oreille vers le filet d'eau qui se déversait sur un bloc de pierre taillée en forme d'auge.
C'est Joseph qui sortit sa sœur et Emile de leur entrevue silencieuse.
— *Marthe ! Referme l'enclos des agneaux, sinon ils vont partirent dans la nuit.*
Celle-ci s'exécuta sans sourciller, soulagée de parvenir à s'extraire de l'emprise muette du soldat.

Juste avant de terminer sa deuxième assiette de soupe, Firmin saisit la bouteille de vin rouge d'un litre qui trônait sur la table à côté de lui, et en versa une bonne rasade sur son reste de bouillon. Le coude serré contre son côté, d'un mouvement circulaire de la main, il fit ensuite délicatement tourner le récipient jusqu'au parfait mélange des liquides, avant de le porter à ses lèvres. Il y avait dans ce geste archaïque, dans cette pratique ancestrale du chabrot, toute la fatalité des hommes de la terre et la ronde immuable des planètes sur leur orbite.
Au beau milieu de la table, allongées dans le plat de toute leur longueur, quatre truites persillées et aillées à souhait ouvraient une gueule à bouffer le monde. Juste avant que les convives ne leur fassent un sort.
En voyant ces poissons pêchés de la veille par Joseph dans la rivière toute proche, servi avec des criques de pommes de terre et le pain puissant de la maison, Bouillon se dit que ce repas n'avait rien à envier aux tables les plus courues de la région Aixoise !
Le souper fut clôturé avec un morceau de tome maigre, appelée « *rebarbo,* » un fromage confectionné avec le petit lait des vaches de la ferme. Accompagné pour les hommes, à l'exception de Joseph, d'un autre verre de vin rouge rempli jusqu'au rebord.

Faisant suite aux banalités échangées depuis une heure, Firmin ne put s'empêcher de prendre à partie ses invités au sujet de leur mission honteuse et des méfaits commis contre son église.
Rata, qui venait de terminer son fromage, ne releva pas la charge, tout comme Emile qui flaira aussitôt le piège !
Les yeux ronds, en agitant discrètement la tête de gauche à droite, Marthe adressa un regard paniqué aux soldats.
Une alerte, qui signifiait clairement :
— *Surtout, ne répondez pas !*

Le feu de cheminée, la soupe et le vin avaient déjà considérablement fait remonter la température dans la pièce. Les deux hommes se dirent qu'il valait mieux ne pas en rajouter...
Faute d'interlocuteur, le maître de maison poursuivit son monologue.
— *Vous êtes venus une première fois en février et un gars a été tué par les gendarmes à coups de revolver, tout près d'ici en Haute-Loire, à Montregard.*
A présent, ils envoient l'armée pour défoncer les portes des églises et voler ce qu'il y a dedans !

Un silence pesant envahit l'espace de la pièce commune.
Le chat tigré à moitié sauvage de la maison, qui ne se souciait que très modérément des derniers événements survenus au village, sauta sur le banc à côté de Rata.
– *Croyez-moi, ils ne l'emporteront pas au paradis, parce que la fourberie revient toujours à son maître !*
Le fermier se servit un nouveau verre de vin avant de prendre Bouillon à partie.
– *Ce que tu ne sais pas mon caporal, c'est qu'en 65, les rouges ils avaient déjà tiré sur l'église...*
Augustine tenta de raisonner son mari, qu'elle ne connaissait que trop dans ses emportements.

– *Ça n'a rien à voir, c'était pas pour ça !*
– *C'était le début !* hurla, Firmin.
Le curé qui nous a tous baptisés, rendez-vous compte.
Emile renchérit :
– *Il s'est passé quoi en 65 ?*
– *Un rouge, un certain André Chastagné a loué une habitation dans la rue de l'église, il a occupé les lieux quelques jours pour préparer son meurtre.*
Et puis un matin, du grenier…
Il lui a tiré dessus, dans le dos, pour le tuer !
En frappant violemment du poing sur la table, Firmin reproduisit le coup de fusil reçu par le prêtre, 40 ans plus tôt.
Comme frappé par la foudre, le chat détala de son banc sans demander son reste. Ferdinand fit un bon en arrière en plaçant ses mains en opposition devant lui, pour se protéger de la balle ! Un geste incontrôlé qui fit éclater Marthe de rire jusqu'aux larmes.
– *Il a tiré sur qui ?*

Firmin planta ses yeux dans ceux d'Emile afin d'accentuer l'intensité de sa réponse :
— *Il a tiré sur la religion, il a tiré sur l'abbé Xavier Pigeyre qui a bien failli en crever !*
Heureusement, il a survécu à ce meurtre, et comme c'était un saint homme, il est resté curé à Burzet jusqu'en 1893.
L'Augustine que le sujet intéressé grandement se rapprocha de la table pour appuyer les dires de son mari.
— *Cette année-là, au dernier jour de mars, le matin du vendredi saint, il a porté la croix de Jérusalem pieds nus à travers le village, pour la petite procession jusqu'à la place du temple. Il était âgé de 74 ans. Il se raconte qu'ils étaient au moins 6000 à prier dans les rues, en le regardant faire.*
Firmin acquiesça de la tête avec un sourire ému, avant de conclure.

— Quelques mois plus tard, comme son frère Victor avant lui, il est parti pour toujours faire le chanoine à Viviers, sans avoir averti personne !
Le dimanche suivant pendant la messe, tout le monde a pleuré à l'annonce de son départ.
Le tic-tac lancinant de la pendule offrit au carillon de son horloge, la seconde nécessaire pour sonner la demie de 11 heures. Les deux amis échangèrent un regard complice.
Sans se concerter, ils attendirent le redoublement du tintement mécanique pour remercier les Chabanel et s'éclipser.
— Je ne vous donne pas la lampe, à cause du feu.
Et faites attention aux trappons du plancher par où passe le foin vers l'étable ! Ou bien vous vous retrouverez en bas dans les mangeoires, avant d'avoir compris ce qui vous arrive !

Dans un sourire quasi imperceptible, Augustine salua les petits gars qui n'étaient déjà plus des étrangers et presque plus des soldats. La nature paysanne est ainsi faite, rude et abrupte de prime abord, mais d'une humanité déconcertante une fois franchi le seuil de la porte.
Le grenier débordait du foin de l'année, le parfum des fenaisons saturait l'espace d'entêtantes senteurs d'herbes séchées et de fleurs. A tâtons, dans l'obscurité de l'imposant volume que dessinaient la charpente et le plancher en bois de résineux, les deux hommes finirent par s'étendre sur le matelas végétal, où ils s'endormirent sans même avoir pris la peine de se déshabiller. Un petit recoin où le sommeil les trouva rapidement, sans qu'eux aient besoin de le chercher. Tout en haut du faitage, de son regard fixe, une dame blanche scrutait les dormeurs immobiles. La face immaculée de la légitime locataire du lieu émergeait à peine de la pénombre, celle d'une chouette effraie que l'intrusion des militaires ne dérangea même pas.

Au petit matin, l'air vif saisit le visage d'Emile à l'ouverture des portes de la grange. Sur le pré, le tapis d'herbe humide et les gouttes qui s'en détachaient portaient l'empreinte des pluies nocturnes.

La longue façade nord du bâtiment était adossée à la pente naturelle du terrain, de telle sorte que le terre-plein situé à l'arrière de la ferme soit réglé à hauteur du plancher du premier niveau. Un moyen simple pour limiter la peine des hommes, en favorisant l'accès de plain-pied à l'étage.

Ce type d'implantation présentait un deuxième avantage, celui de n'offrir qu'une surface réduite de mur au côté de la maison soumis aux bourrasques de vent et de neige, qui déferlent l'hiver sur le plateau.

Après avoir aidé Ferdinand à se remettre sur ses jambes, Emile détailla l'immense chambrée où tous deux venaient de passer la nuit. Le plafond cathédrale de l'imposant volume était la conséquence des pentes prononcées que formaient les deux pans de la toiture.

L'impressionnant monticule de fourrage et la paille qui leur faisait face avaient été amassés durant les beaux jours. Une indispensable réserve pour permettre au bétail de la ferme de traverser sans encombre les six mois d'hivernage qui l'attendait. Les branchages entrelacés de la sous face de la couverture et le foin entreposé là, donnaient au grenier des allures de cabane du fond des bois.

Lorsqu'il retrouva Augustine et le sourire angélique de Marthe dans la pièce commune, une émotion inattendue saisit Emile, un trouble qui l'obligea même à détourner le regard.

Pour la première fois depuis les deux ans et demi de son service militaire, Emile n'avait plus le sentiment d'être un soldat, et ce qui était encore plus désarmant pour lui, il éprouvait à nouveau la sensation d'être un homme.

Sur la grande table étaient disposées deux profondes écuelles, des cuillères en bois et de belles tranches du pain de la ferme à la mie brune et alvéolée.

A l'invitation d'Augustine, les hommes s'installèrent pour déjeuner d'une soupe épaisse à base de pomme de terre, de choux et de raves. Les femmes, qui ne les avaient pas attendus pour prendre leur premier repas, ne les accompagnèrent pas.

Emile en fut navré, il tenta à plusieurs reprises de croiser le regard de Marthe qui ne se laissa aller à ce petit jeu qu'une seule fois.

Tous connaissaient suffisamment la vie pour savoir qu'ils ne se reverraient plus et que bien vite ils allaient s'oublier.

En lui ôtant la hache des mains, Ferdinand se proposa de fendre le bois à la place d'Augustine, qui apprécia le geste et la gentillesse du petit gars.

Emile exprima le désir d'accompagner Firmin et Joseph jusqu'au Pra-neuf voisin afin d'en rafistoler la clôture. Armés d'une masse, d'une pince, de piquets en châtaignier grossièrement dégauchis et d'un rouleau de fil de fer rouillé, les hommes longeaient la Padelle, un des premiers affluents de la Loire toute nouvelle sur ces rives.

Le soldat fit une tentative pour lancer la conversation avec les deux Ardéchois.

— *Ici, la rivière c'est déjà la Loire, où c'est encore la Padelle ?*
— *Tu sais gamin, c'est la même eau avant et après le pont, tu peux bien lui donner les noms que tu veux, ça reste de la flotte pas du vin rouge !*

Emile prit le temps de la réflexion avant de rétorquer :
— *Et nous ? On est bien tous que des hommes, et pourtant nous n'avons pas le même nom...*
— *Tu sais petit, moi j'ai pas le temps pour ces conneries !*

Ce n'est qu'une fois parvenu dans le pré, que Firmin s'adoucit enfin. A la grande surprise de Joseph, il se lança même dans des explications inattendues à l'attention du soldat.

— *Tu vois ici « le pra, » y vaut pas grand-chose, les endroits où les troncs des sapins se tordent dans tous les sens, les bêtes elles n'aiment pas bien y rester. C'est parce que la terre y est méchante.*

Un moment plus tard, en désignant d'un coup de menton la petite forêt de résineux épars qui délimitaient son terrain, il lui confia encore.
— *Sur le plateau, les arbres sont comme les hommes, ils ne montent pas très haut...*
Le paysan préparait la chute de son histoire avec un sourire complice accentué par la lumière de ses yeux malicieux, une expression qu'Emile découvrait pour la première fois.
— *C'est pour donner moins de prise au vent !*
La dernière phrase du paysan fit franchement s'esclaffer l'Aixois, la réconciliation était consommée.
Au-delà de leurs divergences religieuses ou politiques, les deux gaillards s'étaient reconnus, à l'instinct, comme le font les grands fauves !
Une fois leur tâche achevée, sur le chemin du retour, alors que Firmin et Emile devisaient ensemble, Joseph se sentit soudainement en marge du duo que formaient les deux nouveaux compères.

Ce garçon de 17 ans n'était certes plus un enfant, mais il était encore loin d'être un homme. Il avait le cheveu brun en bataille et le tain halé des marins, de ceux qui vivent dehors toute l'année. La fixité de son visage était accentuée par ses joues creusées, celles qu'ont les adolescents qui grandissent trop vite, que la maigreur accompagne jusqu'à ce qu'ils soient devenus adultes.
C'était un véritable taiseux qui pouvait faire le compte de ses phrases à la fin d'une journée, pas parce qu'il n'avait rien à dire,

mais juste parce qu'il pensait que son propos ne présentait pas beaucoup d'intérêt.

Les rares fois où il se risquait à articuler quelques mots, c'était le plus souvent sans regarder son interlocuteur dans les yeux et toujours les bras croisés pour couvrir machinalement la marque de naissance qu'il portait sur la peau. Paradoxe, que d'avoir une tache de vin sur le bras, quand on ne boit que de l'eau ! Son apparente froideur et la distance qu'il mettait naturellement avec les autres, n'avait pourtant d'égale, que sa gentillesse et sa docilité.

Lorsqu'ils s'approchèrent de la ferme, Emile demanda à son hôte qu'elle était la nature des végétaux qui couvraient la surface de toit de sa chaumière ?

Trop heureux d'apprendre quelque chose à un petit gars de la ville, Firmin lui fit une réponse détaillée.

— *Ce sont des branches de genêts, on les coupe à la fin de l'été après les fleurs, ou bien au sortir de l'hiver. Elles sont ensuite fixées, serrées et entrelacées sur les lattes de la charpente.*

Les toitures doivent être très pentues, jusqu'à des 60 %, pour que la neige ne s'y accroche pas et que l'eau de pluie s'écoule au mieux. L'avantage, c'est que ça ne coute rien, juste la peine pour le faire…

Le souci c'est qu'il faut repailler le toit d'un côté ou de l'autre, plusieurs fois dans l'année. Les fermes couvertes de genêts, sont des « Pailhisses, » cette façon de faire a toujours été ici et ça durera encore longtemps, tu peux m'en croire.

Obstinée, l'horloge de la cuisine sonna la demi-heure de 10 heures du matin cette fois. Le moment fixé la veille au soir pour les départs, celui des soldats vers l'église des Sagnes et celui de Marthe et de ses parents vers celle de Burzet.

D'un côté pour un nouvel inventaire et de l'autre pour l'office dominicale.

— *Vaï, n'allez pas vous mettre en retard pour la messe,* lança Emile à la petite famille Chabanel, Marthe lui répondit que ce n'était pas si grave :
— *Chaque fois, on reste debout à côté des portes. On n'est pas de ceux qui louent des chaises pour dire de s'y assoir.*
C'est à la croisée des chemins qu'avec un léger pincement au cœur les fermiers et leurs invités d'un soir se séparèrent.
Malicieux, Emile souhaita une bonne fête à Marthe, qui ne comprit pas tout de suite la nature de la plaisanterie.
Un instant plus tard, dans un large sourire et en ajustant son chapeau toujours aussi ridicule, elle fit remarquer au jeune homme qu'elle n'était pas encore une Catherinette, et qu'il lui faudrait attendre encore longtemps avant que sonnent ses 25 printemps.
Ils échangèrent des signes de la main tant que cela fut possible, jusqu'à ce que les trois Ardéchois disparaissent derrière les sapinettes d'un petit bois.
A la fin de matinée, la Burle fit un vibrant accueil à la troupe, qui terminait sa remontée vers le plateau depuis Péreyres. Allongés dans l'herbe d'un pré, les huit privilégiés qui avaient séjourné en montagne la veille au soir, regardaient s'approcher leurs compagnons d'armes, sans aucune impatience.
Nans fut soulagé de retrouver ses deux copains, la soirée passée dans une maison plus qu'insalubre au cœur du village, fut d'une grande tristesse et d'un ennui mortel.

— *C'est la loterie !*
Rétorqua Rata d'un ton narquois, avant de faire un compte rendu détaillé de leur gueuleton de la veille à la ferme.
— *Si c'est la loterie, je crois qu'hier vous avez gagné le gros lot, et moi un prix de désolation…*
Bouillon s'immisça dans la conversation.
— *Comment s'est passée la matinée à Péreyres ?*

— C'était moins dur qu'à Burzet, mais nous avons quand même dû enfoncer les portes à coup de hache.
Une belle petite église d'ailleurs construite par les habitants. Le village est nettement plus petit, du coup ils étaient beaucoup moins nombreux à nous gueuler dessus !
— On va bien voir ce qui nous attend aux Sagnes et Goudoulet…

L'inquiétude était perceptible dans les mots de Ferdinand, déjà le petit bourg avec ses toits en lauze et le clocher pointu de sa toute nouvelle paroisse se profilait devant eux.
Un hameau en réalité, constitué d'une douzaine de maisons et d'un grand bâtiment, agencés sur le pourtour de l'édifice religieux et de son ancien prieuré. Le gros de la troupe n'eut pas besoin d'investir le parvis et la placette situés devant l'église, dans la mesure où il se produisit un phénomène inattendu à l'arrivée du 61e régiment d'infanterie. Une situation pourtant déjà vécue par l'armée à Prades, aux Roux et à Vesseaux ! En effet, les militaires trouvèrent grandes ouvertes les portes de l'église.
Sans aller jusqu'à dire qu'ils furent accueillis chaleureusement, aucune marque d'hostilité ne leur fut adressée par la poignée de Sagnerous présents.
Ceci étant dû à la charité chrétienne et à la vision humaniste dont fit preuve l'abbé Gayffier, le curé de la paroisse. Qui alla même jusqu'à faire percer un tonneau de vin rouge pour la troupe, au grand bonheur des soldats et surtout un d'entre eux. Le Allix, un gars du pays, tout ému de retrouver son village et sa famille à la faveur de cette mission.

***

Les parfums de la lande herbue du plateau planaient autour de la ferme de Pierrebelle. Attablés devant une bière d'abbaye, sur la terrasse en larges dalles de pierre irrégulières, les deux hommes

évoquaient tantôt le ton grave, tantôt en riant les événements du siècle passé.
Manon n'en revenait pas !
Incrédule, elle regardait le prêtre et son père finir de raconter l'histoire de l'inventaire et les détails croustillants de la rencontre amoureuse de ses arrière-grands-parents. Sur la table trônait le livre de monsieur Pierre Janin, « Pentes abruptes ».
Grâce au travail de fourmi de l'auteur et de ses aides, ainsi qu'à la collecte méticuleuse de précieux documents d'époque, des récits des anciens et au prêt d'inestimables photos du début du XXe siècle.
Les témoins des événements marquants du village et M. Janin ont permis que soit préservé le souvenir des petites histoires du lieu et des pans entiers de la mémoire collective.

— *Julien, si ce n'est pas indiscret, vous ne m'avez pas raconté comment vos grands-parents ont fini par se retrouver.*

— *Il n'y a rien d'indiscret dans cette histoire, mon père.*
Il s'agit encore une fois des aléas du destin et de rouages qui s'entremêlent à la faveur d'un incident ou de circonstances imprévues. C'est ainsi que les liens se font ou se défont, pour que l'un rencontre l'autre et que la vie prenne sa forme prévisible.
Ou une autre totalement inattendue !

La terre, les hommes

« je l'ai retrouvé, la voici ! »

Aurore vint se rasseoir à la table, sur la terrasse que le soleil inondait de sa lumière, avant de tendre la lettre au prêtre. Celui-ci fut surpris par le geste au point qu'il faillit ne pas s'en saisir.
— *Ah ! C'est moi qui m'en charge ?*
— *Oui, allez-y ! Nous vous écoutons,* lui répondit-elle.

17 mars 1908
Emile,

Je suis désolé de devoir vous apporter une bien terrible nouvelle.
La semaine dernière, papa s'est mis en tête de rapetasser le toit de la ferme, du côté de l'éstable, là où il est le plus haut.
Joseph et lui étaient en train de travailler, mon frère attachait les fagots à la corde, en bas, pendant que papa piquait le genêt dans la toiture. Après manger, comme ils n'avaient pas terminé, le père a voulu remonter tout seul, juste pour dire de finir.
Mal, lui en a pris, il s'est tombé de l'échelle, de tout du haut de la toiture.
Nous avons bien cru qu'il était mort par terre.
C'est un grand malheur dans la maison.
On ne pouvait pas le toucher, il avait trop mal, ce sont les voisins qui l'ont rentré sur une planche.
Il s'est cassé le cou, ou le dos, nous a dit le docteur, ça veut dire qu'il n'a plus ses jambes et qu'il ne peut plus se tenir droit.
Il ne sait rester que couché, ou assis, mais pas longtemps.

Augustine est inconsolable, et Joseph dit que c'est à cause de lui, parce qu'il n'était pas avec le père. Papa ne parle plus depuis ce jour, il souffre comme une bête.
Je suis bien triste et les heures que nous passons ne sont pas celles que vous avez connues. J'espère que vous au moins vous allez bien et que vous n'avez pas eu de mauvaises histoires.

Marthe Chabanel

— *Grand Dieu !* s'exclama le prêtre au terme de sa lecture !
Je ne sais quoi vous dire mes amis...
— *Le plus étonnant, c'est que nous devons nous trouver à l'endroit même où cela s'est produit...*
En écoutant les paroles de Julien, le curé leva machinalement la tête au-dessus de lui, pour considérer la toiture en tuile de la maison.
— *Le toit devait être beaucoup plus haut à l'époque, si Firmin était proche du faitage, cela peut facilement faire une chute de dix mètres. Mon père m'a toujours dit que son grand-père était mort en tombant d'une échelle...*
Il n'a pas dû survivre aux suites de l'accident et partir quelques jours plus tard !
— *C'est une des lettres retrouvées dans le grenier ?*
— *Oui, une de la malle.*
Rien ne se jetait à l'époque, vous le savez bien et mes grands-parents étaient très conservateurs.
Nous avons découvert quantité de courriers et de cartes postales échangés entre eux, essentiellement pendant la guerre.
Voilà, pour la suite comme vous pouvez l'envisager, l'été suivant Emile est revenu à la ferme pour apporter aide et soutien à la famille.
Manon conclut la conversation avec un sourire entendu :
— *Et surtout pour revoir sa Marthe...*

***

En ce début du mois de juin 1908, la tiédeur des premières journées printanières et le balai gracieux des feuilles dans les arbres donnaient une légèreté et une douceur bien appréciable à cet après-midi ardéchois.
Devant la gare de Nieigles-Prades, Félix le conducteur de la diligence était affairé au chargement des bagages sur l'impériale de son omnibus, lorsqu'Emile l'interpella.
— *Il te reste de la place ?*
— *Non pas mon ami, à part si tu veux voyager à côté de moi à la place du postillon...*
— *Ça ira bien comme ça, j'aime autant le grand air !*
Le cocher hurla son « *Hue Chovals* » à l'attention de l'attelage, en faisant sèchement claquer son fouet au-dessus de ses bêtes, sans les atteindre.
La diligence surchargée s'ébranla avec peine dans un bruit caractéristique de ferrailles, de grelots et de cliquetis sonores.
— *Nous serons sur le pont de Burzet dans 3 heures, vers les 5 h, on ne pourra pas bien aller plus vite. Après l'hiver, les chemins sont défoncés, les cantonniers ne sont pas passés partout pour les retaper et combler les fondrières !*

Le voiturier venait de donner la feuille de route à Emile.
Dans le chaos des soubresauts, la poussière et les à-coups du véhicule, sa diligence hippomobile ne parcourrait la distance qu'à la moyenne raisonnable de 5 à 6 km à l'heure en tenant compte des arrêts intermédiaires.
Cette annonce n'effraya pas le jeune homme que sa position dominante satisfaisait pleinement. Il ne répondit d'ailleurs pas au

cocher, occupé qu'il était à détailler les passants et les façades des maisons au cours de la traversée du bourg de Lalevade.

Plus tard, les yeux rivés sur le mouvement hypnotique du pas de l'attelage au travail, Emile s'émerveillait de la force tranquille et de la docilité des animaux.
— *Ce sont de braves bêtes, la petite noire à 5 ans, le rouge un peu moins. Il a été acheté l'année dernière au Puy-en-Velay, à la foire de la Toussaint. Il ne se vend pas trop de chevaux à Burzet, même aux grandes foires de mai et de novembre.*
Le passager tenta de prolonger la conversation, un moyen comme un autre de tromper l'ennui.
— *Il y a souvent des foires à Burzet ?*
— *Pardi oui ! elles sont courues depuis très loin, jusqu'à des 50 km. Certain jour, y a tellement de monde que tu restes sur place sans bouger, sans même pouvoir entrer dans un café pour boire le coup.*
— *Il s'y vend quoi à ces foires ?*
— *Tout ce qui faut ! et surtout le bétail, toutes sortes de bestiaux, sauf les chevaux, y en a pas bien...*
La question qui brulait les lèvres de Félix depuis une bonne heure, lui échappa dans un trop-plein de curiosité.
— *Et toi, tu viens pour y faire quoi là-haut ?*
— *Je vais en montagne chez les Chabanel, pour leur donner un coup de main.*
— *C'est pas lui qui est tombé de son toit à la fin de l'hiver ?*
— *Oui, c'est ça...*
— *Paix à son âme.*
Emile se mit à trouver le temps long à partir de 4 heures, quand une pluie fine s'invita au voyage. Abrités tant bien que mal sous les capelines de cocher fournies par Félix, les deux hommes s'émerveillèrent en contemplant le ruban multicolore d'un arc-en-ciel majestueux.

Un peu avant l'arrivée au village, il y eut un deuxième augure favorable lorsque les précipitations cessèrent, aux environs de l'usine de Lamadés. Le moment choisi par l'attelage pour accélérer le pas de façon significative, sans que le conducteur de la diligence en ait exprimé le souhait.
— *L'heure de la soupe approche pour eux, ils le savent…*
Ce soir au relais, je vais les étriller, les bouchonner et les soigner, ils l'ont bien mérité.
— *Ça mange quoi pour une journée, un cheval comme ça ?*
— *Du son, 4 kg d'avoine et 15 à 20 kg de fourrage selon le cheval et la saison, pour l'eau elle doit être à température, surtout pas trop fraiche après le travail.*
— *Tu gagnes ta vie en faisant le cocher ?*
— *6 francs par jour, du lever à tard dans la soirée, c'est déjà ça… Tu sais, moi j'aime pareil les gens et les bêtes, alors ce métier y me va bien.*
Le tempo régulier du pas des chevaux sur la terre damée de la grande rue ralentit progressivement, avant de cesser avec sa dernière note.
Sitôt descendu de la diligence, les passagers disparaissaient les uns après les autres aux angles des vieilles maisons. Après avoir cordialement salué Félix, Emile remonta l'artère principale du village jusqu'au pont qui enjambe la Bourges, où il fit une halte afin de contempler le point de vue.
Comme à leur habitude, les laveuses de la rue de la Levade avaient mis le vent à contribution, en étendant leur linge sur les rambardes de chaque côté de l'ouvrage.
Face à lui s'étalaient la quiétude et la force d'un paysage dont il avait gardé un souvenir intact. Un écrin de beauté traversé par le chahut des eaux de sa rivière sur les roches, au long de son cours. Au-dessus des maisons, les premiers étages des monts environnants, soigneusement aménagés en clos et cultivés, donnaient à l'ensemble l'allure d'une ferme village.

Sur les sommets, la ligne de crête d'un berceau de montagnes, découpait au rasoir les bleus et les blancs d'un ciel en mouvement. Autour du voyageur s'écoulait la vie intense d'une communauté villageoise :
la meule d'un moulin à farine au travail, dans les soubassement de la grande bâtisse à l'entrée du pont.
Un essaim de gamins à bout de souffle, criants, gesticulants et se courant après sous les platanes, devant les portes béantes des commerces de la place aux cochons. Les bacantes de solides gaillards plantés sur la devanture de leur bistrot, qui s'arrêtèrent un instant de refaire les lois de la république pour scruter l'étranger descendu de la diligence du soir.
Des hommes et des femmes vaquant à quelques urgentes affaires, ou rentrant simplement chez eux après une journée de travail. D'autres, déambulant sans espoir et sans allant, que la misère avait emprisonnés depuis trop longtemps dans ses griffes et dans une image déformée d'eux-mêmes.
Des cafés, encore, et de nouveaux regards dubitatifs qui le dévisageaient pendant sa remontée de la rue de l'église.
Le meuglement d'une vache dans cette étable en plein cœur de ville, ces rires francs et sonores échappés de la fenêtre d'une maison, le vol d'une escadrille de moineaux jouant dans l'air au-dessus de sa tête et plus loin à nouveau, un troquet et d'autres yeux suspicieux braqués sur lui.
Alors qu'il passait à la hauteur de l'édifice, Emile fit un petit crochet par la paroisse Saint-André. Pas pour en faire le tour, mais seulement pour découvrir ses nouvelles portes et retrouver le lieu de sa rencontre avec la jolie Marthe.
Il revit la jeune femme figée devant la première station du chemin de croix, sa robe, son chapeau, sa beauté éclatante et sa candeur…
C'est bien là entre l'église et le cimetière qu'ils s'étaient croisés.
Rien d'étonnant à ça, pensa-t-il :

« Pour chacun d'entre nous, la vie ne se déroule-t-elle pas entre la porte de l'église et celle du cimetière ? »

Ce fut une nouvelle fois sous la forme d'un petit pèlerinage, en suivant le trajet du chemin de croix du village, qu'il remonta sur le plateau, en empruntant la seule route qu'il connaissait pour rejoindre la ferme.
Au bout de son éprouvant périple, Emile aperçut enfin le faitage d'un toit de genêts qui ne lui était pas étranger.
Il se présenta devant la porte de l'étable où, vu l'heure, il avait plus de chance de trouver du monde qu'ailleurs. Marthe sortit de la pénombre en courant, elle ne put refréner un cri avant de s'arrêter net en face du visiteur.
Un simple nom qui transperça le cœur du jeune homme :
« Emile ! »
Il la trouva très amaigrie, les traits tirés.
Ses vêtements, déjà trop grands pour elle quand ils s'étaient rencontrés, semblaient ne pas être les siens tant ils flottaient autour de son corps frêle. Une grosse larme se mit à couler sur sa joue, un trop-plein qu'elle essuya d'un revers de main.
— *Vous avez fait bon voyage ?*
— *Je suis heureux de te revoir Marthe et de revenir dans cette maison.*
— *Tu es venu seul aujourd'hui ?*
Dit-elle en dissimulant un sourire.
— *Oui, Rata a sa vie maintenant. Il travaille à Marseille au service d'entretien du pont à transbordeur.*
— *Du quoi ?*
— *Un pont qui survole l'entrée du port de Marseille à 50 m de hauteur au-dessus de l'eau !*
A la fin de ce mois, il y a un fada, un certain Noé Greb, qui revient d'Amérique pour sauter de tout en haut et battre le record du monde de plongeon...

Avec ces quelques mots, Emile venait de transporter la jeune fermière à Marseille, vers un improbable saut dans les eaux de son port. Et même au-delà, jusqu'au Nouveau Monde, qui pour elle n'était peuplé dans sa totalité, que par de gentils cowboys, des Indiens sauvages et des bisons !

Attablée dans la cuisine, Augustine raconta, une fois encore, l'accident survenu à son mari et cette maladresse qui lui couta la vie. Les dernières journées de souffrance de son Firmin aussi et sa mort enfin, des suites de sa chute.

Les larmes coulaient de ses yeux pendant son récit, sans qu'elle y prête attention tant elle s'était habituée à les essuyer avec son mouchoir à carreau depuis ce triste jour.

— *C'était un brave homme qui a toujours fait son devoir, il pouvait s'emporter parfois, mais ce n'était pas un mauvais bougre. Il n'a jamais levé la main sur moi.*

Après une assiette de soupe prestement avalée, la conversation se poursuivit, dans la lumière hésitante de la lampe à pétrole.

— *Si ça fait, nous te payerons bien sûr, 3 francs par jour si tu es d'accord ? On a pas bien tu sais, notre seule richesse c'est la terre.*

— *Ce n'est pas la question Augustine,* répondit le jeune homme, *je ne suis pas là pour ça !*

A la grande surprise d'Emile, Joseph l'interpela avec une certaine animosité dans le ton de sa voix :

— *Tu es revenu pour quoi alors ?*

— *Je suis venu pour vous revoir et vous apporter mon aide dans ces moments de douleur...*

La réponse ne sembla pas satisfaire le fils de la maison qui coupa court à l'échange en se levant. Sans ajouter un mot, il franchit la porte et disparut.

Pendant la soirée, Emile prit le temps de détailler la pièce à vivre de la ferme. Le cantou, cette cheminée ouverte large d'environ

quatre mètres au centre de laquelle les braises d'un pauvre feu finissaient de se consumer.
De rustiques banquettes étaient disposées de part et d'autre du foyer, deux refuges tout près de l'âtre pour se réchauffer ou surveiller la marmite. Le ventre de celle de gauche constituait la réserve de sel et de bougies, l'autre était celle des vieux journaux, du papier d'emballage et des bouts de cordelette de chanvre. Suspendu à sa crémaillère, un chaudron encrassé flottait au-dessus du feu. La série de crans réguliers aménagés sur la potence, permettant le réglage de l'intensité de la chaleur sous le récipient en fonte.
Une épaisse couche de suie tapissait le mur de la cheminée. Il arrivait parfois qu'une galette grasse d'un noir sans fond se détache de la paroi et menace de tomber dans la soupe, que l'on préservait de ce sacrilège en la couvrant.
Une imposante poutre en chêne soutenait la cape verticale du cantou, doublée d'une étagère en planche qui courait sur toute sa longueur.
Cette tablette large d'une quinzaine de centimètres hébergeait un alignement d'objets usuels : 2 bougeoirs, un briquet à amorces au fulminate de mercure, une série de récipients en céramique pour le sel, le sucre, la farine et la chicorée, un lot de cartes postales jaunies, une tabatière, des outils à main et nombre d'inestimables trésors.
Un large vaisselier trônait sur le mur en face de la cheminée, un bahut sur lequel s'était assoupie la blanche soupière en faïence de la grand-mère d'Augustine, avec son décor de fleurs bleues entremêlées. Un pan de mur entier était destiné aux deux grandes alcôves, qu'on aurait prises pour des placards, si leurs rideaux entrouverts ne laissaient apparaitre les paillasses garnies de feuilles de hêtre qu'elles renfermaient.
Depuis plus de 25 ans, les parents avaient dormi dans le lit de gauche, le plus éloigné du foyer. L'autre avait accueilli Marthe et

son frère durant de nombreuses années aussi, avant que le jeune homme ne soit prié de s'installer au grenier, dans « le galetas, » au-dessus de la pièce commune.

L'unique fenêtre du volume laissait péniblement filtrer la lumière du jour au travers de ses carreaux grenaillés de bulles d'air. Un « Fenestrou, » plutôt, donnant à l'ouest, avec une vue imprenable sur le poulailler et les allées venues des renards.

Deux portes en planches mal dégauchies desservaient cet espace, la principale débouchant sur l'étable et une deuxième plus étroite et moins haute donnant accès au crota, une cave borgne qui faisait office de garde-manger.

Au fil des ans, la fumée échappée du foyer et les particules de suie quelle transportait avaient soigneusement recouvert de leur empreinte les murs, les poutres et le plafond de la pièce commune, ainsi que les objets qui s'y trouvaient.

Le sol en fine terre battue, n'était parcouru que très occasionnellement par un balai de genêts de fabrication artisanale. Un accessoire atteint d'une pelade chronique, quelques semaines seulement après son entrée en fonction.

Marthe finissait de laver la maigre vaisselle du dîner, dans une bassine métallique posée sur la table de ferme, sa mère rompit le silence qui s'était installé :

— *Demain, nous continuerons les foins du grand pré, il reste deux jours de fauche si on travaille bien. Après il y aura les oignons à ramasser.*

Emile écoutait Augustine lui dresser la liste des tâches pour les jours à venir. Les yeux caves de la veuve s'enfonçaient plus encore dans leurs orbites, depuis qu'avec le chagrin, des cernes en forme de poches avaient élu domicile sous son regard désabusé.

— *Tu dormiras au-dessus, dans le galetas, avec Joseph. Bonne nuit.*

Avant d'aller se coucher, Emile prit soin d'aider Marthe, à remiser la bassine des eaux grasses de la vaisselle, qui seront utilisées dès le lendemain pour la préparation de la chaudière du cochon. A l'extérieur, la pâleur évanescente d'un croissant de lune montante éclairait péniblement le devant de la ferme et les avoisinants.

Après les deux jours de fauchage, pendant la période du fanage qui consiste à laisser ressuyer le foin sur place, en le remuant de temps à autre, le trio des jeunes gens s'appliquait à récolter les oignons, dont le feuillage jauni depuis une bonne semaine confirmait le parfait murissement.

Méthodiquement, en prenant bien soin de ne pas casser le manche de l'outil, Emile retournait les mottes de terre, afin d'en extraire le précieux contenu. A sa suite, Marthe et Joseph les montaient en gerbes serrées de 5 ou 6 pièces.

En temps normal, elles auraient dû être laissées dehors, étalées au grand soleil pour un premier séchage. Cette année-là, les bottes seront rentrées précipitamment sans passer par cette étape, à cause de l'orage.

— *Si la pluie continue comme ça, nous referons une fenaison dans trois semaines…*

La réflexion optimiste d'Emile se heurta à un retour cinglant et définitif d'Augustine.

— *Année de foin, année de rien !*

La plupart du temps dans les champs, à l'heure du déjeuner, les ouvriers agricoles ne se réunissaient autour de la table de la cuisine que le soir venu, au moment du dîner.

C'est avec un « trempe-pain, » un Ayguo boullido à l'ail ou à l'oignon, un cousina de châtaigne ou bien encore une soupe d'orge que commençaient les repas. Quand ils n'en contenaient pas, ces plats étaient le plus souvent accompagnés d'une pomme de terre cuite à la braise, trop rarement agrémentée d'une noix de

beurre. Manger de la viande ne faisait pas partie des usages. Même si l'os d'un cochon ou un morceau de lard gras était possiblement plongé dans la soupe, pour lui donner un surcroit de gout, le même morceau pouvant être utilisé 3 ou 4 jours de rang.
Certains dimanches de septembre, quand elles n'avaient pu être échangées contre quelques sous, une assiette de grives venait parfois bousculer les habitudes de la maison.
Ou bien c'était des truites fraichement pêchées dans la Padelle qui agrémentaient l'ordinaire, servies en règle générale avec des pommes de terre poêlées au saindoux, ou des criques aux saveurs d'ail et d'oignon. Julien s'émerveillait souvent en observant le courage et l'abnégation des membres de cette famille auquel il était venu rendre service, n'était-ce pas l'inverse en fin de compte ? Il constata que le mot travail ne faisait pas partie du vocabulaire de la maison, chaque tâche était exécutée en rythme et sans à-coup, du lever du soleil jusqu'à une heure avancée de la soirée. En ne relevant pas de l'intention d'accomplir une action mais de la nécessité de l'effectuer dans le cadre d'une cohérence globale.
Les variations de la couleur du ciel, l'analyse des brumes matinales, du sens du vent ou du comportement des insectes et des animaux permettaient d'établir les prévisions météorologiques pour le lendemain, et par là même l'ouvrage qu'il y avait lieu de prioriser ou de différer.
Dans la langueur lancinante de ces laborieuses journées, sous les yeux scrutateurs de Joseph et de sa mère, insidieusement un rapprochement s'opérait entre Marthe et Emile.
Un trouble naissant, renforcé par l'agilité des corps au travail, les courbes naturelles et gracieuses de la fermière, ainsi que le dessin des muscles élancés et saillants du jeune homme.
Leur connivence se transformait en quelque chose d'autre, une douce complicité s'établissait entre eux sans dire son nom, une secrète attirance…

Et puis il y eut cette gouttelette de sueur échappée de la salière de Marthe, cet après-midi-là ! De ce petit réservoir situé au-dessus de sa clavicule, d'où s'écoula une perle salée en direction de son entre-sein, sous sa chemise.

Les semaines passèrent, sans que personne n'ose demander au visiteur combien de temps il comptait encore séjourner à la ferme. Aux Sagnes et à Burzet, les gens parlaient du soldat, ou de « l'acampadis » venu donner un coup de main pour l'été.

La saison avançant, il se disait dans les cafés et les chaumières qu'il était plus revenu pour les yeux de la jolie Marthe que pour se faire pardonner d'avoir enfoncé les portes des églises du coin, deux ans plus tôt !

Plus tard, il se murmura enfin que la mignonne avait déjà dû « voir le loup... » Non pas en bordure des bois de Bauzon ou d'Aiguebelle, mais chose plus surprenante encore, à la lisière d'un pantalon côtelé en velours brun !

Jusqu'à ce jour du début du mois d'août...

Une chaleur écrasante s'était abattue sur eux du matin jusqu'à tard le soir, alors qu'ils plantaient les raves sur le coteau au nord de la maison. A la fin de leur interminable labeur, Marthe s'était éclipsée sans rien dire, une fois le travail achevé.

Durant la période estivale, le bétail restait dehors, aux prés, hormis Fine et Champagne qui étaient sorties de bonne heure avant d'être reconduites à la ferme pour midi. Cette astucieuse manœuvre ayant pour finalité de favoriser la production et la collecte des bouses de la mi-journée dans l'étable, avant le retour des bêtes au champ l'après-midi.

Deux bonnes heures avant la nuit, le bâton à la main, Emile partit chercher les deux laitières pour les rentrer.

Alors qu'il coupait par le bois d'Aiguebelle, à la faveur d'une percée entre les arbres, il eut une vision qui le saisit et le bouleversa. Les yeux du jeune homme ne furent pas assez grands pour appréhender ce qu'il leur était donné de voir. Son cœur ne fut pas assez sage pour lui faire détourner le regard et passer son chemin. Sa vie ne fut pas assez longue pour qu'il en arrive à oublier ce tableau d'une beauté sans nom, celui d'une ondine nue au bain dans les eaux translucides de la Padelle.

Il eut le sentiment que son cœur allait manquer de place, à l'intérieur d'une cage thoracique soudainement trop étroite. Son rythme cardiaque n'en finissait plus de s'accélérer, en battements vibrants et sonores qui résonnaient sur ses tempes noyées de sueur.

Lors de sa première rencontre avec Marthe, sur le parvis de l'église Saint-André, ce fameux soir de l'inventaire, c'est à une jeune fille tout juste émergée de l'enfance qu'il avait eu affaire. Aujourd'hui, dans la chaleur torride de cette fin de journée, c'était désormais une femme en tenue d'Eve, aussi pudique que désirable, qui devant lui savonnait ses longs cheveux châtains dans les eaux pures de sa rivière.

Au cours des dernières semaines, la belle avait plaisanté plusieurs fois avec Emile, en laissant entendre qu'avec un peu de pratique et beaucoup d'efforts il finirait par faire un paysan. Elle avait souligné son intérêt pour les bêtes, sa façon de leur parler, ainsi que le coup de cœur de Fine pour le jeune homme.

Les mouvements d'oreille de la vache quand il s'adressait à elle et surtout cet élan qui trahissait les sentiments de l'animal à son égard, cette façon qu'elle avait de poser son encolure sur l'épaule de l'apprenti fermier.

Depuis sa première visite sur le plateau ardéchois, Emile avait reçu comme un cadeau sa rencontre avec la nature âpre et sauvage de ce territoire hors du temps.

Les landes herbues, les tourbières en fond de versant, les ruisseaux et les rivières drainant les eaux claires de ces montagnes vers des embouchures in envisagées.

Mais aussi les sucs minéraux se dressant ici ou là, comme les vestiges oubliés de cathédrales préchrétiennes.

Et pour finir ces paysans agrippés à leur terre, tentant courageusement saison après saison, de conjurer les malheurs et la misère que leurs trop dures conditions de vie ne cessent de leur promettre.

Dieu a dû créer la femme pour rendre la vie acceptable et possible aux hommes, se dit-il.

— *Une vie ici ?*

Dans un éclair de lucidité, une trouée lumineuse à l'intérieur de son cœur, il prit conscience que toutes ses réflexions depuis plusieurs semaines n'étaient orientées que vers une idée, une éventualité :

« *une vie d'homme de la terre, ici, avec Marthe...* »

C'est l'Augustine qui fut la première à se douter de quelque chose. Les femmes ont des intuitions tellement fortes en matière de sentiment, qu'elles pressentent les événements avant même qu'ils ne se produisent.

A la faveur d'une des premières veillées automnales, elle s'autorisa à poser la question qui brulait les lèvres de tous les membres de la famille Chabanel.

— *Tes parents, ils font quoi dans la vie ?*

Passablement surpris par l'audace soudaine de la maitresse de maison, Emile marqua un temps d'arrêt avant de répondre.

— *Je ne les ai plus ! Mes parents ont été emportés par la phtisie il y a une quinzaine d'années, je devais tout juste avoir 10 ans.*

— *Mon Dieu c'est terrible...*

Après s'être signée, Marthe porta ses mains à sa bouche, comme pour réprimer un cri.

— *C'était il y a très longtemps, mais je me souviens encore de ma mère dans ses derniers mois. Elle d'ordinaire si enjouée et vive,*

n'était plus qu'un fantôme, je revois sa maigreur, son teint de cendre et la blancheur de sa peau.
Ce qui me faisait le plus mal c'était ses quintes de toux et les traces de sang qu'elle cachait dans ses mouchoirs.
Et puis un jour, je ne les ai plus vus du tout...
Marthe finit par dégager ses mains de devant sa bouche avant de bredouiller une question :
— *Mais alors, qui a pris soin de toi ?*
— *C'est un oncle du côté de mon père qui m'a recueilli, un homme dur mais juste. Il s'est surtout occupé de mon éducation, pour le reste ce n'était pas un sentimental.*
J'ai été placé en pension à l'école des frères Maristes, rue Aldebert à Marseille. Grâce à lui, j'ai pu passer le certificat d'études l'année de mes 12 ans.
Je lui dois, entre autres, d'avoir eu une scolarité solide et mon goût pour la lecture et la poésie.
Sans regarder son interlocuteur, Joseph se laissa aller à une question. Cet événement était tellement rare qu'il déclenchait chaque fois l'étonnement général.
— *Tu as été reçu au certificat d'études ?*
— *Oui en 1896, j'ai encore avec moi la dictée de l'examen pour cette année-là, je vais vous la lire.*
Après s'être absenté quelques instants, Emile revint avec dans les mains un livre relié que Joseph avait déjà feuilleté en cachette une fois ou deux.
Sur la couverture était inscrit, en lettre d'or :

Cyrano de Bergerac

— *C'est le cadeau de fin d'études que m'a fait mon oncle, le jour de mes 16 ans...* Dit-il en présentant le livre.

Avec une émotion certaine, il fit apparaitre une feuille de papier, un vieux marque-page enfoui depuis toutes ces années au cœur de l'ouvrage. Avant de la déplier et d'en commencer la lecture.

Conseils d'un père à son fils
  -Marche deux heures tous les jours, dors sept heures toutes les nuits, couche-toi-tôt, dès que tu as envie de dormir, lève-toi dès que tu t'éveilles, travaille dès que tu es levé.
  -Ne mange qu'à ta faim, ne bois qu'à ta soif, et toujours lentement.
  -Ne parle que lorsqu'il le faut, n'écris que ce que tu peux signer, ne fais que ce que tu peux dire.
  -N'oublie jamais que les autres comptent sur toi et que tu ne dois pas compter sur eux.
  -N'estime l'argent ni plus ni moins qu'il ne vaut, c'est un bon serviteur et un mauvais maître.
  -Pardonne d'avance à tout le monde, ne méprise pas les hommes, ne les hais pas davantage et ne ris pas d'eux outre mesure, plains-les.
  -Songe à la mort tous les matins en revoyant la lumière, et tous les soirs en rentrant dans l'ombre.
  -Efforce-toi d'être simple, de devenir utile et de rester libre.
  Alexandre Dumas (fils)

Depuis toutes ces années, cet orphelin de père et de mère avait gardé précieusement ce texte auprès de lui. Une liste de conseils avisés, qu'il avait jadis reçus comme un message adressé par ses parents à travers les nuages, depuis l'autre monde.

C'est le plus souvent dans le petit bois derrière le Pra-neuf que Marthe et son Emile se rejoignaient depuis ce beau dimanche de la mi-août, ce fameux soir où en se promenant côte à côte ils s'étaient retrouvés tous deux pour la première fois à court de mots, alors qu'ils avaient encore tant de choses à se dire.

Leurs mains s'étaient effleurées à plusieurs reprises avant de se rencontrer et de s'unir.

La jolie Marthe avait tellement espéré ce moment, qu'après un réflexe involontaire de recul, elle se laissa faire tout naturellement. Le simple contact de leurs doigts entremêlés et la chaleur de la peau de son Emile déclenchèrent en elle un torrent d'émotions et des sensations inconnues jusqu'à lors.

Ce soir-là pourtant, la tension se lisait sur leurs visages, il ne s'agissait plus de s'embrasser du bout des lèvres ou de se caresser le bras en susurrant des mots doux, mais de décisions radicales et lourdes de conséquences.

— *Ma douce, je dois redescendre pour récupérer mes affaires et exposer la situation à mon oncle et à mes proches.*
— *Si tu pars, tu ne reviendras plus, ça, je le sais !*
— *Ne raconte pas de sottise, je reviendrai comme je te l'ai promis même si je dois faire le voyage à pied, depuis Marseille.*
— *Tu vas m'oublier et tu disparaitras…*
— *Je ne peux pas t'oublier et je n'ai pas la moindre envie de disparaitre. Comme je te l'ai dit, à mon retour si l'Augustine est d'accord nous pourrons aller voir le curé, pour lui dire de nous marier, aux beaux jours.*
— *La mère ne s'y opposera pas.*
Mon frère va partir faire son service militaire au printemps, pour 2 ans. Si tu ne reviens pas, dans 6 mois il n'y aura plus d'homme à la ferme.

Les deux jeunes gens se faisaient face, les yeux dans les yeux et les doigts entremêlés. Si bien qu'ils ne purent lever leurs mains droites au moment ultime, pour se jurer tout ce qu'ils avaient à se promettre.

La gravité des serments qu'ils échangeaient résonnait en eux avec l'exaltation profonde et définitive des instants passionnés.

***

Manon présenta la photo en noir et blanc de la noce des ancêtres au prêtre, qui ne cessait de s'émerveiller devant les trésors de l'histoire familiale.
— *Nous avons retrouvé cette photo dans les affaires d'Emile, au grenier.*
L'homme prit le temps d'ajuster ses lunettes avant de considérer les fantômes qui trônaient sur le papier glacé.
Pas un seul sourire n'illuminait ces visages figés dans des postures qui n'avaient rien de naturel, leurs trombines n'exprimaient qu'une froideur de sentiment tintée de solennité.
Julien se chargea des présentations.

— *Au milieu bien sûr, ce sont Marthe et Emile mes grands-parents, là c'est Augustine la mamé, la mère de Marthe et de Joseph. C'est mon arrière-grand-mère, elle portait encore le deuil de Firmin, son mari.*
Le jeune homme maigre en uniforme de soldat c'est surement Joseph, le frère de Marthe et donc le beau-frère d'Emile.
— *Marthe était vraiment très belle, je lui trouve des airs de ressemblance avec Manon...*
Le compliment du religieux fit délicatement rougir la fille de Julien, pendant que son père reprenait son voyage dans le temps.
— *Pour les autres, je ne sais pas, connais pas !*
— *Ils avaient bien des têtes de vainqueurs quand même !*
Les paroles d'Aurore vinrent se heurter à l'effort de mémoire de son mari, qui ne s'offusqua pas en apercevant un sourire malicieux sur les lèvres de sa femme.
— *Autre époque, autres mœurs, et des vies qui n'étaient vraiment pas faciles tu le sais bien...*
— *Je plaisante Julien.*

Aurore interpela le prêtre :
Mon père, savez-vous s'il subsistait encore des mariages consanguins à cette époque ?
— Je ne pourrai bien évidemment pas répondre à cette question, ce que je puis vous dire par contre, c'est que le mariage n'est un sacrement que depuis le concile de Latran, et qu'avant cette date, ils pouvaient être célébrés n'importe où...
Le curé renchérit.
— A la fin du moyen âge donc et pour lutter contre les unions clandestines, les mariages forcés ou consanguins, il devint de rigueur de les célébrer à l'église. Et que conjointement des bans soient publiés afin de les rendre publiques et de les proclamer au vu et au su de tous.

***

1909 fut l'une des pires années que l'on ait vu depuis bien longtemps, l'hiver ne se résolut que très tardivement à laisser la place aux beaux jours. En montagne, le blanc recouvrait encore les prairies bien après sa saison.
Courant juin, c'est la pluie qui s'installa durablement, pendant la majeure partie de l'été. Le plateau gorgé de neige fondue et des précipitations célestes déversait en torrents des quantités d'eau invraisemblables, vers les vallées de sa périphérie.
En plein cœur de Burzet, la rivière grondait comme une furie en percutant le village, pendant que sur ses rives quelques passants affairés vaquaient à leurs occupations.
Un gamin, haut comme trois pommes, traversait le pont sur la Bourges en s'appliquant à mener ses vaches de la voix, sans se soucier plus que ça des cadeaux que les génisses abandonnaient derrière elles.
Pendant que d'autres enfants, le béret vissé sur la tête, remontaient en colonne par deux vers leur école, en laissant

claquer les semelles en bois de leurs galoches sur les pierres de la rue. Un groupe hétéroclite de garçons de tous âges vêtus de longues blouses noires, que leur maître faisait progresser vers l'instruction comme on mène un troupeau aux estives.

Au bout de la rue de la Levade, devant la porte de la maison commune, l'officier d'état civil fit l'annonce à haute et intelligible voix, comme la loi le réclame, de la promesse de mariage entre :

- *M. Bourillon Emile Louis Ferdinand*, **âgé** de *24 ans*, **domicilié** *à Marseille*, **exerçant la profession de** *surveillant des écoles*, **Ledit** *étant célibataire.*

Et

- *Mlle Chabanel Marthe Eulalye*, **âgée de** *21 ans,* **domiciliée** à *Burzet* **exerçant la profession de** *cultivatrice,* **ladite** *étant célibataire.*

Proclamation et publication faites pour la première fois le 7 septembre 1909 en mairie de Burzet.
Le valet de ville surnommé « le tambournier » reproduisit cette annonce, chaque mercredi et dimanche précédant le mariage, y compris 3 jours avant, le mercredi 15 septembre.
Planté au beau milieu de la place de la Confrérie, cet ancien tambour major faisait précéder son « avisse à la population… » d'un roulement de caisse claire magistralement exécuté, pour le plus grand ravissement d'un groupe d'enfants.
Un crachat vint ponctuer le dernier avis des épousailles.
Après s'être essuyé les lèvres d'un revers de manche, l'œil noir, Gaston Fayolle marmonna un :
« C'est pas Dieu possible ! »

Puis il tourna les talons avant de disparaitre à l'intérieur du bistrot de la place, en claudiquant.
Il y retrouva ses deux compères qui tenter vainement de se faire servir une nouvelle tournée de chopine de vin. Après avoir déposé sa canne à la verticale à l'angle des murs en pierres de la salle, il lança :
— *Tu disais vrai, ils ont publié les bans.*
— *Je te l'avais dit, elle va épouser le soldat de l'inventaire.*
— *Quel gâchis, une si jolie fille, avec de la terre en plus !*
— *La terre ne sera pas perdue pour tout le monde...*

Gaston Fayolle n'était pas originaire de Burzet, mais il faisait pourtant bel et bien partie des murs. On le croisait souvent, dans le bourg, à Montpezat ou sur les chemins du plateau, perché sur son petit cheval bai appelé chaussette en raison de la couleur blanche du bas de ses pattes antérieures.
Ce maquignon avait ses attaches en Haute-Loire, bien que personne ne sache précisément d'où il était. Il pouvait dresser à l'agneau prêt, la liste du cheptel de chaque ferme des environs. Les éleveurs et les paysans du pays le connaissaient bien aussi, tout autant que son opportunisme et sa dureté en affaire.
Il se disait qu'un jour, ayant appris le décès d'un fermier du côté d'Yssingeaux, il avait accouru auprès de sa femme alors que le corps de son mari n'était pas encore froid.
Profitant de la crédulité de la veuve, il l'avait convaincu de lui céder son lot de mouton à un prix modique, en prétextant que dans le cas contraire les bêtes allaient toutes se laisser mourir :
« *Pour accompagner leur maître dans la tombe, à la manière des moutons de Panurge...* »
Personne n'ayant d'ailleurs, jamais pu confirmer la véracité de cette histoire.
En reposant son verre d'un geste résolu, Gaston annonça qu'il ferait un saut à la noce le samedi, pour voir les époux.

— *N'oublie pas de leur apporter un cadeau* rétorqua un des compères, avec un sourire entendu.
— *Parbleu ! Je veux bien leur faire un cadeau, mais il faudra qu'ils viennent le récupérer dans mon pot de chambre !*

Au même instant, en haut de la rue de l'église, chargées de gros paquets, Augustine et Marthe sortaient de l'épicerie de Mme Arsac. Celle-ci les rattrapa alors que les deux femmes s'engageaient dans la montée, en direction du crucifix multicolore.
— *Pour les dragées, passez les prendre samedi, après la mairie, j'aurai bien fini de faire les cornets d'ici là.*
Le grand jour du mariage venu, un groupe d'une trentaine de personnes était rassemblé devant l'entrée de la mairie. Les discussions allaient bon train en attendant l'arrivée de la belle…
Dans leurs costumes du dimanche, cravatés pour la plupart, les hommes s'étaient rasés de près. L'air empestait une odeur indéfinissable, mélange de la fumée du tabac brun de leurs cigarettes et de sent-bon d'eaux de Cologne.
— *J'ai lu dans le journal que sur le vieux port de Marseille, ils ont fait la chasse à une tigresse échappée de sa cage pendant 3 jours, avant de finir par l'abattre !*
— *Ils ont eu besoin de tout ce temps pour tuer un tigre qui se promène en pleine rue ?*
— *Tu sais bien que les Marseillais y boivent pas que de l'eau !*
Les éclats de rire des villageois se firent entendre jusqu'à la place du marché.
Parées de leurs plus jolies tenues, les femmes s'étaient réunies à l'écart du groupe des moustachus. Jeanne, la tante de la mariée, étrennait pour l'occasion sa robe neuve assortie à la voilette de son chapeau, un ensemble acheté un mois plus tôt à un camelot pendant la foire.

Accompagnée de son frère et d'Augustine, Marthe était descendue pieds nus depuis la ferme jusqu'à Burzet, pour ne pas abimer ses souliers qu'elle tenait à la main.

Le trio fit une halte, un kilomètre avant le village pour que la jeune femme puisse se rechausser, rectifier son jupon et coiffer son voile. Son regard lumineux et les quelques taches de rousseur qui couvraient encore ses pommettes constituaient les derniers vestiges de ses jeunes années. Le gris soutenu de sa robe faisait ressortir avantageusement sa taille menue et les rondeurs délicates de sa silhouette.

Incrédule, Joseph observait la beauté de cette sœur qu'il n'avait pas vu quitter leurs années d'enfance. Depuis son départ au service militaire à Privas, au début du mois d'avril, la ferme lui paraissait elle aussi bien lointaine et si petite soudain, dans un monde devenu trop grand pour lui.

L'avant-veille, à la demande d'Augustine, il avait bien essayé d'enfiler les habits du père, mais cet échalas à la maigreur maladive comprit rapidement que c'était peine perdue.

A l'occasion de sa première permission et à défaut d'avoir un costume à sa taille, c'est vêtu de son uniforme de soldat qu'il assistera au mariage de sa sœur en qualité de témoin. Ledit uniforme ne parvenant pas malgré tous ses efforts, à lui donner une autre allure que celle d'un jeune paysan mal dégrossi.

Un bouquet de fleurs des champs à la main, Marthe dépassait le lavoir de la rue de la Levade, au milieu d'une haie de laveuses en pâmoison, lorsque les premiers cris et les vivats résonnèrent.

Emile qui selon le rituel avait passé la nuit précédente au village chez la Jeanne, vint à sa rencontre à hauteur de la porcherie de la rue, juste avant leur entrée dans la maison publique.

Les paroles d'accueil et les compliments qu'il adressa à sa future épouse restèrent inaudibles, dans le tumulte des embrassades et les bousculades.

Une agitation qui se calma sitôt passées les portes de la mairie. Ce lieu inspirait généralement une retenue et une réserve salutaire chez les Burzetins qui en franchissaient le seuil. Dans la mesure où chaque mercredi, jour de marché, le bâtiment devenait le siège des audiences du tribunal de justice et de paix.
Après quelques mots d'accueil et de bienvenue, le maire M. Plantevin fit une lecture qui se voulut concise et didactique du Code civil. Il rappela les termes de la loi qui stipulent :
« Que le mari est le chef de la famille, qu'il doit protection à sa femme, et que la femme, elle, doit obéissance à son mari ! »

Au bout d'une quinzaine de minutes et faisant suite à l'échange de consentement des époux, l'union civile fut prononcée à la grande surprise de Joseph qui demanda à sa mère pourquoi ce n'était pas le curé qui les avait mariés.
Une demi-heure plus tard, c'est avec une certaine gêne, et sous l'œil narquois des villageois présents, qu'Emile entra dans l'église. Contrairement à sa précédente visite avec la troupe, il trouva les nouvelles portes du saint lieu largement ouvertes à son arrivée. Le prêtre ne fit aucune mention de l'implication du marié lors des événements de l'inventaire de 1906, même si comme on peut l'envisager il devait en brûler d'envie.
En remontant l'allée centrale de la nef sous les regards bienveillants de l'assistance, bras dessus bras dessous, Augustine et sa Marthe eurent toutes deux une pensée émue pour Firmin Chabanel. Quelle tristesse pour un père et sa fille, au grand jour du mariage de cette dernière, de ne pouvoir cheminer ensemble vers l'autel et la fin d'une enfance.
Emile n'avait d'yeux que pour sa chérie, sa pâquerette, comme il se plaisait à l'appeler. Ce n'est qu'une fois parvenue à hauteur de son homme qu'avec une grâce infinie, la belle dégageât son visage et l'adorable sourire qui lui était destiné, en repliant le tissu vaporeux de son voile sur les reflets cuivrés de sa chevelure.

Préalablement à l'échange de consentement des époux, le curé prit un ton plus grave en s'adressant à l'auditoire.
— *Avant, que de passer outre, nous déclarons que si quelqu'un sait quelque empêchement pour lequel ce mariage ne puisse s'accomplir, l'Eglise lui ordonne de le déclarer présentement...*

Le braiment d'un mulet déchira le recueillement et la quiétude des lieux, un cri aussitôt redoublé provenant du parvis à l'extérieur. Sans sourciller, le prêtre marqua un temps d'arrêt pour laisser à l'animal le loisir d'achever son hurlement saccadé, et permettre à l'assistance de réprimer l'éclat de rire général.
Puis il reprit d'un ton délibérément plus grave :
— *Mais elle défend en même temps, sous peine d'excommunication, d'y apporter aucun obstacle par malice et sans cause.*
Dehors, l'âne redoubla d'efforts en poussant un hennissement de jument !
Dans la tension qui suivit l'annonce, le grincement des pieds d'une chaise sur le dallage de l'église se fit entendre, un homme se leva en marmonnant des propos inintelligibles.
Comme toutes les personnes présentes, le curé, avait reconnu le Bébert de Rieutord.
Il l'invita à reformuler sa phrase.
— *Parle sans crainte, nous t'écoutons...*
L'assemblée entière gardait les yeux rivés sur le Bébert, un bougre connu de tous pour n'avoir jamais eu maille à partir avec qui que ce soit auparavant. L'air gêné, celui-ci s'avança de quelques pas en direction du chœur, avant de s'adresser au prêtre.
— *Mon père, je peux sortir pour calmer mon bourriquot ?*
Si je n'y vais pas, y va plus s'arrêter !
Au milieu des rires étouffés de l'audience et dans un soupir de soulagement, le curé Hilaire fit un geste de la main en désignant l'entrée de l'église.

Un accord non verbalisé accompagné d'un large sourire.

Lorsque vint le moment des consentements, le prêtre se tourna vers le marié afin de lui poser la question rituelle :

— *Emile Louis Ferdinand Bourillon, voulez-vous prendre maintenant Marthe Eulalye Chabanel pour votre femme et légitime épouse, en la forme que la Sainte Eglise notre mère la pratique ?*

Le regard plongé dans celui du curé et sans la moindre hésitation, Emile répondit un *« Oui, je le veux, »* franc et sonore qui ravit l'assistance.

Quand vint le tour de Marthe, au moment fatidique, celle-ci ne put s'empêcher de se retourner en direction de sa mère.

Ses yeux de petite fille se mirent à chercher un regard dans l'éventail des visages fixés sur elle. Le regard ténébreux et fier de son père, que bien entendu elle ne rencontra pas.

Après le *« Oui, je le veux. »* Qu'elle adressa à son mari au travers du curé, celui-ci bénit les mariés et les anneaux qu'ils échangeaient. En traçant un ample signe de croix de la main au-dessus de leurs têtes, il dit :

— *Et ego, ex parte Dei omnipotensis, et Apostolorum Petri et Pauli, et Sanctae Matris Ecclesiae, vos Matrimonio conjungo, et istud Sacramentum inter vos firmo.*

In nomine Patris, et Filii, et Spiritus Sancti. Amen.

Les époux s'avancèrent ensuite vers l'autel de la mère de Dieu sur lequel Marthe déposa son bouquet, au moment de la prière à la vierge. Ce n'est qu'après cet instant de recueillement, qu'à la fin de la célébration les témoins et les jeunes mariés signèrent le registre de la paroisse. Chacun d'eux se devant d'être en capacité de le faire, comme l'avait suggéré le prêtre.

Les cloches sonnaient à toute volée, attaché à un anneau à bonne distance dans la rue de l'église, l'âne du Bébert redoubla ses hurlements disgracieux en balançant nerveusement sa queue en tous sens.

A l'extérieur, sur le parvis, après avoir traversé une courte haie d'honneur sous les vivats des proches et des curieux, les mariés se prirent par la main à l'endroit exact de leur toute première rencontre. Une pluie de dragées aux amandes et au miel s'abattit sur eux et sur les enfants du village, qui tentaient frénétiquement d'en recueillir les précieuses gouttes. Adossé à la façade sur le perron du café du peuple, le visage fermé, Gaston Fayolle qui n'en pensait pas moins leva son verre de vin à hauteur de tête, au passage du petit groupe.

Augustine vint saluer le maquignon avec qui son mari commerçait jadis régulièrement, pour lui proposer de les rejoindre le soir même à la ferme, pour la noce. Celui-ci ne se fit pas prier et accepta tout de go, en topant dans la main de la veuve comme s'il s'agissait d'une « pache, » à l'occasion de la vente d'une brebis. Une fois achevée la lente remontée à pied du cortège nuptial, vers le plateau, les convives purent se restaurer et se rafraichir.

Un tonnelet de vin fut percé dans un cri, pour l'occasion !

Pour la simple et bonne raison qu'il était le seul homme à ne pas boire, Joseph fut chargé de remplir les verres, ceux de la maison et les autres prêtés par les voisins.

La joie était communicative, les rires envahissaient peu à peu l'atmosphère d'ordinairement si paisible de ce coin de montagne. Au son de l'accordéon et du trombone de la clique du village, les premières farandoles se formèrent tout autour de la ferme, jusque dans l'étable. Le photographe, venu tout spécialement de Sainte-Eulalie, interrompit la sarabande en demandant aux époux et à leurs proches de se rassembler pour immortaliser l'instant.

L'après-midi était déjà largement entamée, lorsque Gaston Fayolle quitta le café du peuple considérablement aviné. Ce n'est qu'après un semblant de sieste, effectuée sur chaussette lors de la remontée vers le plateau, qu'il parvint à destination.

La fête battait son plein, les convives poursuivaient les réjouissances en chantant à tue-tête « *le temps des cerises* »
Sur les tables dressées devant la ferme et leurs nappes en draps de lit, une vaisselle bariolée et rudimentaire attendait les noceurs. Le maquignon fit une entrée discrète dans les lieux qu'il connaissait fort bien, et alla présenter ses vœux aux époux en s'appuyant sur sa canne, en raison de l'ivresse du moment et de son infirmité déjà ancienne.
15 années s'étaient écoulées depuis son accident, ce fameux jour de foire où d'une ruade aussi inexpliquée que soudaine, un bourriquot l'avait estropié en lui fracassant la hanche au côté droit. Après des semaines d'alitement et de convalescence, n'ayant plus les capacités physiques pour faire le paysan, il décida d'embrasser le métier du négoce de bestiaux.
Depuis lors, son caractère avait changé, il était devenu plus dur, ou plus méchant comme beaucoup le pensaient.
Il lui arrivait aussi de plus en plus souvent de se laisser aller à la boisson pour « *Faire avancer les affaires* » comme il se plaisait à le dire.
Ce n'est pas pour autant qu'il leva son verre lorsqu'un ban fut lancé en l'honneur des époux, aux sons d'un hip hip hip hourra trissé par les fêtards.
Le menu du repas de noces ne dérogea que très peu des dîners habituels à la ferme. Il s'agissait davantage pour ces gens modestes de se réunir autour d'une même table et de partager le bonheur du moment, plutôt que d'engager des frais inconsidérés, au-dessus des moyens de la maison.
Après la soupe paysanne aux légumes et au lard, deux têtes de veau magnifiquement ornées d'une rose rouge, sur leurs fronts d'un blanc laiteux furent servies. Accompagnées de poêlées de patates au saindoux rissolées à souhait.
L'excitation battait son plein, sous le regard réprobateur de leurs femmes, les hommes buvaient le vin comme du petit lait. A tour

de rôle, les plus hardis se levaient pour pousser la chansonnette, rapidement épaulés pour les paroles par le chœur des convives.
Marthe riait aux éclats chaque fois qu'un chanteur éméché escamotait le refrain d'une chanson en remplaçant un mot, ou une phrase entière par des termes de son invention.
Dès son retour à la maison, la mariée avait troqué sa coiffe et son voile contre une tresse fleurie sobrement posée sur sa chevelure, un assemblage délicat et gracieux de fleurs de lys et de marguerites des prés. Elle n'avait jamais été aussi belle qu'à cette heure, qu'en ce jour où son bonheur la transfigurait et la transportait infiniment loin, au-delà de tout, jusqu'au paradis des simples gens.

Aux accents de « *Plaisir d'amour, de la Tonkinoise et de Vient Poupoule* » accompagnés tant bien que mal par des musiciens passablement avinés, les noceurs hurlaient à pleine voix leur plaisir de vivre l'instant et d'être ensemble.
Lorsque les tomes de fromage furent servis sur les tables, Marthe partit récupérer une tourte de pain de réserve, dans la maie de la cave.
A peine était-elle entrée dans le réduit obscur, qu'elle sentit dans son dos de trop puissantes mains la saisir au niveau des bras et un corps se coller contre le sien.
— *C'est moi que tu aurais dû épouser, pas ce pilleur d'églises, ce Taberlo !*
Ton père doit se retourner dans son drap !
De la bouche plaquée contre son oreille, s'échappaient des mots d'une violence mal contenue et une haleine de vin rouge à faire se décoller les affiches aux murs !
— *Moi je t'aurai couvert de robes et de rubans, lui il va te couvrir de misère.*
Marthe tenta de se dégager de l'emprise de l'homme qu'elle avait fini par identifier, celui-ci ne relâcha son étreinte que de peur que

la jeune femme se mette à hurler. Avant qu'elle ne lui échappe, il lui dit encore.
— *Fille !*
C'est moi qui aurai dû te marier, ton père me l'avait promis... Vous avez une dette envers moi !

La fraicheur ambiante et le tamtam régulier des pas de son cheval sur le chemin du retour eurent pour effets de calmer le Gaston, qui venait de quitter le repas de noces sans demander son reste. Dans l'obscurité qui l'enveloppait, il ne put malgré tout s'empêcher de proférer des jurons, à l'attention de Dieu, de la garce de Marthe et de toutes les femmes.

Julien

*« Merci beaucoup, monsieur le curé, Julien se ravisa,
je crois qu'il faut dire mon père ? »*

En s'asseyant péniblement dans sa voiture, et faisant montre de son humour habituel, le prêtre lui répondit qu'en raison de son grand âge, il était effectivement en capacité d'être le père de tous les habitants du village ! Il ajouta :
— *Votre histoire familiale est captivante et je suppose que vous n'êtes pas au bout de vos trouvailles et de vos surprises...*
— *C'est vrai, il me reste encore beaucoup de lettres à lire et à classer dans leur chronologie...*
— *Tenez-moi au courant s'il vous plait, ça m'intéresse !*
— *C'est promis mon père, je vous souhaite un bon retour.*
Le poids d'un trop-plein de fatigue commençait à peser sur Julien, qui attendit que la voiture du prêtre disparaisse dans le virage, pour rentrer se reposer. Il se laissa tomber lourdement sur le canapé du salon, écrasé par un sentiment soudain de lassitude mêlé de tristesse.
— *Comment ça va papa ?*
— *Pas plus mal ma fille, merci.*
Tu te rends compte que cette pièce était autrefois une étable, et qu'à notre place il y avait des enclos, les mangeoires et tout le bétail de la ferme.
— *Oui, c'est ce que j'ai cru comprendre...*
Aurore entra dans la pièce, les bras chargés d'un plateau rempli de verres et de bouteilles vides, avant de lancer.
— *Ces histoires m'ont donné faim, j'ai envie d'une soupe paysanne, pas vous ?*

— *C'est une excellente idée chérie, ce sera parfait pour me redonner un peu d'énergie.*
— *Je vais voir ce que nous avons...*
Venez m'aider à éplucher les légumes, sinon elle ne sera jamais prête.
L'odeur si familière de la soupe envahit peu à peu la cuisine de l'ancienne ferme de ses senteurs réconfortantes. Même si en un siècle, le chaudron en fonte avait été remplacé par un autocuiseur chinois en inox, et le feu séculaire de la cheminée par une plaque à induction. Les flambées trop rarement allumées dans le cantou ne servant plus désormais qu'à casser l'humidité des soirées automnales ou à faire des feux d'agrément.
Un feu d'agrément ! Comment faire entendre ce concept à un de mes ancêtres ? A Firmin par exemple, ou à n'importe quel autre paysan du début du XXe siècle, songea plus tard Julien alors qu'ils étaient à table...
— *Si tu es toujours aussi fatigué demain, nous demanderons un test covid à l'hôpital, ils pourront sûrement t'en faire un entre deux examens.*
— *Je verrai ça avec le cardiologue, après le test d'effort.*
Je vais encore devoir m'époumoner sur ce tapis de torture !
— *Il faut ce qu'il faut, ton état est préoccupant tu n'as pas l'air de t'en rendre compte. Si en plus tu contractes le covid, les carottes seront cuites, tu peux me croire !*

Lassé par la conversation au sujet de son état de santé, Julien présenta son assiette devant le récipient.
— *En parlant de ça, je reprendrai bien un peu de soupe s'il te plait.*
Le centre hospitalier d'Ardèche méridionale d'Aubenas fut la dernière demeure terrestre de Marie, ce détail en rien anodin, inquiétait fortement Julien que la peur d'imiter sa mère angoissait.

Après avoir parcouru le grand hall d'entrée avec son point relais, ils embarquèrent dans la cage d'ascenseur pour un rapide voyage vers l'unité de cardiologie du 4e étage.

Assis sur les fauteuils couleur prune de l'accueil, Julien était sur le point de s'adresser au secrétariat, pour demander à visiter la chambre où sa maman s'était éteinte.

Il n'alla pas au bout de son idée, persuadé que celle-ci était occupée et que les mesures sanitaires en vigueur ne lui permettraient pas d'en faire le tour.

Manon, déjà opérationnelle en télétravail, depuis la ferme de Pierrebelle, n'avait pu accompagner son père, qui de toute façon souhaitait éviter à sa fille le déroulé de cette fastidieuse journée.

— *J'espère qu'ils ne vont pas me garder.*
— *Ne commence pas, nous verrons bien ce qu'il y a lieu de faire, en fonction de ton état.*

La réponse d'Aurore tomba, cinglante et sans appel, pile au moment où le cardiologue vint chercher son mari pour sa consultation.

Julien fut surpris par l'extrême brièveté de l'entretien, il n'eut même pas le temps de demander au médecin s'il s'était occupé du cas de sa maman, que déjà de sa voix posée, l'homme en blouse blanche l'invitait à patienter à nouveau dans le couloir, jusqu'à ce que l'on vienne le récupérer pour la prise de sang.

... *Je ne pourrai pas rentrer mercredi comme prévu, je vais devoir attendre les résultats des examens avant de bouger...*

Sitôt sorti du cabinet du docteur Haddad, après en avoir refermé la porte, Julien surprit la conversation téléphonique d'Aurore, à quelques mètres de lui. Il s'immobilisa, derrière un renfoncement que formait un poteau du couloir, pour écouter les propos de son épouse et découvrir l'identité de son interlocuteur.

— *Il faut que je récupère une attestation pour justifier de mon trajet retour, je ne sais pas quoi mettre.*

… /…
— Oui, je t'aime, tu me manques, c'est atroce.
Je t'aime, je t'aime, je t'aime. Je redescends bientôt…
… /…
— T'en fais pas, je n'ai besoin que de toi !

Le sol plastifié du couloir se déroba sous les pieds de Julien.
Dans un mouvement réflexe, il se risqua à faire un demi-tour, pour s'éloigner comme il le pouvait des mots prononcés par sa femme. A grand-peine, il se dirigea vers la double porte, couleur saumon située à l'opposé du secrétariat. Un large passage donnant accès aux chambres des malades.
Tant bien que mal, il parvint à faire quelques pas dans leur direction, la foudre qui lui remonta soudain dans le bras gauche ne lui permit pas de les atteindre.
Il vacilla, en un instant son esprit et sa vue se brouillèrent, en ne lui laissant pas le temps de se rattraper à la main courante qui longeait le mur…
Plus rien dès lors, ne pouvait ralentir sa chute.

***

— Comment ça va, monsieur Bourillon ?
Julien ne put répondre à la question que lui posait un masque bleu de chirurgien penché sur lui. La douleur plantée dans sa poitrine se conjuguait avec un mal de crâne lancinant.
— Vous vous sentez bien ?
Après avoir difficilement ouvert la bouche, il ne put articuler le moindre mot, sa langue pâteuse lui sembla avoir doublé de volume. Sa seule réponse fut un hochement de tête qui se voulait un acquiescement.

— Le médecin nous a demandé de le tenir informé de l'évolution de la situation, il n'a pas compris ce qui s'est passé hier.
Julien ouvrit grand les yeux tout en faisant une moue dubitative…
— Vous avez fait un infarctus, vous n'êtes pas passé loin !
Le chirurgien vous a posé 2 stents, ça va aller maintenant.

Moins sn patient parvenait à lui répondre, plus l'infirmière élevait la voix, comme si dans la logique de la jeune femme, ses hurlements pouvaient faciliter la communication et lui permettre de mieux se faire comprendre par Julien. Celui-ci ferma les paupières et souleva la main dans sa direction, pour lui signifier qu'il avait reçu le message et exprimer sa lassitude.
— Ah ! Une dernière chose, la blessure à la tête, c'est quand vous êtes tombé au moment de l'attaque.
Une attaque !

Le mot lui parut on ne peut mieux choisi, pour décrire ce qu'il venait de vivre.
Avant de quitter la chambre, l'infirmière ajouta :
— Les visites sont interdites en raison du covid, mais quand vous le sentirez, vous pourrez passer un coup de fil.
Pour l'instant, reposez-vous, je vais avertir le docteur.

***

Derrière la vitre de l'ambulance, les façades de la rue défilaient sous les yeux de Julien sans qu'il ne parvienne à les distinguer. Le regard perdu dans le vide, il se remémorait les termes de sa dernière discussion avec le cardiologue.
— Vous ne pouvez plus vous permettre de générer du stress ou de l'anxiété, il va falloir ralentir et même si vous le pouvez stopper votre activité professionnelle, pour vous mettre au vert !

Une question lui brûla les lèvres, que bien entendu il ne posa pas à l'homme en blanc :
« *et pour ma femme, je fais comment ?* »

Sa femme !
Elle vint l'accueillir avec leur fille, à l'arrière de la maison dès son retour, en restant toutefois à bonne distance comme il le leur avait demandé :
« *Pendant quelques jours au moins, pour limiter les risques éventuels de contagion du virus…* »
Les journées reprirent leurs cours dans l'ancienne ferme, où l'atmosphère ambiante s'était dégradée.
Julien qui ne paressait aucunement dans son assiette avait, semble-t-il, toutes les raisons de ne pas l'être. Manon, inquiète, était déchirée entre l'envie pressante de sa mère de rentrer à Marseille et l'état de santé de son père qui avait bien failli les quitter définitivement.
Aurore était résolue à attendre le lundi suivant pour s'éclipser, avec le projet de faire la route aux heures de pointe, en réduisant ainsi le risque d'être contrôlée par la police durant son déplacement.
Cette fausse blonde d'une cinquantaine d'années bien pesées avait gardé la silhouette de ses vingt-cinq ans et une beauté naturelle qui faisait de cette grande bringue élancée et sportive une femme désirable et désirée. Elle tenait son caractère bien trempé et sa rectitude de son colonel de père, qui en bon militaire de carrière avait mené sa famille et l'éducation de ses 3 enfants, comme on dirige une garnison de recrus.
Depuis son retour de l'Hôpital, Julien et Aurore faisaient chambre à part, les conversations se limitant au strict minimum, en raison d'une hypothétique contagiosité et de l'humeur déplorable affichée par le papa de Manon.

— *La semaine prochaine, je ne courrai plus le risque d'être contagieux, je descendrai voir Mathilde au village, pour lui régler ce que maman lui devait encore.*
— Elle s'est déjà payée toute seule en emportant les lampes de mamie, rétorqua Manon.
— *Je te répète pour la dernière fois que ta grand-mère lui avait donné ces lampes !*
— *La semaine prochaine ? Moi je ne serai plus là, je redescends à Marseille, voir mes parents.*

Les propos d'Aurore firent doucement sourire Julien.
Manon qui ne voulait pas participer à cette conversation chercha aussitôt à changer de sujet.
— *J'ai continué le tri dans les lettres de la malle, il n'est pas toujours possible de les classer dans leur chronologie, parce que certaines ne sont pas datées, mais il y a des perles...*
C'est vraiment génial, même si ça me rappelle un peu trop mes cours d'histoire !
Sans porter la moindre attention aux paroles de sa fille, Julien s'enflamma.
— *Ne perds pas de temps surtout ! Si tu tiens tant que ça à t'occuper de tes parents, tu n'as qu'à partir demain ! Je ne voudrais pas qu'ils souffrent de ton absence.*
L'attaque à peine voilée, et le ton utilisé par son mari firent blêmir Aurore qui ne répondit qu'un « *je vais y réfléchir...* » avant de s'éclipser.
Au cours de son exercice journalier de marche, que lui avait conseillé de faire le cardiologue, Julien s'engagea sur le pra-neuf. Cette prairie n'était plus désormais qu'une lande sauvage, faute de bétail pour en brouter l'herbe.
Il traversa la partie dégagée du carré de verdure avant de s'installer près des arbres tordus, en lisière du petit bois.

Son iPhone à la main, Julien émit un appel en exerçant une pression sur les lettres du prénom de son associé.
— Ça va, mon Michel ?
— Ça va, bien, et toi ?
— J'ai connu des jours meilleurs, mon ami…
— *Tu vas t'en sortir, tu es costaud !*
— C'est ce qu'il faut se dire. As-tu réfléchi à ma proposition ?
— *Tu me prends de cours Julien, je n'avais pas du tout envisagé le rachat de tes parts. La période est loin d'être favorable en plus, je ne vais pas te faire un dessin !*
— Oui, je comprends…

Julien sentit une tension s'installer au niveau de ses tempes et dans sa poitrine, il prit sur lui, et tenta de se calmer en pratiquant la respiration abdominale que lui avait enseignée l'infirmière.
Avant de reprendre…
— *Tu sais Michel, je ne suis pas passé loin du pire, je crois que je n'ai plus la force de continuer…*
— *Il faudra qu'on en reparle posément, tu veux ?*
Pour l'instant, je fais le nécessaire, pour que l'on puisse bénéficier des aides allouées par le gouvernement, on a droit à peu près à tout…
— *Sauf au télétravail…* plaisanta Julien.
— *Oui effectivement, mais ce n'est pas le plus facile à mettre en place dans un restaurant !*
Un trémolo dans la voix, il sentit l'émotion monter et l'envahir.
— *Michel, je sais ce que tu as déjà fait pour moi il y a 2 ans quand j'ai fait mon infarctus, tu as tenu le restau pendant plusieurs mois, sans rien dire…*
— *Je n'étais pas tout seul Julien, Manon et Aurore sont venues régulièrement te remplacer, et faire leur part du boulot.*
— *Ecoute, prends le temps d'y réfléchir, j'ai confiance, nous allons trouver une solution.*

— *Oui, c'est ça, laissons-nous un petit délai Julien et voyons comment la situation générale évolue.*
— *Merci mon ami.*
— *Bises, repose-toi bien.*
Deux jours plus tard, après s'être garé sous un marronnier de la place du temple, le fils de Marie contourna le bâtiment de l'ancienne maison de retraite, avant de remonter la calade du quartier du château. Arrivé devant la demeure de Mathilde, il tira précautionneusement sur la chaine d'une minuscule clochette, qui carillonna en dansant sur son support.

Le rideau disparut derrière le vitrage de la porte d'entrée, en laissant apparaitre le visage rond de l'aide à domicile.
— *Monsieur Julien, vous êtes pile à l'heure, entrez !*
— *Bonjour, Mathilde, tu vas bien ?*
— *Oui, ça va, et vous, pas trop chamboulé par tout ça ?*
— *C'est ainsi, que veux-tu que je te dise. Nous faisons front ensemble, la vie continue…*
— *Moi j'ai du mal, pour tout vous dire, on était bien copine avec votre maman…*
Je les aimais beaucoup vos parents, vous savez !
— *Oui, Mathilde, je sais, tu me l'as déjà dit !*
La porte d'entrée de la petite maison de village donnait directement sur une pièce rustique toute de pierres et de bois, dont une partie de la surface déjà restreinte était mangée par l'escalier conduisant aux étages. La décoration trop chargée au gout de Julien était agrémentée de tentures d'un rose discutable et de trop nombreux bibelots, *« des attrapes poussières, »* comme disait son copain Marc.
Les 2 lampes de Marie trônaient face à l'entrée, sur un buffet d'inspiration scandinave, au beau milieu d'un fatras d'objets divers, de photos et de boites de médicament.

Le visiteur refusa le café proposé par Mathilde, avant d'accepter un verre d'eau teinté de sirop de menthe.
— *Ton fils n'est pas là ?*
— *Il y a bien longtemps que Bastien n'habite plus avec moi, il a sa vie d'homme maintenant.*
Et vous, monsieur Julien, vous tenez le coup ?
Ce doit être terrible de ne plus avoir ses parents.
— *Cela fait des années que nous sommes loin, maman et moi, pas facile d'entretenir le lien avec cette distance. Papa m'a eu sur le tard après un remariage et lui-même n'a pas connu son père, du coup pour la fibre paternelle…*
— *Votre grand-mère l'a élevé toute seule ?*
— *Oui apparemment, enfin non, il y avait mon oncle Joseph à la ferme, qui a dû endosser le rôle de papa pour Emilien, sa sœur et Régis…*

Après l'avoir rémunéré pour ses services, et remercié pour les soins prodigués à ses parents pendant tant d'années. Julien se préoccupa du travail de Mathilde et de la perte d'activité engendrée par le départ de sa mère.
Avec sa maladresse coutumière, celle-ci lui répondit que les vieux ce n'était pas ce qui manquait dans le secteur.
— *Mais quand même, ça fiche un coup !*
Vous savez, à la fin j'accompagnais Marie pour ses papiers et même pour ses comptes.
Nous sommes allées régulièrement à la banque à Lalevade, et aussi une paire de fois chez le notaire.
— *Comment ça, le notaire ? Chouffard ?*
— *Oui, c'est ça, Maitre Chouffard, à Aubenas, celui des obsèques…*
Les révélations de Mathilde glacèrent le sang de Julien, qui enchaina son propos en tâchant de ne rien laisser paraitre.
— *Quels étaient tes rapports avec ma mère exactement ?*

— *Pour tout vous dire, je crois que c'était ma meilleure amie !*

En sortant de chez « la meilleure amie de sa mère », Julien éprouva le besoin de souffler et de se promener un peu sur les hauteurs de Burzet.
Il s'engagea péniblement sur les pavés de la calade en direction de la porte monumentale de l'ancienne prison et du pont Romain millénaire qui la domine. Avant de terminer sa marche, adossé à la tour de l'horloge sur l'esplanade du château.
Le point de vue lui permit d'embrasser d'un coup d'œil, les maisons du village, l'église Saint-André, la rivière serpentant entre les vieux murs de pierres, et le camaïeu de vert émeraude des monts environnants.
La jolie carte postale des vacances de ses jeunes années.
Son univers, qui n'avait pas bougé d'un iota, alors que tout était sur le point de s'écrouler autour de lui :

Le départ de sa mère…
Aurore, qui, après plus de trente ans de vie commune, semblait résolue à s'en aller voir ailleurs.
Son corps, qui en montrant des signes inquiétants d'usure et de fatigue, paraissait lui aussi en train de le lâcher.
Et son boulot pour finir, ce « Taf » qui l'avait fait se lever tous les matins depuis tellement d'années. Avec lequel, il venait de rompre une dernière fois sans le savoir le 17 mars.
Jour de l'annonce du confinement, et du début de la guerre promise par Macron !
« *Bordel de merde… C'est ça la vie ?* »

En redescendant de son belvédère par la rue de la Levade, lui revint en mémoire la phrase de son vieil ami Marcel, cet Ardéchois solitaire du plateau, avec lequel il se plaisait à échanger

jadis ; au sujet du temps d'avant, de la fuite des heures ou du prix au kilo de l'agneau de lait :
« *A partir d'un certain âge, il vaut mieux faire la liste des choses que l'on a apprises, plutôt que celle des choses que l'on a perdues* ».
Si ça, ce n'est pas du bon sens paysan !

La demi-heure de route sinueuse pour regagner la montagne, lui sembla interminable. En rentrant dans la maison, il tomba nez à nez avec Aurore qui descendait ses valises de l'étage. Un regard glacé trop vite échangé, sans qu'un mot soit prononcé, ne laissa plus la place au doute.

« *Elle va me quitter !* »
« *Il est au courant...* »
Julien rompit le silence.
— *Tu es sûre de ce que tu fais ?*
— *On ne peut jamais l'être complètement.*
— *Tu te rends compte de tout ce que tu casses ?*
— *Crois-tu vraiment qu'il reste quelque chose à casser ?*
— *C'est qui ?*
— *Qui, n'est pas la question à se poser, tu devrais plutôt te demander pourquoi ?*
— *Pas maintenant s'il te plait...*
— *Il n'y a pas de bon moment Julien, juste un temps venu pour prendre une décision et agir.*
Aurore voulut s'approcher de son mari qui en reculant, ne lui laissa pas l'opportunité de le faire.
Elle enchaina :
— *Tu vas devoir prendre soin de toi Julien, je ne serai plus là pour le faire. J'ai besoin de faire le point, je vais passer le confinement à Marseille pendant les prochaines semaines, nous reparlerons de tout ça plus tard...*

Julien avait moult fois entendu cette phrase dans des films, ou lors de conversations entre clients du restaurant.
Il s'était fait son avis sur la question et pensait que dans un couple, lorsqu'une des deux parties demande à l'autre de faire un break pour réfléchir, c'est en réalité un temps que ladite partie offre au camp adverse !
Une trêve tacite, pour lui permettre d'encaisser le choc de la rupture et se faire à l'idée d'une séparation.
En haut des escaliers, de grosses larmes coulaient sur les joues d'enfant de Manon. Dans le même temps, une jeune femme de 31 ans parvenait à envisager la scission des deux hémisphères de son monde.

***

15 jours plus tard, dans la boucherie-charcuterie Rome de Sainte-Eulalie, Manon et son père regardaient l'artisan-boucher découper avec minutie d'épaisses tranches, dans un magnifique quartier de viande d'un rouge brunâtre.

— *Cette viande a une AOP, elle est élevée spécifiquement dans la région. Les bêtes sont nourries en plein champ dans des pâturages naturels, avec l'herbe et les fleurs du plateau, ou du foin de même provenance.*
Nous entrons dans le dernier mois de la période d'abattage, jusqu'à la fin mai, après ce ne sera plus du « fin gras du Mézenc. »
Voici, ça fera 12,80… C'est tout ce qu'il vous fallait ?
— *Oui merci.*
— *Vous verrez, vous m'en direz des nouvelles.*

Sur le chemin du retour, derrière le parebrise de la voiture, les derniers jours d'avril laissaient émerger les fleurs du renouveau en taches bigarrées, sur les prairies et la lande.

Une fois la courte distance jusqu'à Pierrebelle parcourue, Julien se remit au travail, en songeant qu'il ne lui resterait plus qu'un seul voyage à faire à la déchetterie.

Pour sa plus grande joie, à présent débarrassé, le grenier avait changé d'allure et libéré un espace conséquent. Même si une partie de son volume restait encombré par ce qu'il n'avait pu se résoudre à jeter :

Une commode rustique à larges tiroirs, un bahut hors d'âge, qui tenait encore debout on ne sait comment, et un amoncellement hétérogène de reliques de temps révolus.

Des objets qui furent une nouvelle fois remisés en ces lieux, dans l'attente d'un prochain tri et de leur inexorable destinée.

Ce n'est qu'en soirée, un peu après 16 h que Julien se rapprocha du monticule qu'il avait constitué, à bonne distance de la maison. Un enchevêtrement de branches de genêts fossilisées, de meubles éventrés, de cagettes, les 2 panneaux vermoulus d'un lit fin XIXe avec son sommier, du carton et une foultitude de ramasse-poussière.

Après avoir invité Manon à participer aux festivités, il entreprit de mettre le feu au bûcher des « antiquailleries ».

— *Ce sera notre Saint-Jean à nous, même si nous ne sommes pas en juin...*

De lourds nuages blancs s'élevèrent à la verticale au-dessus du foyer, le brasier prit rapidement une ampleur inattendue qui obligea les incendiaires à reculer de trois bons mètres. Les flammes d'un rouge écarlate dansaient dans les vapeurs des gaz qui leur donnaient la vie.

Julien contemplait avec satisfaction, les scories de l'histoire familiale et les cadavres du grenier se consumer et partir en fumée. Il lui sembla que des fantômes profitaient de l'aubaine pour s'échapper du lieu en se libérant de leurs chaînes affectives.

Lorsqu'il sentit une vibration insistante dans sa poche, ses pensées allèrent aussitôt vers Aurore.
Deux semaines écoulées déjà depuis son départ et seulement 3 appels téléphoniques tout juste cordiaux, au sujet de son état de santé, de la météo du jour ou du déconfinement.
Ce ne fut pas le prénom de sa femme qui apparut sur l'écran rétroéclairé, mais : « Curé Burzet ».
Celui-ci prit également des nouvelles de Julien, avant de lui confier qu'il venait de retrouver l'acte de mariage des grands-parents Chabanel dans les archives de la paroisse, et le certificat de baptême de son grand-père.
Ainsi que d'autres documents se rapportant à la Famille. Il l'invita à passer le voir pour en discuter avec lui.
— *C'était maman ?*
— *Non ! Le curé…*
Il a retrouvé des papiers concernant les ancêtres dans les registres paroissiaux.
— *Notre histoire à l'air de le passionner.*
En prenant soin de ne pas se bruler, à l'aide d'un râteau, Julien ramena les débris épars des vestiges du grenier au centre du foyer, afin d'en terminer le brulage. Une fois achevé son tour du bûcher, il revint à la hauteur de sa fille pour échanger quelques mots avec elle.
— *Tu as commencé la lecture des carnets du grand-père ?*
— *J'ai mis le nez dedans…*
C'est un déroulé de son parcours durant la guerre, il y a aussi des croquis, des plans sommaires et quelques textes.
— *C'est intéressant ?*

— *Oui, je crois, je ne sais pas en fait, il écrivait comme un cochon. Ce n'est pas de la lecture qu'il faut faire, mais du décryptage. Tu vas t'amuser si tu veux te lancer là-dedans !*
— *Comme tu peux l'envisager, je vais avoir tout mon temps pour le faire. Il faut que je sache pourquoi cette malle a été emmurée... Ça reste une énigme pour moi !*

La fournaise incandescente du grand feu de joie laissa la place à un tapis de braises ardentes, qui finissaient de se consumer.
Il en va de même pour nos histoires personnelles songea Julien, appuyé sur le manche de son râteau. La passion finit un jour par retomber avant de s'estomper et de s'éteindre.

Ce qu'il en restera ?
De la poussière de cendre emportée par le vent.

Mobilisation générale

« Ils l'ont tué ! »
— *Mon Dieu qui ?*
L'homme venait de faire irruption dans le bar de la grande rue, en brandissant son journal.
— *Ils l'ont tué, je te dis...*
— *Qui a tué qui, crétin ?*
— *Ils ont tué Jaurès.*

Debout, derrière son comptoir, le patron eut toutes les peines du monde à envisager la nouvelle de la mort du parlementaire. Un homme considéré par tous dans son établissement, comme un pacifiste et un visionnaire !
Un véritable coup de tonnerre dans ce café Burzetin connu pour sa clientèle « de rouges, » un groupuscule d'habitués profondément laïques et majoritairement socialistes, qui envisageaient la guerre qui se dessinait, comme l'affrontement des petites gens des deux camps au profit des intérêts privés des gros bonnets.
Sur la première page du journal, sous son front puissant, le regard volontaire du député-philosophe semblait résolument tourné vers de meilleurs horizons. A la une, le portrait bordé d'un liseré noir était coiffé d'une manchette concise, on ne peut plus efficace :
« Jaurès Assassiné »

En ce samedi 1er août 1914, la nouvelle toute fraiche foudroya le microcosme progressiste. Non sans une certaine émotion, devant les bouche bée des quelques clients du bistrot, le messager entreprit de faire la lecture du journal à haute voix.

L'article rendait compte de l'assassinat du chef de file de la gauche d'un coup de revolver, la veille, au soir à 10 h 15, alors qu'il soupait dans le restaurant parisien du croissant, rue Montmartre. Sans pour autant se réjouir ouvertement de la mort tragique de cet adversaire politique, le camp d'en face n'appréhendait pas la nouvelle de la même façon.

Pour ses opposants, et les va-t'en-guerre, en véhiculant des chimères pacifistes, Jaurès passait pour un traitre et un saboteur de l'unité nationale et du patriotisme. Ne s'était-il pas prononcé récemment dans l'hémicycle contre le retour de la durée du service militaire à 3 ans, au lieu des 2 années désormais en vigueur ?

Cette prise de position fut apparentée à un crime pour beaucoup d'entre eux.

Un autre en cette période troublée, qui faisait suite au double assassinat le 28 juin 1914, de l'archiduc François-Ferdinand et de son épouse à Sarajevo. Au travers du jeu des alliances conclues par les premiers pays belligérants, les bruits de bottes résonnaient déjà aux frontières.

En France, le climat général était à l'incertitude et à l'inquiétude. Mais aussi à l'excitation devant la perspective que laissait entrevoir le contexte de pouvoir botter le cul du voisin prussien. Une revanche à prendre enfin, après la pâle capitulation de 1870, et l'annexion de l'Alsace-Lorraine !

Dans la rue, de petits attroupements de badauds se formèrent, pour relayer la nouvelle et conjurer la peur ambiante.

Quelques gamins qui pour la plupart découvraient le nom du malheureux Jaurès, hurlaient la nouvelle de sa mort en bondissant comme des sauterelles aux prés.

Alertées par ces cris, les laveuses abandonnèrent le linge au lavoir pour confronter leurs points de vue éclairés sur la question à l'émoi général. Cette irruption sur la place du marché provoqua une embardée de l'attelage des chevaux de la diligence, que le voiturier eut toutes les peines à maitriser.

10 heures sonnaient à la tour de l'horloge, déjà le soleil inondait les toits de tuiles de son incandescente lumière.

Sur le plateau, loin de cette agitation, au champ depuis 5 heures et demie, Marthe, son frère et Emile s'affairaient dans les fraiches heures du premier matin du mois d'août.

Le cycle « immuable et changeant » des travaux agricoles en saison et la bonne tenue de la ferme requerraient d'incessants efforts et toutes leurs intentions.

La capacité de travail des Padgels ou Pagels comme on les appelait était reconnue, elle allait de pair avec leur constitution robuste. Des gaillards qui pour beaucoup n'avaient jamais vu un médecin de leur vie, du fait de la mortalité infantile des plus fragiles et de la sélection naturelle quelle engendre, mais aussi grâce à leur mode de vie, à ce contact direct et journalier avec la nature.

Sans oublier, le travail physique quotidien, la qualité de leur alimentation que pour la plus grande part ils produisaient eux-mêmes, et enfin la simplicité de leur approche de la vie.

Cette nature paysanne qui les maintenait à distance de la plupart des préoccupations et des vicissitudes des gens d'en bas.

Malgré les conditions de relative insalubrité de leurs cadres de vie et les six mois d'enneigement de leurs hivers, les habitants du plateau n'étaient pas plus malades qu'ailleurs.

Ce n'était de plus, pas dans les habitudes de faire monter le docteur « pour rien » depuis les vallées, d'ailleurs quand ils se décidaient à le faire, c'était souvent déjà trop tard.

Outre les décoctions, les infusions de tilleul et autre sureau, la gentiane contre les fièvres, le macérat des fleurs solaires d'arnica pour les coups et les douleurs musculaires, les queues de cerises en tant que diurétique, ou la pensée sauvage pour les problèmes de peau... Pendant des siècles, ce sont uniquement avec des remèdes de bonne femme, parfois très singuliers il faut bien le reconnaitre, que ces montagnards ont soigné et le plus souvent guéri leurs maux.

Au début du XXème siècle, sur tout le territoire de France, la majorité du monde paysan était rompu à la souffrance, aux conditions de vie précaires et extrêmement dures. Sans que cela ne laisse pour autant présager de ce qui allait suivre, durant les cinq années du conflit.
La nouvelle d'une possible guerre à l'Est contre le voisin allemand, était bien entendu parvenue jusqu'à la ferme Chabanel. Cette menace, trop souvent évoquée lors des dernières semaines, ne parvenait toutefois pas à détourner ces forçats de leur devoir, ni même à les faire ralentir.
Sur les coups de midi, Augustine rejoignit les trois jeunes gens avec le repas, les enfants l'accompagnaient en activant leurs gambettes aussi vite qu'ils le pouvaient.
Le cheveu blond et le regard clair, du haut de ses 4 ans, Régis escaladait le dos de son père, pendant que celui-ci essayait de manger. Madeleine la petite dernière n'avait pas quitté les bras de Marthe depuis son arrivée, trop heureuse de pouvoir se lover dans la tendresse maternelle.
— *Nous verrons bien demain ce qui se dit à Burzet en descendant à la messe*, s'exclama Emile.
— *La dernière fois en 70. je n'avais que 2 ans, je ne me souviens de rien ! Ce que je sais, c'est que des fermes ont souffert. Ceux qui ont perdu un fils ont porté cette croix tout le reste de leur vie.*
Joseph leva les yeux vers sa mère, surpris par l'expression qu'elle venait d'employer, celle-ci poursuivit sans en y prêter attention.
— *Le curé a dit que Saint-André, celui de l'église, lui aussi il est mort sur la croix, mais parce qu'il l'a bien voulu.*
Il a refusé d'en descendre quand on lui a demandé...

En ce matin du dimanche 2 août 1914, Régis et Madeleine jouaient à l'extérieur devant la maison. En promenant avec elle la tiédeur de l'air ambiant, une brise estivale caressait les feuilles des arbres et la chevelure de leur mère.
Après avoir confié les petits à Joseph, Augustine et le couple empruntèrent la voie romaine qui conduit au village. Marthe en perdit son chapeau lorsqu'avec son Emile ils se laissèrent aller à une course folle dans la pente prononcée. Emportés par leurs jeux, les amoureux prirent rapidement une avance certaine sur la mamé, qui grommelait des reproches à leur attention, en égrenant son chapelet. Ils se tenaient par la main, dans le concert des chardonnerets, des fauvettes et autres mésanges, et se taquinaient en échangeant des regards complices. La jeune femme riait à pleines dents de son rire d'enfant, un de ces rires qui vous désintègre le corps et l'esprit pour ne plus faire de vous qu'un être de consentement.
Lorsqu'elle entendit monter un appel de détresse dans le vallon, une promesse scandée au rythme d'un coup à la seconde…
Celle des départs et du deuil.
Les « bongs » saccadés et désespérés du tocsin que sonnait le bourdon de l'église. L'alarme de la chrétienté annonciatrice des fléaux, des invasions et de la mort…

La guerre !

Son sourire aussitôt envolé fit place à l'expression désordonnée de ses peurs viscérales et d'une immense tristesse. Sans qu'un mot ait été échangé avec son homme, elle venait de comprendre qu'il allait devoir partir, qu'elle allait devoir rester seule et qu'ils allaient peut-être en mourir.
Augustine les rejoignit en accélérant le pas comme elle le pût, ses yeux rougis témoignaient des premières larmes versées par la veuve à cause du conflit.

A Burzet, la population s'était rassemblée en divers endroits du village, devant les affiches placardées sur les murs.

Ordre de Mobilisation générale

Sous les deux drapeaux tricolores entrecroisés, l'injonction laconique ne laissait aucune place au doute !
On pouvait y lire encore :
« Tout Français soumis aux obligations militaires doit, sous peine d'être puni avec la rigueur des lois, obéir aux prescriptions du fascicule de mobilisation. »
— *C'est quoi un fascicule ?* avait demandé Marthe, avec une inquiétude perceptible dans l'intonation.
— *Un papier du carnet militaire des soldats.*
— *Et ça dit quoi ?*
— *Je ne sais plus, il faut que je regarde.*
L'émoi était partout palpable, dans un brouhaha généralisé et les aboiements des chiens, des femmes se prenaient dans les bras et pleuraient.
En se balançant sur leurs axes à en faire se déplacer les murs, les cloches de l'église rappelaient les fidèles avec insistance, pour la messe cette fois…
Un office auquel beaucoup d'habitués n'assistèrent pas.
Xavier Méjean, le valet de ville, son tambour encore en bandoulière et monsieur le maire répondaient aux questions pratiques qui affluaient de toutes parts. Pour tous ces hommes, en dehors du travail des saisons qu'ils effectuaient en louant leur main-d'œuvre pour quelques francs, à de gros propriétaires et la grande aventure de la conscription, voyager n'était pas dans les habitudes.
Si ce ne sont de courtes distances parcourues ordinairement à pied dans les environs immédiats, alors songez un peu…
Partir à la guerre !

Hormis quelques jeunes fanfarons qui faisaient les coqs, c'est la gravité qui pesait sur les visages, ainsi qu'une certaine dignité teintée du sentiment unanime que beaucoup de choses allaient changer. Dans ces campagnes reculées, où l'on tutoie au quotidien la nécessité et les évidences, les hommes connaissaient trop la valeur des choses et la vie pour se laisser chauffer les sangs avec une autre guerre. Une liste des mobilisés fûts dressée, et complétée les jours suivants avec les derniers partants de la première vague. Des dizaines de petits gars de Burzet âgés de 20 à 38 ans, dans un premier temps. Avant que l'âge d'incorporation ne soit porté à quarante ans passés.
La moelle d'une génération, le sang de ce pays !

Emile scruta à nouveau l'affiche placardée sur une façade de la place de la confrérie, son regard se posa sur une phrase qui lui avait échappé en première lecture, juste au-dessous des caractères en gras de l'ordre de mobilisation.
« … ainsi, que la réquisition des animaux, voitures et harnais nécessaires au complément de ces armées. »

Devant la mine défaite de son mari, Marthe eut un mouvement de recul, elle ne voulut pas en savoir davantage et s'en alla rejoindre le groupe des femmes qui se soutenaient naturellement. Les cafetiers servaient du vin aux jeunes gens, en ne faisant pas systématiquement payer les consommations. Au bout d'une heure, les accents de la Marseillaise se firent entendre ici ou là…
La France faisait appel à ses enfants ?
Eh bien ses fils d'Ardèche n'allaient pas la décevoir !

D'autres enfants, étrangement calmes ceux-là, scrutaient et écoutaient attentivement leurs parents et les groupes d'adultes, pour savoir si la situation était aussi grave qu'elle en avait l'air !

« C'est loin la guerre ? »

La question que posa cette petite fille d'une dizaine d'années à sa maman n'était pas dénuée de sens ni de l'expression de cette peur sourde qui n'allait plus la quitter avant longtemps.
Au même titre que les femmes, sans qu'il leur soit adressé directement, les enfants étaient tout autant que les adultes, concernés par l'ordre de mobilisation générale.
Dans le tumulte indescriptible des pleurs, des embrassades et les hypothétiques promesses de victoire, ces gamins venaient d'être éjectés de leur enfance, sans aucun ménagement !

Longtemps considéré au village comme la première victime du conflit, l'ancien maire M. Olivier Plantevin ne survivra pas à ces heures troubles et au départ des petits gars du village.
En effet, sans que l'on ait réellement su pourquoi, il mourra 3 jours plus tard dans la nuit, le 5 aout 1914, il entamait sa 53e année.

Son nom n'est pas inscrit sur le monument aux morts.

Dès qu'ils furent rentrés à la ferme, après avoir informé Joseph qui resta sans réaction en apprenant la nouvelle du jour, Emile parcourut son carnet militaire et se reporta à la page 3 du fascicule de mobilisation, où l'on pouvait lire :

> Ordre de route pour le cas de mobilisation.
>
> En cas de mobilisation portée à la connaissance des populations par voie d'affiches ou de publication sur la voie publique, le porteur du présent ordre se mettra en route sans attendre aucune notification individuelle et en se conformant aux prescriptions suivantes :
>
> Ce militaire voyagera gratuitement par chemin de fer :
> Il emportera de chez lui des vivres pour *1* jour.
> Il se présentera, porteur du présent titre, à la gare de **Nieigle-Prades** le *3ème* jour de mobilisation avant *9* heures et sera tenu de prendre le train qui lui sera indiqué par le chef de gare.
> Il descendra du train à la gare de **Privas**...   et se mettra aussitôt à la disposition du poste de police qui le fera diriger sur...
> **Caserne Rampon**
>
> Le commandant du bureau de recrutement.

— *Alors ? Qu'est-ce que ça dit ?*
— *Les ordres de Joseph et les miens sont identiques, nous devons nous présenter à la gare de Lalevade mardi, avant 9 heures.*
Comme des gouttes de rosée sur un pétale au point du jour, des perles se formèrent sous les yeux de Marthe.

Deux gouttelettes chargées de désespoir, qui roulèrent en droite ligne sur ses joues, avant de s'écraser l'une après l'autre sur le col Claudine de sa robe.
Prise de vertige, en s'asseyant, elle susurra :
— *Qu'est-ce que nous allons devenir ?*
   Et le seigle qui n'est pas rentré...

En se tournant vers Augustine, qui berçait la petite Madeleine endormie la bouche entrouverte, elle fit mentalement le compte des forces en présence. Un état des ouvriers et des commis de la ferme restants, après le départs des hommes :
2 gamins en bas âge, une grand-mère déjà usée et moi !
Au centre de l'âtre, depuis le feu sous la marmite, s'élevaient de blancs nuages ascensionnés, d'odoriférantes fumées qui cherchaient à s'enfuir au travers du trou du conduit. Sous l'effet d'une bourrasque du nord, une volute égarée refoula du foyer dans la pièce commune.
De son pas d'oisillon, Régis vint s'asseoir sur les genoux de sa mère, sitôt installé sur son piédestal il étendit sa petite main pour éteindre ses larmes, en lui caressant les joues.

La journée du lendemain fut consacrée aux préparatifs, pas ceux d'un voyage à pied jusqu'à Lalevade qui ne requérait rien d'autre que quelques affaires vite rassemblées et l'effort pour s'y rendre. Mais ceux des jours d'après, ces mois qui se profilés et feraient suite au départ des soldats.
— *Ils vont venir réquisitionner les bêtes.*
— *Ils en ont le droit ?*
— *Oui.*
— *Pas les vaches ?*
— *Si, les vaches aussi, une au moins, peut-être les 2…*
— *Je pourrai choisir celle qu'ils emporteront ?*
— *Non.*
— *Et pour le cochon ?*
— *Le mieux c'est d'essayer de le cacher le jour où ils viendront, ou peut-être est-il préférable de le tuer maintenant ? Mais il fait beaucoup trop chaud, et il n'est pas assez gras.*

Joseph, qui semblait avoir enfin pris la mesure de la situation, tournait en rond en ne sachant plus où donner de la tête.

Il avait déjà vécu les deux années de son service militaire comme une grande épreuve. Pour les êtres timides et introvertis, la cohabitation et la confrontation avec un trop grand nombre de congénères n'a rien de naturel.

Certain d'avoir fait une trouvaille géniale, il avança l'idée de rester à la ferme et de s'y cacher pendant toute la durée du conflit afin d'aider les femmes. Cette option fut balayée d'une phrase par son beau-frère, qui rétorqua que seuls les morts avaient le droit d'échapper à un ordre de mobilisation !

Après avoir musardé autant qu'il le put afin de prolonger ce dernier jour, le crépuscule finit par s'installer en enveloppant Marthe et son caporal de mari qui faisaient les cent pas derrière la maison.

Blottie dans les bras de son homme, la tête enfouie dans son cou, elle lui fit promettre trois fois de ne pas se faire tuer à sa guerre et de surtout lui revenir. Emile ne lui fit aucune recommandation, la liste étant bien trop longue, il ne sut pas par où commencer. La nuit tomba enfin sans un bruit, comme le premier mort Français du conflit qu'une balle venait de faucher à l'est.

Une première nuit sans dormir pour le caporal Bourillon, qui en verra tant d'autres lui succéder.

Le lendemain, après avoir longuement étreint les femmes et embrassé les enfants dans leur demi-sommeil, les deux ombres s'évanouirent dans une obscurité qui allait durer des années, une interminable nuit de malheurs et de mort

— *Ecris-moi souvent !*
— *Je te le promets.*

Ce furent les dernières paroles échangées par les amoureux, quelques mots aveugles lancés par des silhouettes qui se distinguaient à peine.

Dans la cadence de leurs pas, le départ et la douleur de la séparation que le silence amplifiait, faisait peser sur les marcheurs le fardeau de l'incertitude, avec son cortège d'angoisses.

Emile se souvint de son Cyrano, de leur départ avec Christian, eux aussi à la guerre. Il lui écrira bien sûr, comme le fit le Gascon à sa Roxanne, tous les jours ou presque...
Avec cet avantage qu'il avait sur son héros, celui d'être comme il se plaisait à l'envisager, les deux hommes en un seul !
Ils redescendirent du plateau par Montpezat sous Bauzon, et Meyras avant de franchir l'Ardèche, à pont de la Beaume.
Ce n'est que sur les coups de 8 heures qu'ils arrivèrent en vue de la gare de Lalevade, où ils apprirent que l'Allemagne venait de déclarer la guerre à la France, la veille !
« les jeux sont faits, rien ne va plus ! »

Ils furent poussés sans ménagement aucun dans le premier train au départ, avec leurs compagnons d'infortune qui affluaient de toutes parts. Lors de la première quinzaine d'août 1914, ce ne sont pas moins de 3 800 000 hommes qui furent ainsi arrachés à leurs foyers, pour s'en aller nourrir les mâchoires puissantes de la grande broyeuse. Une mobilisation qui ne sera évidemment pas sans conséquences sur l'outil de production global que représente la nation Française, pour les secteurs agricole et industriel, au champs ou à la ville.
Joseph se plaisait à appeler Privas la ville des fous, pas uniquement à cause de son hôpital psychiatrique Sainte-Marie, mais aussi et surtout en raison de la vie à la caserne et de l'agitation relative qui animait la petite bourgade.
En arrivant à la gare de la ville des fous, les 2 Ardéchois n'eurent pas besoin qu'on leur indique leur chemin, après 10 minutes de flânerie, ils doublèrent la fontaine de la place du Champ-de-Mars et virent se dresser les monumentales grilles de la caserne Rampon.
Derrière le barreaudage de l'imposante clôture se profilaient les 3 principaux bâtiments de la garnison, agencés en forme d'U autour de la cour centrale.

Une fois franchie l'entrée, après qu'ils eurent présenté leurs ordres de mobilisation au planton bourru encastré dans sa guérite, les deux beaux-frères allèrent directement :
— *« Faire enregistrer leur encasernement auprès des autorités compétentes ! »*

La soudaineté de l'ordre de mobilisation n'eut d'égal que l'impréparation de ces mouvements de population. A la caserne de Privas, comme dans tant d'autres, le matériel et les équipements firent défaut, tout autant que la nourriture et les surfaces d'accueil pour les hommes.
Premier arrivé, premier servi !
Grâce à cet adage, dont tous les soldats du monde pourraient être l'auteur, les beaux-frères purent bénéficier d'une fine paillasse posée sur trois planches et deux petits tréteaux, que le sergent appela un lit. Les futurs arrivants devant se contenter de dormir à même le sol.
Ils ne touchèrent leurs paquetages, en plusieurs fois d'ailleurs, que le lendemain. Ce qui eut pour conséquence de les maintenir consignés dans les chambrées, jusqu'à ce qu'ils perçoivent leurs premiers effets. Une fois revêtus de leurs tenues d'exercice, c'est en bon ordre, qu'ils quittèrent la caserne à l'occasion d'une marche de plusieurs heures. La manœuvre eut pour point d'orgue le calvaire situé au sommet du mont Toulon.
Alors qu'il balayait du regard le paysage de la préfecture ardéchoise qui lui faisait face, la main posée sur un des trois crucifix érigés à son sommet, c'est vers Firmin, son beau-père, que les pensées de Julien s'envolèrent, en souvenir d'un autre chemin de croix, parcouru avec lui, huit ans plus tôt…
Le fourniment des hommes achevé, même si pour beaucoup c'est sous-équipé et avec un barda incomplet qu'ils se présentèrent, le 5 août au matin, une revue d'effectif eut lieu sur le Champ-de-Mars en face de la caserne. Devant le colonel Leblanc, un officier

au majestueux port de tête, qui arborait fièrement sa croix de chevalier de la légion d'honneur.
Le régiment des biffins du 61e d'infanterie était sur le qui-vive juste avant son départ du lendemain, pour le front de l'est.

***

Une succession d'images muettes défilaient sur le grand écran de télévision du living. Julien avait pris l'habitude de le laisser en marche en baissant le volume du son au minimum pour ne plus y prêter attention, tout en s'accordant le loisir d'y jeter un œil de temps à autre… Les lettres que Manon avait classées, par années et par mois ; d'août 1914 à juin 1916 étaient agencées sur la grande table monastère de la salle à manger.
Les lunettes en équilibre sur le bout de son nez, avec une méticulosité d'archéologue, son père s'appliquait à les déchiffrer et à les recopier sur son ordinateur, en y adjoignant les notes des carnets de guerre de son aïeul. Afin de consigner le récit du chemin de croix de son grand-père dans sa chronologie exacte.
La toute première lettre qui parvint à Marthe depuis la caserne fut en réalité une carte postale. Une vue d'ensemble de Privas laissant entrevoir les rues désertes du bourg et tous les vides de construction entre maisons que le XXe siècle se chargera de combler. Au dos de la carte était inscrit :

5.08.1914

Ma Marthe,

Nous sommes en bonne forme, partons
bientôt pour le front, avec le moral.
Nous pensons bien à vous.
Ton Emile
Joseph vous embrasse

Julien libéra ensuite de son enveloppe une lettre rédigée au crayon sur une feuille de papier quadrillée jaunie par le temps.

8 août 1914

Cher tous,

Nous venons de débarquer du train, le voyage a été long et pénible à 40 dans des wagons à bestiaux surchauffés.
Il y a eu un accident, un autre train nous a tamponnés par l'arrière pendant l'arrêt en gare. Plusieurs hommes se sont abimés sous le coup, mais pas de gros bobos.

Nous avons aussi perdu un petit gars de la 1re division, à Givors, pendant le voyage. Je ne sais pas comment, un gamin de 21 ans, tout juste majeur ! (Le premier)

Il se dit que ça pète déjà en Belgique, on n'en sait pas plus. Nous ne savons pas non plus où nous allons…
Nous verrons bien !

Je ne te dirai jamais où je suis, je n'en ai pas le droit, je ne dois pas non plus fermer mes lettres qui sont lues avant envoi.
Nous espérons que ça va bien à la maison et que la moisson se passe. Ecris-moi vite.

Ton Emile Bourillon

Carnet de guerre d'Emile Bourillon à la date du 8.08.1914

Arrivées à la gare de Vézelise (Moselle), nous faisons provision d'eau et recevons la moitié d'un pain d'un kilo chacun.
Bivouac en campagne près de la rivière Brenon, les gars se baignent et jouent -------------- s'arroser, après la chaleur du voyage.
La population nous a salués avec enthousiasme et offert du vin, pendant le trajet et lors des traversées de ville faites au son de nos tambours.
Les Allemands seront moins chaleureux.

Soirée calme avant la marche d'approche de demain.

Réveil au son du clairon, pour une mise en route à 7 heures. Un détachement est parti en éclaireur une heure plus tôt avec la boulange. D'autres trains sont arrivés dans la nuit, pour dégobiller des tonnes de ravitaillement et leurs chargements d'hommes, tous des sudistes. Le 61e fait mouvement à l'heure dite, progression nord-nord-est, destination inconnue ! Curieusement, quelques sourires s'allument sur des visages autour de moi. Il est vrai que sans le barda de 30 kilos que nous trimbalons, la balade n'aurait rien de désagréable.
Relief monotone, ça devrait durer…
Nous traversons la Lorraine et ses planes étendues, un plateau bien moins haut et vallonné que le nôtre, en Ardèche.
Ici aussi les blés sont debout, si la guerre nous en laissait le loisir, nous pourrions leur donner la main pour les moissonner. Il y a des champs entiers de betteraves sucrière.
Je marche avec Joseph et les gars de la 6e division, le temps est clément, le manteau de laine est un fardeau…
Impossible de le retirer sans ordre, sous peine de brimades.

Joseph n'a pas l'air bien, en tout cas pas plus mal que depuis le premier jour, il ne comprend pas ce qu'il fait là, et pour quelle raison il faut aller tuer des gens qui ne lui ont rien fait.
Ce qu'il dit peut s'entendre, mais le sol est menacé !

Nous dressons un nouveau campement, le sergent a lâché que nous avions encore 2 bons jours de marche devant nous. Il se dit qu'en tant que réservistes, nous ne devrions pas être engagés tout de suite dans les combats, c'est l'active qui s'y frottera en premier.
Nous arrivons exténués, à destination, le 11 au soir…
Le commandement général nous impose de stationner à une distance minimale de 8 km du territoire allemand pour éviter les escarmouches. Plus nous approchons de la frontière, plus les populations sont chaleureuses et nous acclament, ça réchauffe le cœur. Je pense que c'est la peur des Allemands qui les fait sortir de leurs maisons pour nous applaudir au passage.
Je suis en charge d'une escouade, m'a-t-on dit…
Exercices de maniement d'arme aujourd'hui, et attaques simulées à la baïonnette dans des javelles de paille.
Dans la soirée, peu avant de recevoir notre quart de soupe et un demi kilo de pain, nous avons entendu les premiers tirs d'artillerie à quelques lieux de notre position, pas plus d'information ! Les gars sont nerveux, ça sent la poudre…
Des paysans nous ont fait passer des prunes et du pinard, pour augmenter l'ordinaire, nuit calme.
Il y a encore eu du grabuge une bonne partie de l'après-midi suivant, toujours dans le même secteur. Et puis plus rien pendant les journées des 12 et 13 août.
Nous sommes placés en réserve à proximité de Serres, 20 km à l'est de Nancy. Je sens bien que la tempête se prépare, je crois que nous attendons les ordres de l'état-major pour faire mouvement.

Les journées sont bien remplies, exercices d'assauts, entrainements au combat, et du tir pour éprouver nos Lebels. Joseph se débrouille plutôt bien avec le fusil, pour un paysan !

Il se dit que nous avons eu de lourdes pertes dans les rangs, pendant la journée du 11, on parle de 2000 bonshommes tués, blessés ou faits prisonniers, je n'arrive pas à le croire !

Matin du 14, l'atmosphère a changé, les officiers nous houspillent et sont intransigeants, des éclaireurs partent sur le terrain en plusieurs fois. Ça se rapproche !

L'artillerie s'en donne à cœur joie des 2 côtés visiblement…

Ça gronde en permanence, je ne sais pas qui est là-dessous, pourvu que ce ne soient pas les nôtres !

Rassemblement après le déjeuner. Castelneau a donné l'ordre d'attaquer à la 2e armée et de passer la frontière, 12 jours après la mobilisation générale, conformément au plan XVII.

Je ne sais pas de quoi ils parlent, j'espère juste qu'ils savent ce qu'ils font.

Les hommes sont surexcités, certains veulent en découdre avec l'allemand, d'autres ne savent pas ce qu'ils font ici, la peur se lit sur leurs visages. Nous préparons la levée de camp de demain.

Un p'tit gars du 5e bataillon s'est mutilé, il a voulu déguiser ça en accident, on dit qu'il va être passé par les armes.

Nous avons perçu des cartouches que j'ai fait distribuer aux hommes.

C'est la pluie qui m'a réveillé, très tôt dans la nuit du 15 août. Juste avant que la consigne nous soit donnée de plier en silence. Du café froid de la veille, un morceau de pain, et à 3 h 30 nous nous engageons en direction de Montcourt. Progression sous un déluge d'eau, le manteau de laine gris de fer est une éponge qu'il faut trainer avec soi…

La bataille de Lorraine a commencé sans nous la veille, nous rencontrons ses premières victimes lors de notre avancée. Nous avons ordre de ne toucher à rien ni à personne, les brancardiers sont là pour ça.

Il y a des Allemands aussi dans le nombre, les premiers que nous voyons. Ceux-là resteront inoffensifs pour longtemps.

Deux habitants ont été fusillés contre le mur de leur maison, un jeune et un vieux, père et fils ? Les gars font le signe de croix en passant à leur hauteur, cette habitude disparaitra vite, ou tout à l'heure c'est continuellement qu'il faudra se signer !

Ordre nous est donné de garder le contact avec le 55e RI, sur notre flanc droit, des Gardois partis de Pont-Saint-Esprit le 7 août. Beaucoup d'Ardéchois le composent, j'y ai croisé des gars de Burzet, ça fait drôle de se retrouver là.

Le sort de nos régiments restera lié pendant toute la durée de la bataille des frontières.

Plus loin, un peu avant l'entrée dans Montcourt, juste après avoir rencontré leurs chevaux, nous tombons sur nos artilleurs tout de noir vêtus. Leurs pièces de 75 font un bruit d'enfer.

Encore quelques mètres, et nous serons face à l'ennemi. J'avance tant bien que mal, mes pieds sont trempés dans mes brodequins, grâce à Dieu la pluie s'est un peu calmée.

Un bourdonnement me frôle à hauteur d'épaule.

« *A terre !* »

Crie le sergent, en riant comme un dément devant les mines ahuries des gamins.

« *Couchez-vous, couchez-vous !* »

Je me jette au sol sans réfléchir, il s'agit d'un plongeon en réalité, dans l'eau d'une ornière. A peine suis-je à terre qu'un type s'écroule sur moi pour m'y enfoncer davantage.

Y a-t-il un âge pour mourir ?

Je ne sais pas bien répondre à cette question, mais quand c'est à 20 ans, pendant le premier assaut de la bataille, d'une balle de mitrailleuse dans la joue ! Je ne sais pas bien ?

Lui au moins ne souffrira plus.

J'ai bien cru que j'allais pleurer, mais avec la pluie allez savoir ?
Un « *En avant ! A la colline !* » a claqué derrière moi.
Après m'être dégagé comme j'ai pu, du môme, de son visage ensanglanté et du poids de son corps, je me relève pour courir aussi vite que je le peux en direction des balles qui me cherchent. Une centaine de mètres plus loin, devant le feu nourri que nous subissons et le nombre d'hommes que les 2 mitrailleuses couchent, nous nous mettons à couvert sans tenir compte des hurlements du capitaine.
Où sont mes hommes, où est Joseph ?
Je parviens comme je peux jusqu'à une fermette toute proche.
Par chance, j'y retrouve un gars de mon escouade, le Marçou de Lamastre. Il s'est mis à l'abri dans la cour, derrière le mur de la grange. Il n'a plus son fusil.
Son pantalon rouge et son manteau sont maculés de boue, tout autant que les miens, alors que je m'approche de lui, la violence du souffle d'une déflagration me fait valdinguer comme une brindille. L'obus vient d'exploser sur la ferme, des débris de mur et de tuiles retombent sur nous en pluie grossière, deux secondes plus tard.
Je suis complètement sourd !
Mon bonhomme n'a pas bougé, ses yeux exorbités sont rivés sur la moitié du cadavre d'un chat gisant juste en face de lui, un des premiers dommages collatéraux de la guerre.
Les dents serrées pour éviter qu'elles s'entrechoquent, le Marçou ne semble par contre pas en mesure de contenir les tremblements convulsifs de son corps. Nous resterons là, assis ensemble un très long moment…
Durant cet intermède, les obus allemands ponctuent de leurs déflagrations le flot ininterrompu de la mitraille.

La section n'est parvenue à se rassembler que dans la soirée, quand cessèrent les tirs d'artillerie. Après un état des lieux sommaire de la situation, la liste du nom des morts et des manquants est égrainée pour la première fois.

Aucun ravitaillement en cartouches ou en nourriture ne nous parvient, nous avons dû taper dans nos rations de réserve, une expérience à ne reproduire qu'en cas d'extrême nécessité !
Grâce à Dieu, il y a un puits à la ferme pour étancher nos soifs de terrassiers. Je retrouve Joseph qui est sain et sauf, il est aussi choqué que nous tous, son uniforme est trempé mais propre.
Je le soupçonne de s'être mis à couvert dans un trou pendant l'assaut. Comment lui en vouloir ?
Joseph vient d'avoir 25 ans, il n'a connu que le huis clos feutré de la ferme Chabanel, la moiteur de l'étable, les longues journées vivifiantes de travail au grand air et la garde solitaire des brebis aux prés. C'est peut dire que de considérer que nous n'étions en rien préparés à ce qui nous attendait sur la ligne de front, et lui tout particulièrement.

15 août

Mon amour,

Nous allons bien tous les deux, même si nous avons eu le premier accrochage avec l'allemand et que les choses se précipitent.

Le coin est vert et plat, ici aussi le blé n'est pas moissonné.
Les grosses pluies d'aujourd'hui ne vont rien arranger.
La soupe n'est pas mauvaise et les populations nous ont offert de tout : des fleurs, du vin et de la nourriture aussi.
Les Français savent ce que nous faisons et surtout pour qui nous le faisons…
Passe notre bonjour à l'Augustine et aux marmots.

Ecris-moi vite, fais-le.
Si tu as pu le faire, nous n'avons pas encore reçu le courrier. Que la Sainte Vierge nous protège tous en ce jour, tu ne quittes pas mes pensées.

Ton Emile Bourillon

Aussi étrange que cela paraisse, affamés et trempés comme nous l'étions, nous avons bien dormi. La cambuse nous a rejoints pendant la nuit, réveil par groupe, il flotte une odeur bizarre, mélange de soupe au chou et de chicorée.
Il pleut encore, une pluie fine sur une terre grasse, j'ai les pieds ridés comme le visage d'une vieille femme.
Jusque tard la veille et une partie de la journée, les habitants du coin sont venus nous aider autant qu'ils le pouvaient à prendre en charge les blessés.
Ils ont aussi enterré nos morts, « sur place » c'est-à-dire à l'endroit où ils se trouvaient, pour ceux que nous pouvions atteindre. Il nous est demandé de planter un Lebel, crosse en l'air, pour signaler les tombes. Trop d'armes seront dressées à la verticale pour une seule journée !
Toujours pas de ravitaillement en cartouche, nous risquons d'en manquer, les artilleurs sont à court d'obus…
Des gars sont envoyés pour racler les sacs et les équipements restés sur le terrain, nous avons pris un gros savon pour ces abandons de matériel à l'ennemi.
L'ennemi justement, il reprend ses tirs d'artillerie, les nôtres répliquent avec les obus qui leur restent.
Revue sommaire d'effectif et de paquetage.
Tant bien que mal, nous restons en position sous la pluie, pas de mouvement sur le terrain pendant la journée du 16.

Marche en direction de la frontière dans la nuit du 17 et pendant la matinée du 18, nous sommes ralentis régulièrement par la mitrailleuse d'une redoute, des tirs de Mauser isolés, ou une pluie d'artillerie.

Nous avons aussi fait connaissance avec les shrapnels, un obus tueur qui explose à hauteur d'homme en libérant en tous sens son chargement de balles. Les déchirures qu'ils provoquent dans les corps sont terribles !

Nous sommes entrés en Lorraine, sur cette terre de France, plus de 40 ans après son annexion, les boches sont insaisissables, ils semblent s'effacer devant nous…

Laborieuse progression sur un terrain détrempé, nous faisons un stop le 18 au soir, à une portée de fusil des cheminées d'usine et du clocher pointu de la bourgade de Dieuze.

A notre entrée dans les provinces annexées, il nous a été demandé de nous méfier des populations et de ne pas leur faire confiance. Une partie d'entre elles collabore avec les troupes allemandes, des actes d'espionnage nous sont rapportés.

19 août 1914

Il est 3 h 30 du matin, je ne sais plus ce que c'est que faire une nuit de sommeil. Nous sommes encore mouillés des averses de la veille, par chance après 4 jours de pluie, aujourd'hui le temps restera sec.

Nous franchissons la Seille au sud de Dieuze, grâce aux sapeurs du 7e génie d'Avignon qui ont travaillé toute la nuit, pour installer des ponceaux et rendre possible cette traversée au sec avec le ravitaillement.

Les gars du 55e RI, passeront par là aussi.

Nous traversons Dieuze sans encombre, les villageois nous informent que les Allemands ont quitté les lieux il y a peu et se sont repliés dans la plaine, sur la route de Vergaville.

Le premier accrochage a lieu à la sortie de ville, la soudaineté et la violence des salves de mousqueteries nous surprennent, plusieurs des nôtres tombent au cours de l'accrochage.

S'en suit une bataille de positions, de gagne terrain, pendant ces longues heures passées sous la mitraille et l'artillerie allemande.
Les obus éclatent en tous sens, devant nous d'abord, puis juste au-dessus de nos têtes. Nous obligeant à nous terrer comme nous le pouvons, en utilisant des gerbes de blé en guise de dérisoires boucliers de fortune !
En fin de matinée, nous entrons dans un bourbier gorgé d'eau, la terre visqueuse tente d'aspirer les vivants et avale les morts.
Je suis pris d'une soif d'une intensité inconnue en traversant ce marais de glaise, je l'étancherai beaucoup plus tard, avec l'eau limoneuse d'un ruisseau. Malgré ce terrain et le déluge de feu, le 61e progresse courageusement jusqu'à Vergaville, 4 km au nord-est de Dieuze, les Allemands reculent encore.
Plus au nord, le 55e RI améliore aussi ses positions en atteignant Guébling, une nouvelle fois c'est la nuit qui ramènera un semblant de calme.
Voilà tout juste deux semaines que nous avons quitté la caserne Rampon de Privas qui nous semblait un enfer…
Nous ignorions que ce n'était que son antichambre, l'enfer est là sous nos yeux, dans ce champ d'avoine jonché de pantalons rouges ensanglantés et de corps mutilés ou éventrés par la mitraille. J'ai encore perdu deux hommes de mon escouade, des p'tits gars qui ne connaissaient rien de la vie.
La pire des atrocités, c'est le regard d'un gamin de 21 ans qui agonise et se débat vainement en refusant l'évidence. Parce qu'il ne parvient pas à envisager que ça puisse déjà être la fin. S'il refuse de mourir, c'est pour une seule et unique raison, c'est juste parce qu'on ne lui a pas laissé le temps de vivre.

20 août 1914
Au petit matin, on nous rapporte les mouvements de troupe des boches, ils ont quitté la plaine pendant la nuit.

J'ai du mal à émerger, la fatigue accumulée peut-être ? Ou la dure journée de la veille ?
Je ne me sens vraiment pas au mieux.
Il est 4 heures, l'ordre nous parvient une demi-heure plus tard, de nous préparer pour un assaut sur les positions ennemies. C'est chose faite, dès 5 heures.
Pour le repos ? Ce sera un peu plus tard, dans la tombe !

« Baïonnettes aux canons ! » Aboie le sergent.
L'assaut sera donné au point du jour, avec une lame d'acier de 60 cm fixée à l'extrémité de nos lebels, comme l'a exigé le gradé. Une véritable broche de rôtissoire, pour une arme d'une longueur totale de 1,80 m dans cette configuration.
De quoi voir venir !
Et nous voici à nouveau, beuglant et courant à toutes jambes, en direction des arbres situés à 800 m de distance.
Cette course sera la dernière pour beaucoup d'entre nous !
Les mitrailleuses s'en donnent à cœur joie, les Allemands se sont repliés sur des positions préétablies de longue date. Ils ont préparé le terrain et nous ont attirés à eux, droit sur leurs lignes de défense en lisière de la forêt de Gebestroff.
Nous progressons d'abord dans les hautes tiges d'un champ d'avoine, puis complètement à découvert sans aucun appui d'artillerie. Cette folle entreprise sera rapidement balayée par la mitraille et le rideau d'obus qui s'abat sur nous. Le piège vient de se refermer, j'ai tellement peur que j'en vomis.
Un massacre !
Le spectacle de ce tir aux pigeons est terrifiant, quand les gars ne sont pas couchés par les balles des mitrailleuses, ils se font découper par les éclats d'obus. Ça tombe de partout, à 7 heures, il me semble qu'un tiers de la section ne peut plus se relever et nous n'avons toujours pas vu un seul Allemand…

Les gars s'arrêtent enfin de courir, nous tentons d'organiser une ligne de défense. Ce sera peine perdue !
Sous le feu nourri qui nous accable, nous ne pouvons que demeurer à plat ventre, ou cachés dans les entonnoirs des trous d'obus, pour nous abriter de ce déluge de feu.
En attendant quoi ?
En début d'après-midi enfin, un mouvement de retraite est ordonné par les officiers, il rejoint en cela les prières des hommes et le maigre espoir qu'il nous reste de pouvoir sauver nos miches.
La manœuvre de repli s'amorce dans un relatif désordre, les premiers gars détalent vers l'arrière, en essuyant des tirs nourris dès qu'ils se mettent en mouvement.
Il n'y a pas d'autre issue que la marche arrière, ça tombe encore de partout ! Sur le champ d'avoine et de bataille sont disséminés tellement de blessés et de cadavres que je bute sur le corps d'un des nôtres. Il se met à geindre, alors que je m'étale à mon tour de tout mon long. L'avoine amortit ma chute, je me retrouve à plat ventre.
Mon sac à dos vient de basculer par-dessus ma tête, en m'enfonçant un peu plus encore, le visage dans la terre de Lorraine.
Un fracas inouï retentit !
J'ai dû tomber sur une mine, ou une bombe…
Le bruit m'arrache les tympans, une chaleur intense me fait suffoquer, je ressens sa brûlure au niveau de la face, et sur le côté. La douleur ne se fait pas encore sentir, mais ça ne va sûrement pas tarder. La peur m'envahit complètement, elle paralyse mes membres et mon esprit.
Marthe, les enfants…
Les eaux claires de la Padelle qui bordent nos terres, je ne vous reverrai pas !

L'odeur de poudre, de métal carbonisé et de soufre me percute les sens de plein fouet. Cette odeur est dans ma bouche, tout autant que dans mes narines et mes yeux.
Voilà, ça y est, c'était mon tour. Je suis mort !
Je vous aime, je ne pourrai pas vous le dire une dernière fois, avant de partir.
Combien de temps suis-je resté ainsi ? Difficile à dire…

Complètement groggy, je rouvre tout de même les yeux quelques minutes plus tard, la terre, l'avoine, le fracas de la bataille, l'obus !
Ma chute, et le soldat qui en fût la cause m'ont sauvé la vie, lui vient de perdre la sienne dans la déflagration ! L'obus a explosé à côté de nous, à proximité immédiate, trop prêt pour me toucher parce que j'étais déjà au sol.
Mon sac à dos est complètement éventré, lui aussi m'a protégé de l'explosion. A part la brûlure du souffle, la surdité et le sifflement dans mes oreilles, je crois que je n'ai rien !
Sauve qui peut !

La reculade est à présent générale, en voyant les premiers hommes revenir sur eux, les autres n'ont pas attendu leur tour, ils les précèdent, et prennent leurs jambes à leurs cous.
Beaucoup abandonnent fusils et bardas, qui les ralentissent dans leur course vers la vie. Je viens de me rendre compte que moi non plus, je n'ai plus mon fusil et que je suis aussi en train de courir !
A l'arrière, pistolets au poing, nos officiers mettent en joue les fuyards en les sommant de reformer une ligne. Ce sera peine perdue !
Ce mouvement de repli est immédiatement suivi par une contre-attaque allemande. A leur tour, baïonnettes aux canons, les boches quittent leurs positions et s'élancent au milieu des cadavres en pantalons rouges, pour terminer le travail.

Une ligne de mitrailleuse astucieusement mise en batterie viendra ralentir la poussée ennemie et couvrir notre retraite, en nous laissant le temps de reformer les rangs.
Je retrouve les premières maisons de Dieuze, je m'en sors finalement sans dommage, enfin presque !
Sur la place centrale de la ville, un sergent hurle à qui veut l'entendre qu'il n'est pas possible de donner l'ordre à des compagnies entières de se jeter à découvert sous le feu ennemi, sans un nettoyage préalable du terrain avec des tirs d'artillerie.
Que ce type de commandement n'est pas seulement stupide, qu'il est aussi contraire aux recommandations des manuels militaires en vigueur.

A l'arrière, une partie des blessés de ce carnage a était rassemblée dans l'église de Dieuze, j'y retrouve Joseph, qui aide à brancarder le corps ensanglanté d'un pauvre bougre.
Le visage à moitié arraché de l'homme ne laisse pas beaucoup d'espoir, Joseph me fait d'ailleurs signe qu'il a succombé à ses blessures. Il est à peine 3 heures, des ambulances font la navette pour permettre l'évacuation du plus grand nombre de nos blessés vers l'arrière, nous manquons de tout, de temps, de moyen et d'ordres clairs.
« Ils arrivent ! »

Ces deux mots déclenchèrent l'affolement général et un nouveau mouvement d'évacuation vers la sortie de la ville.
Jusqu'à ce qu'un adjudant, pistolet au poing, tente de reprendre les choses en main, et parvienne tant bien que mal à remobiliser les hommes pour endiguer la poussée allemande.
Quelle désolation de voir notre armée se replier ainsi, en abandonnant tout sur place !
Il y a des corps dans tous les coins, des morts, et des blessés qui agonisent sur les bords de route, en implorant. Des caisses de

munitions, des fusils et des havresacs dont se sont délestés leurs propriétaires, des mitrailleuses aussi, et ce mulet mort de ses blessures, avec son chargement intact sur le dos. J'ai vu de mes yeux un cheval essayer d'entrer dans une maison par la porte, avec le fol espoir de s'y mettre à l'abri du fracas des obus.
Il n'est pas possible de rendre compte, avec des mots, des effets du traumatisme de la peur dans de telles circonstances. Elle peut vous galvaniser, vous faire réagir dans un sursaut inhumain de volonté et d'audace, ou vous anéantir.
Comme ce gosse en uniforme prostré au pied d'un arbre, qui n'attend plus que l'arrivée des Allemands et sa mort qu'il a déjà acceptée.

Le nombre de tués dans les rangs du 61 RI pour cette seule journée du 20 août est terrifiant. Aujourd'hui, mon escouade a perdu près de la moitié de l'effectif engagé, c'est une horreur !

Le XVe corps finira par quitter Dieuze dans la soirée, de la façon la plus désordonnée qui soit et dans un sauve-qui-peut général. Lors de ce départ, beaucoup de nos blessés seront abandonnés à leur sort et laissés aux bons soins des populations et de l'ennemi. Cette retraite précipitée ne s'achèvera réellement qu'une fois nos troupes arrivées près de Lunéville, 40 km à l'Ouest. Le plan des Allemands a fonctionné à merveille, nos gars se sont engouffrés dans le piège tendu, comme les veaux vont à l'abattoir !

***

Des wagons entiers de paysans, d'hommes de la rue et de conscrits, tout juste âgés d'une vingtaine d'années, ont été concentrés sur le front dès les premières heures du conflit.

Des civils pour la plupart, qui furent aussitôt jetés dans la bataille sans avoir reçu une préparation sérieuse au combat.
Ordre leur a été donné à de nombreuses reprises, de courir au-devant de mitrailleuses capables de tirer 400 à 500 coups à la minute, sous les explosions de salve d'artillerie en rafales.
Face à un ennemi invisible, soigneusement embusqué sur un terrain préparé de longue date.
Ce qu'il en a résulté ?
Une véritable hécatombe, des dizaines de milliers de morts, de blessés et de prisonniers côté français.
Des chiffres édifiants qui correspondent aux pertes les plus importantes enregistrées sur une période similaire pendant toute la durée de la guerre 14 - 18.
La journée noire du 22 août 1914 fut même, d'après certains historiens, un des jours où l'armée française a subi les plus grandes pertes en vie humaine de tous les conflits de son histoire.
Le drame ne s'arrête pas là !

De ces épisodes malheureux des 19 et 20 août 1914 naitra une légende calomnieuse colportée par quelques officiers malveillants, et des journalistes parisiens au mieux ignorants de la réalité, au pire mal intentionnés. Lors de cette campagne de dénigrement, une petite coalition de hauts gradés fera porter le chapeau de leur méconnaissance du terrain et de leurs graves erreurs de commandement, sur la 2e armée et son XVe corps en particulier. En attribuant la responsabilité de la défaite et le poids des pertes en vies humaines subit, au manque de combativité et aux supposées défaillances morales des régiments du sud.
Hormis les renoncements isolés de certains et des redditions effectivement trop rapides rapportées ici où là.
C'est le plus souvent l'incurie d'un bon nombre d'officiers, ignorant des caractéristiques d'une guerre moderne qui est à

l'origine des défaites, des massacres et des pertes colossales des premiers jours de la guerre.

« Les Midis » comme ils seront surnommés, qu'ils soient marseillais, gardois, ardéchois ou corses, deviennent dès lors les têtes de Turc d'une partie de l'opinion publique française. Ils subiront des brimades pendant de nombreux mois, au sein même de l'armée, ces représailles pouvant aller jusqu'au refus de soin aux blessés dans certains hôpitaux militaires.

Les populations méridionales, déjà convaincues de l'ignominie du procédé, en recevront la preuve les jours suivants, sous la forme de l'interminable énumération des morts et des disparus au combat subits par leurs territoires.

Il en résultera des joutes nord-sud, franco-françaises, par journaux interposés. Cette nouvelle guerre, intestine celle-là, sera l'objet de vifs débats à l'Assemblée nationale, ainsi que d'une période de boycotte de la presse parisienne par les régions du sud.

Il faudra attendre de trop nombreuses années pour que cette avanie et ces mensonges soient partiellement lavés par les récits historiques des militaires et le témoignage des populations locales.

***

25 août 1914

Ma Marthe,

J'ai bien reçu tes lettres, les 2 nous sont arrivées en même temps, je suis heureux de savoir que vous allez bien et que vos jours ont été cléments pour la moisson.

Sur le champ de bataille, ce sont malheureusement des moissons d'hommes que la guerre engendre, il n'est pas possible de décrire ce que nous vivons et j'ai peur que ce ne soit qu'un début.

Ton frère m'a dit : « ici, la terre est labourée tous les jours pour ne jamais rien y semer, sauf des cadavres ! » Ce qui ne sert pas à grand-chose d'ailleurs, parce qu'il ne pousse rien dans les cimetières, mis à part peut-être des regrets…
Tout ça pour dire que ce n'est pas très joli à voir, mais il y a un travail à faire ici, et tout le monde est concerné.
Joseph vous fait dire qu'il ne vous écrira pas beaucoup et que tu sais pourquoi, il vous dit bien des choses et voudrait savoir si ça va ?

Il a demandé après les petits aussi.
Je vous embrasse de tout mon cœur de mari et de père.

Ton Emile

Le retour à l'arrière, hors des zones de combat, est un soulagement que « seuls ceux qui sont morts un jour peuvent comprendre. » La joie d'être simplement en vie alors que l'on s'est vu perdu, surpasse tous les bonheurs terrestres.
Hormis l'agitation des troupes et les convois militaires, la quiétude et le silence règnent, sur les plaines comme dans les villages. De maisons intactes entrent et sortent des êtres humains qui nous regardent passer comme si nous étions des revenants…
Ce que nous sommes d'ailleurs !

Nos rangs clairsemés témoignent de la violence de la purge que nous venons de subir pendant ces premiers jours en Lorraine. Cette trêve momentanée, avant la remontée vers le front, nous permet de mesurer le changement et l'impact que les dernières heures viennent d'opérer sur chacun de nous.

Une fois passée la sidération qui se lit encore dans de nombreux regards, cette immersion de quelques jours dans la zone de mort nous a atteints au plus haut point !
Joseph ne parle pas, ce qui est coutumier chez lui, ce qui l'est moins c'est qu'il n'écoute plus ce qui se dit et ce qui se passe autour.
Je crois qu'il ne veut plus rien entendre !

Je ne sais pas s'il y a une échelle de valeurs pour mesurer la peur ? peut-être s'apprécie-t 'elle à l'aune des choses que l'on n'envisage pas de perdre.

Marthe

« Arrête de gigoter, tu en mets partout ! »

De l'eau, jusqu'aux genoux, Madeleine s'agitait comme un ver dans la bassine métallique placée devant la cheminée. Espiègle, la petite fille s'amusait à éclabousser son frère qui attendait sagement son tour, assis sur un des bancs de la grande table.
Augustine surgit de l'étable avec un seau d'eau au trois quarts rempli, qu'elle versa d'un trait dans la marmite au-dessus du feu : *« Ça fera bien pour tout le monde ! »*

La mamé fit ensuite peser la lourdeur de sa main caleuse sur la tête de sa petite fille en lui enjoignant de bien vouloir se calmer. S'il est possible de sourire avec les yeux, c'est ce qu'elle fit en posant cette fois solennellement la main sur la chevelure châtain clair du garçonnet. Un geste que dans une église, on aurait pris pour une bénédiction.
Depuis le départ de son père et de l'oncle Joseph une semaine plus tôt, ce gamin d'ordinaire déjà si raisonnable, ne savait pas quoi faire pour être agréable aux femmes et les soulager.
L'enfant faisait partie de ces petits êtres qui, non content de vouloir apporter leur aide aux grandes personnes, font de surcroît tout ce qui est en leurs moyens pour ne pas les déranger ou leur causer du tracas.
Dès qu'il fut lavé, Marthe enveloppa Régis dans un drap en lin sobrement brodé aux initiales MC, avant de le confier à sa grand-mère pour qu'elle finisse de le frictionner.

Dans un mouvement circulaire, la belle releva ensuite sa chevelure qu'elle assembla au-dessus de sa tête en y enfonçant deux longues épingles à cheveux.

Puis la jeune femme fit glisser les bretelles de sa robe jusqu'aux courbures de ses épaules, le frôlement d'un souffle plus tard, le vêtement se lova en corolle à ses pieds.

Avec une grâce toute naturelle, elle enjamba le rebord de la bassine, telle Vénus dans sa conque sur la toile de Botticelli, elle prit place au milieu du récipient. Au moyen d'un linge, elle fit délicatement ruisseler l'eau bienfaisante sur son corps fourbu, pour le rafraichir et le libérer des poussières accumulées.

De sa masse de cheveux remontée en chignon s'écoulaient les virgules des quelques mèches rebelles, qui avaient refusé de se laisser emprisonner.

Après l'avoir humidifié, Marthe fit glisser un morceau de savon marseillais sur la courbe tendue de ses seins, jusqu'à ses aisselles, puis sur son ventre et ses hanches. Une toilette infiniment précieuse pour la soulager des tensions de la journée et d'un trop-plein de fatigue. La blancheur laiteuse de ce corps galbé tranchait avec le brun de sa toison et le noir de suie du mur de la cheminée. L'absolue beauté n'a pas de loges de prédilection où s'établir, pas de palais ni de théâtre ou de panthéon…

Elle se met en scène où bon lui semble, fusse le cadre singulier d'une pauvre chaumière perdue au cœur de la montagne ardéchoise. D'un geste mécanique, Madeleine berçait « sa pépée » de chiffon avec sa chevelure de laine jaune, ses yeux vairons en boutons de culotte et sa bouche dessinée dans un tissu rouge coquelicot. Cette poupée sans bras, confectionnée à la hâte par une grand-mère bien intentionnée pour la consoler du départ « en voyage, » de son papa et de son tonton.

— *Il va falloir cuire le pain avant samedi, ce n'est pas parce qu'on moissonne qu'on ne doit plus manger, au contraire !*
— *Oui, je sais, maman…*

Les brebis sont pleines elles s'énervent ! J'y vais, tu feras souper les enfants.
— *Vous moissonnez chez qui demain ?*
— *On est toujours à la Barricaude, pour finir.*
Il faudra encore une grosse journée, avec celle d'aujourd'hui. Deux jours à quatre pour un petit hectare, c'est ce qui faut.

Comme convenu les femmes s'étaient retrouvées, aux aurores, devant le grand champ pentu de la Barricaude, en partie déjà moissonné. Des gerbes de seigle éparses avaient été disséminées la veille par les faucheuses, sur une bonne moitié de la grande surface, en attendant d'être collectées.
Au loin, sur la ligne d'horizon, les nuances pastelles de tons rose orangé affleuraient sur un ourlet de nuage.
Munies de leurs pierres à aiguiser, en tenant fermement les manches en bois blancs de leurs outils, les ouvrières agricoles affutaient les lames de leurs faux, ainsi que celles « des raquettes, » ces outils à main en forme de large virgule.
Dans les premières lueurs de ce nouveau jour, après avoir ajusté son foulard sur sa tête en le nouant derrière sa nuque, Marthe entra dans le champ avec les autres femmes.
Chacune d'elles savait ce qu'elle avait à faire.
En ligne formée, espacées de quelques mètres, elles débutèrent leur travail. Faucher le blé, en veillant bien à couper les longues tiges au ras du sol, afin d'obtenir le plus gros volume de paille. Rassembler le tout en petits tas serrés qui seront ensuite montés en gerbes.
Chanter aussi, quand avec la chaleur et la lassitude, le travail devient plus pénible. Chanter et rire, pour une farce, une histoire un rien grivoise ou une taquinerie entre filles.

Durant la pause de midi, dans la relative fraicheur d'un bosquet, ces belles des champs avaient pris l'habitude d'échanger les nouvelles de leurs hommes : le départ des troupes de la caserne de Privas ou d'ailleurs, leurs voyages en train, la marche d'approche et plus tard encore les premiers accrochages avec les Prussiens. Et surtout les non-dits en filigrane, qui commençaient à transpirer pudiquement dans les lettres, au sujet des premières horreurs de la guerre et des souffrances de leurs soldats de mari ou de frère. Après avoir commenté les nouvelles du front et la propagande des journaux, les femmes reprenaient leur travail, jusqu'à ce que la fatigue et l'évanouissement de la lumière du jour viennent leur donner le signal de la fin de leur labeur.

L'Alphonse Baugent se présenta dans le milieu de l'après-midi, juché sur la charrette que tiraient ses deux vaches.

Il fallut pas moins de trois voyages à tout ce petit monde, pour engranger les bottes de seigle et les mettre à l'abri.

Ce paysan, affable et serviable venait selon l'expression toute locale de tourner « le billou », c'est-à-dire d'entrer dans sa cinquantaine. De façon imagée, « en tournant le billot de ses coupes de bois, » ce jeune quinquagénaire appréhendait une terre vierge. Un espace renouvelé de sa vie d'homme à investiguer, un nouveau champ de conscience.

Concomitamment à ce changement de dizaine, les premiers jours de la guerre vinrent bouleverser la vie paisible du paysan. Ce célibataire endurci paraissait fort désarmé et emprunté devant toutes ces femmes, fraîchement promues patronnes de leurs fermes, organisatrices des travaux aux champs et de la vie dans les maisons.

Le nouvel affichage public dans les mairies du 7 août 1914, effectué à la demande du président du Conseil, monsieur René Viviani, ne viendra que confirmer cet état de fait.

L'arrêté ordonnait aux 3 millions de femmes agricultrices françaises d'assurer la relève dans les fermes, de terminer la récolte de l'année et de préparer les semailles d'automne.

« Un jour, ils vont nous faire des affiches, pour nous demander de continuer à torcher les gosses ! »
S'était exclamée la Claudette en apprenant la nouvelle…

Une expression qui déclencha aussitôt l'hilarité générale et des larmes, qui pour certaines d'entre elles n'étaient pas uniquement dues au fou rire.
Augustine et les enfants n'avaient pas chômé non plus durant la journée. Le potager à arroser, le fumier séché à charrier sur le dos dans « la besse », cette large hotte tressée avec des branches menues de châtaignier, avant l'épandage au champ.
La soupe du soir à préparer aussi, agrémentée de jeunes pousses d'ortie pour celle du jour.
Et le « caio, » ce cochon malingre qu'on avait sorti à grand-peine de sa soue, pour le laisser vermiller un peu sous les arbres, à la recherche de glands, de racines, ou de vers.
La préparation de « sa chaudière » enfin, comme tous les jours. Une mixture grossière faite selon la saison à base : de raves, des petites pommes de terre de la récolte, des feuilles des choux les plus grossières, de cardes, de châtaignes ou de glands, du petit-lait des fromages, des premières feuilles de frêne de l'année, ou bien encore d'épluchures diverses…
Tirebouchon le cochon de la ferme, accusait pour sa part un sérieux retard de croissance. Augustine ne le trouvait pas assez gras à son goût, un poids qui avait pourtant sauvé la bête, une première fois !
Quel horrible jour que celui de la réquisition, alors que la tristesse du départ des hommes qui venaient de quitter la ferme l'avant-veille était encore dans les cœurs !
Il pleuvait, une de ces pluies bienfaisantes du mois d'août, qui rafraichit un temps, avant de laisser derrière elle une moiteur dérangeante et une charge d'humidité dans l'air.

Les femmes avaient vu s'approcher 4 soldats en arme qui vinrent se présenter à elles.
Effrayée par l'apparition, Madeleine s'était promptement réfugiée derrière les jupons de sa grand-mère.

Après avoir accepté le verre de vin offert par Augustine, ils demandèrent s'il restait encore des hommes à la maison, et combien d'enfants étaient à la charge des fermières.
Les militaires fort bien renseignés sur le cheptel de la ferme, demandèrent confirmation de la liste communiquée par la mairie, l'injonction de l'ordre de réquisition fut alors solennellement réitérée aux deux femmes.
— *Nous ne prendrons qu'une vache, nous verrons par la suite pour la deuxième, en ce qui concerne les brebis nous en prélèverons la moitié, ce qui fait 5 têtes.*
Nous vous laissons le bouc, mais nous prenons deux chèvres. Le cochon est trop jeune, je l'ai noté, nous reviendrons une autre fois. Je vais remplir le bulletin de réquisition qui sera à présenter au receveur du trésor, pour paiement.

La famille Chabanel n'en finissait plus d'être disloquée, déchirée sous les coups de boutoir de la vie. Après la mort de Firmin 5 ans plus tôt, Joseph et Emile tout juste partis, une nouvelle coupe sombre venait d'être effectuée, dans l'étable cette fois !
Malgré les demandes insistantes de Marthe et sans qu'ils mesurent la résonnance de leur choix arbitraire, c'est la Fine que les militaires emmenèrent avec eux. L'affaire fut rondement menée et conclue devant les yeux rougis d'Augustine et de sa fille !
Seule la vache s'était retournée, alors que le petit troupeau hétéroclite progressait sur le chemin de terre en s'éloignant de la ferme.

Il arrive fréquemment que l'on prête des sentiments humains aux animaux, ce qui est sûr, c'est que la Fine avait compris que son sort était joué et que ce départ était en fait un adieu.
Les deux paysannes n'avaient pas eu le cœur de dire au revoir à leurs compagnes de vie, les bras ballants et les yeux vides, elles regardaient s'en aller la moitié du bétail de la ferme.

Des bêtes, que l'effort de guerre national venait d'engloutir, sans même s'en rendre compte. Toutes ces vies animales si indispensables, ces piliers de la ferme qui contribuaient avec tant de docilité et de servilité à l'alimentation de la famille, à la production de denrées commercialisables et du fumier pour enrichir les terres. Sans parler de la dimension affective qui venait à nouveau de percuter ce petit monde de plein fouet !

Devant le regard désemparé de sa fille et l'incompréhension des petits, Augustine ne put bredouiller qu'une formule d'église, une phrase toute faite qui contrairement aux apôtres ne mange pas de pain…
— *Nous passons des heures noires, comme nous n'en avons pas connu, le bon Dieu ne nous abandonnera pas.*
Qu'il protège nos hommes des boches et les bêtes jusqu'à ce qu'on les abatte !
— *Oui, maman…*
Je vais aller travailler le carré de seigle, ce sera plus facile après la pluie.
Pour bien faire, il faudrait l'ensemencer avant la fin du mois. Avec un peu de chance, si la neige ne tombe pas trop tôt, les brebis pourront en brouter les premières pousses…
— *Prends-moi un béchar, je vais venir t'aider !*

Quelques semaines plus tard, dans les dernières heures de septembre et les prémices de cet automne de 1914, comme chaque jour, Marthe rentrait bien trop tard à la maison.
En passant la porte, machinalement elle jeta un coup d'œil sur le vaisselier de la salle à manger.

Ce soir-là enfin, elle aperçut une lettre appuyée à la verticale contre la soupière en faïence de l'arrière-grand-mère.

25 septembre 1914

Mon Aimée,

Je me suis réveillé tôt ce matin, même si dans de telles conditions le temps ne se reconnait plus.
Que ce soient les heures de la journée, du dormir, ou de la soupe, tout est chamboulé, sens dessus dessous !
Leur durée aussi est infiniment variable, quasi aléatoire.

La peur détruit tout et en premier ce qui est beau, elle révèle les instincts les plus primaires et les plus vils, la peur de perdre sa vie est la plus forte…
Il est curieux d'envisager qu'en ce qui concerne nos misérables existences, nous sommes les jouets des circonstances.
Nos vies se jouent aux dés, en une seconde sur le tapis vert du champ de bataille : à cause de la trajectoire d'une balle, de l'éclat d'un obus, ou grâce à l'annulation d'un ordre d'assaut en dernière minute !
Dans le calme de cette matinée, je regarde les petits nuages terrestres qui ont envahi les champs autour du hameau où nous sommes réfugiés. Me reviennent en mémoire les levers du jour en automne, sur notre plateau.

Et le brouillard de nos montagnes bien plus dense et épais, que ce voile de brume qui se dissipe déjà, avec les premiers rayons du soleil.

Brouillard
 Les maisons de Lachamp flottent sur la lagune,
 Un îlot de vivants dans cette immensité.
 Qui s'étend du Mézenc aux anneaux de Saturne,
 L'air est aussi coupant que la lumière glacée.

Nous vous embrassons bien tendrement avec Joseph, écris-moi encore si tu en as le temps, tes lettres sont un baume de douceur pour mon cœur éprouvé.

Ton Emile Bourillon

Malgré les mots d'Emile et les évènements du front, en Ardèche, le temps s'écoulait avec une régularité métronomique, en respectant scrupuleusement la chronologie immuables des saisons.
Après les récoltes de l'été et le gros travail des pommes de terre, il y eut la plantation des raves, puis les semailles du seigle très en retard, bien après la mi-octobre.
Durant ces harassantes journées les bras des hommes firent immensément défaut, ces bras solides, durs au mal, qui supportent de longues journées de labeur.
Des bras, aussi, pour le soutien et l'étreinte !
Dès la fin octobre, les premiers flocons vinrent saupoudrer de leur pureté le grand toit de genêts de la ferme Chabanel.
Une neige annoncée par Augustine la veille, dans l'après-midi.
Lorsque le fond de l'air s'était empli d'un froid laiteux et piquant, annonciateur de la pluie de cristaux et de sa chape de silence. Il

n'était pas rare de voir blanchir le plateau à cette période, avant un redoux de quelques semaines qui précédaient les véritables froids de l'hiver. La perspective de se retrouver à nouveau cloîtrée derrière les hauts murs de cette prison glacée n'avait rien d'engageant.

Ces conditions météorologiques vinrent contrarier les fermières qui restèrent donc toute la matinée dans la maison, tout comme les bêtes qui venaient d'y être consignées par la neige, pour la première fois de l'hiver.

Un temps, que les deux femmes mirent à profit pour lancer la préparation du pain qui venait encore à manquer. Depuis le départ des soldats sur le front, les besoins en boulangerie avaient diminué de moitié, c'est seulement toutes les 2 à 3 semaines qu'elles allumaient le four désormais.

Celui-ci faisait partie intégrante de la grande cheminée, son ouverture avait été placée sur le mur du cantou, par les bâtisseurs de la structure en pierre de taille, à une hauteur d'un mètre vingt environ. Augustine ouvrit en grand la porte métallique, afin d'enfourner un fagot de menu sous lequel elle glissa deux feuilles de journal froissées et quelques rubis rougeoyants des braises du foyer.

D'expérience, elle savait qu'en cette saison, le four serait à température moins de trois heures plus tard.

Le matin même, Marthe avait récupéré dans la maie, le grand sac de la farine du moulin du hameau du boucher.

Après l'avoir soigneusement pesée avec la balance romaine de la maison, elle versa la poudre fine en pluie sur les planches au fond du coffre en châtaignier. Augustine ajouta la mesure de sel d'une vingtaine de grammes au kilo, à l'eau de source qu'elle avait fait monter à température ambiante, en la maintenant à proximité du feu.

Avant le pétrissage, la mamé incorpora enfin le levain, ce précieux reliquat des précédentes pâtes à pain, qu'elle avait pris

le soin de nourrir depuis la dernière fournée. Un gage s'il en fallait encore un, que tout découle de ce qui fut pour nourrir ce qui sera...
Les enfants ne perdaient pas une miette de ce qui se passait dans le petit réduit de la cave. Les corps cassés en deux des femmes au travail, plongées dans le pétrin de la maison.
Leurs mouvements amples et cadencés, la poussière de farine qui flottait au-dessus de leurs têtes dans les rais d'une insuffisante clarté, et cette odeur indescriptible qui restera à jamais dans la mémoire olfactive des deux bambins.

L'enfance se nourrit d'une multitude de trésors immatériaux, un mélange intangible et fuyant de couleurs, de saveurs, de parfums subtils ou d'odeurs nauséabondes, d'empoignades et de frôlements, de cris, de chants, de sons et de bruits en tous genres. Le tout baigné dans la lumière spécifique et changeante des lieux qui vous ont vus naître.
Régis n'aurait raté pour rien au monde le rituel de la fabrication du pain. Il lui arrivait souvent de rester de longues minutes en présence des pâtons laissés au repos, « afin d'aider la pâte à lever en lui tenant compagnie », comme le lui avait suggéré un jour son père. Madeleine était loin d'avoir la même patience, la fillette préférait le contact des animaux. Trop heureuse que la neige ait maintenu le bétail de la ferme dans l'étable, elle passait d'un enclos à l'autre et de la vache aux brebis, avant d'aller parler au cochon vorace et solitaire, qui l'effrayait pourtant beaucoup !
Malgré les recommandations de sa grand-mère, tout était prétexte à s'approcher des agneaux, les seuls êtres plus petits et fragiles qu'elle dans cet univers. Les seuls aussi qu'elle avait le loisir de materner, du haut de ses tout justes 3 ans.

Augustine passa la main à travers la gueule béante du four.

Sans avoir besoin de le faire, elle pouvait dire « à coup sûr, » s'il était à bonne température, simplement en observant la couleur de ses pierres.
Marthe n'eut pas le temps d'enfourner la boule de pâte rebondie qu'Augustine venait de scarifier pour l'empêcher d'éclater à la cuisson.
Un cri perçant, suraigu, se fit soudain entendre depuis l'étable.
– *La petite !*

Immédiatement suivie par sa mère et Régis, elle s'élançât vers la porte en direction des hurlements de sa fille.
— *Qu'est-ce qu'elle a fait encore ?*
— *Mais c'est-pas Dieu possible !* ajouta la mamé.

Lorsqu'ils firent irruption dans l'étable, les hurlements venaient de faire place à un silence bien plus inquiétant.
La fillette s'était tue…
Elle ne répondait pas aux appels et ne donnait plus signe de vie. Immobiles, les oreilles tendues, les brebis scrutaient les fermières sans autre expression dans les yeux, que leurs regards éteints. Augustine se dirigea vers les portes qu'elle ouvrit en grand pour apporter un surcroît de lumière à la pénombre ambiante. Marthe fut rassurée en ne retrouvant pas sa fille à proximité des gros sabots de la vache.
Pas de trace de l'enfant non plus dans les mangeoires où elle montait parfois, ni avec les agneaux ses copains de jeu favoris.
La petite voix de Régis brisa le silence.
— *Maman !*

A la manière d'un chien d'arrêt, il s'était immobilisé dans le fond de l'étable devant la soue de la truie. Effaré il regardait fixement au travers de l'enclos en direction de l'animal.
Le sang de Marthe ne fit qu'un tour !

Mais alors qu'elle se précipitait vers le fond de l'étable, son sabot glissa sur une déjection de Champagne, une bouse grasse que la vache venait de déposer comme à son habitude, en plein milieu de l'allée. La jeune femme fut projetée au sol sans avoir eu le temps de lancer ses mains devant elle pour amortir sa chute. En faisant un bruit creux et sourd, sa tête heurta violemment une pierre du dallage.
Régis ne détourna pas le regard en direction de sa mère.
Avait-il seulement entendu le bruit de pot qui se casse qui venait de résonner entre les murs ? Son regard restait figé sur l'enclos du cochon et la vision qui l'accaparait entièrement.
A l'extérieur, l'averse de neige continuait patiemment son empilage de blancs resplendissants sur les étendues vierges. En ce milieu d'après-midi, les bourrasques d'un vent glacé faisaient rouler et s'amonceler les flocons, jusqu'à former d'imposantes congères le long des clôtures et en lisière de forêt.
Sur le chemin de la Barricaude, le silence avait gagné la partie depuis plusieurs heures. Aucun bruit n'émanait des pas du cheval d'un cavalier tout de noir vêtu, hormis le froissement régulier des cristaux sous les sabots de chaussette.
Frigorifié, le visage presque entièrement enfoui sous son chapeau et son passe-montagne, Gaston Fayolle progressait difficilement dans la fine poudre que les premiers symptômes de l'hiver épandaient sur le plateau.
Il savait qu'il trouverait accueil et refuge à la ferme Chabanel, le temps de se réchauffer et de se restaurer un peu.
Les bonnes affaires étaient devenues rares pour le maquignon, une concurrence aussi inattendue que déloyale avait fait chuter son activité et le chiffre d'affaires en un rien de temps, celle de l'état français.
Les réquisitionnements qui suivirent la mobilisation générale et l'entrée en guerre furent à l'origine d'une migration inouïe de bestiaux de toutes sortes vers l'est. Afin d'alimenter les champs

de bataille en bêtes de somme et les troupes en viande de boucherie. La guerre ce n'est pas bon pour les affaires songea-t-il, sauf pour l'état-major de l'armée et les intendants, qui s'en mettent plein les poches !

A l'intérieur de l'étable, d'un pas leste pour une dame de son âge, Augustine passa à hauteur de sa fille qui gisait sur le sol, sans même la regarder.

Elle finit par atteindre l'enclos, où le groin brillant et démesuré du porc faisait face au petit visage de Madeleine.

Interloqué, le cochon flairait l'animal bizarre qui avait fait irruption dans son pré carré.

L'enfant était posée sur son séant, dans la paille défraichie et le lisier. En larmes, elle attendait le sors que le monstre dressé à quelques centimètres d'elle allait bien pouvoir lui réserver.

Aucun son ne sortait de sa bouche grande ouverte, malgré le cri qu'elle poussait de tout son corps et de tout son être.

La couleur de son visage qui virait au bleu laissait deviner l'intensité de sa peur et la démesure du hurlement muet qui l'asphyxiait, au risque de l'étouffer complètement.

Ce n'est que lorsque la petite fille retrouva les bras de sa mamie qu'elle put enfin reprendre son souffle. Une fois libéré, son cri se fit entendre jusqu'à la grange de Blaye, de l'autre côté de la Padelle et même au-delà.

Il eut pour effet de sortir Marthe de la torpeur dans laquelle elle était tombée lorsque sa tête avait heurté le dallage.

En se redressant, elle sentit sur sa joue la chaleur du filet de sang qui s'écoulait de son arcade sourcilière.

Une ombre noire apparue soudain dans l'embrasure de la porte, « les rescapés » de l'épisode du cochon s'avancèrent ensemble jusqu'à son seuil pour appréhender l'origine du phénomène ! Sur le pas de la porte, perché sur son cheval, Gaston Fayolle soufflait de longues volutes sur ses doigts gourds, en contemplant l'alignement de ce qui restait de la famille Chabanel.

Un garçonnet de 4 ans en larmes, une gamine qui venait de se remettre à hurler de peur en découvrant le cavalier noir juché sur sa monture. Une pâle grand-mère au visage défait, vêtue d'un empilage de couches de guenilles en laine, et la face ensanglantée d'une jeune femme en état de choc, qui portait les traces des bouses de sa vache sur ses bas de laine et ses pieds déchaussés.
Ce désolant spectacle eut pour effet de désarçonner le maquignon. L'envie d'entrer dans la ferme et de rejoindre ce misérable petit groupe lui passa aussitôt. En tirant d'un coup sec, sur le cuir des rênes de sa monture, il laissa échapper de sa bouche un claquement répété, à l'attention de son cheval. Chaussette obtempéra aussitôt et se remit en route.

Après quelques pas, en se retournant, Gaston appela Marthe d'un signe de la main. La fermière s'exécuta aussitôt et se rapprocha du cheval, jusqu'à poser une main sur son encolure.
— *Fille, si tu as besoin de quelque chose, fais-le-moi savoir et je verrai ce que je peux faire.*
Marthe releva la tête davantage encore dans la direction du cavalier, avant de répondre.
— *Merci, ça va bien, c'est pas facile tous les jours, mais on s'en sort.*
La réponse du maquignon claqua comme un coup de trique avant qu'il ne reprenne sa route :
— *Tu sais ma fille, quand la misère vous attrape, le plus souvent ce n'est pas de faim qu'on crève, mais de fierté !*

Augustine qui n'avait pas entendu les mots de Gaston rejoignit Marthe, après le départ de celui-ci.
Alors que les deux femmes regardaient le visiteur s'éloigner au pas de l'animal, la mamé fit un rappel à l'attention de sa fille, sous la forme d'une injonction.
— *Viens, dépêche-toi, le four va refroidir !*

Une journée quasi ordinaire en ce 29 octobre 1914, quelque part en bordure du plateau ardéchois, sur la commune de Burzet.

700 km au nord de la ferme, dans le département de la Meuse, se jouait un épisode tout aussi dramatique, un autre combat pour la vie.
L'affrontement armé et sanglant de deux camps rivaux, pour la patrie, l'honneur et la liberté, comme l'avait hurlé le capitaine le matin même, dans les premières heures du jour.

Carnet de guerre d'Emile Bourillon à la date du 30.10.1914
Secteur de Malancourt, 100 km à l'est de Reims :

6 h, je sors de la casemate pour m'étirer, voilà plusieurs semaines que les combats ont changées de physionomie, comme nous l'ont expliqué les sergents.
Après la Marne, où le 61e a largement figuré, à Andernay, et Maison-Blanche, nous sommes passés d'une guerre de mouvement à une guerre de position…
Depuis un mois, entre nos assauts et les ripostes de l'ennemi, notre temps est occupé à l'aménagement de nos lignes de défense, dans des trous creusés à même le sol. Nous vivons comme des taupes, en face de l'allemand qui fait la même chose !
Nous occupons actuellement une de leurs tranchées, enlevée hier de haute lutte, sur la côte 281, au lieu-dit du bois des Forges.
Nous sommes montés avec les gars du 173e RI, des Corses, des vrais. Ces gars n'ont peur de rien, je le savais déjà pour en avoir côtoyé certains à Marseille.

Ils l'ont encore prouvé durant la journée d'hier, la baïonnette au fusil et au corps à corps. Je ne sais pas si la terre parviendra à digérer tout le sang qu'elle ingurgite.
Il y a des gars de Bastia, Sartène, Ajaccio, Corte, et d'autres, venus de toute l'île. Ils ont reçu leur baptême du feu au début de la guerre des frontières, comme nous.
Ils étaient aussi à la bataille de Dieuze et font partie « des Midis, » de ces régiments sudistes du XVe corps d'armée, tant décriés lors de l'entrée en guerre…
Tout ça pour que nous en arrivions à nous retrouver ensemble, ici à Malancourt !
On a parlé de nos morts jusque tard dans la soirée.

Beaucoup trop sont déjà tombés.
Quand cela finira-t-il ?

<u>Carnet de guerre d'Emile Bourillon à la date du 02.11.1914</u>

Nous avons pris une sacrée branlée le 30, les boches nous ont canardés tant qu'ils ont pu, avant de nous déborder avec une attaque de grande ampleur.
Le pire, ça reste les obus ! Ça tombe de partout…
Il se dit que la cathédrale de Reims n'a pas été épargnée et que la ville est encore sous le feu de l'artillerie ennemie.
Ça doit bien les amuser, les salauds !
Joseph a montré un visage que je ne lui connaissais pas, je crois qu'il a eu très peur de mourir cette fois.
Nous sommes regroupés en forêt sans les Corses du 173e qui ont été repositionnés…

Il pleut.

Sur l'écran d'ordinateur s'affichaient les deux derniers mots de la page que Julien venait de recopier scrupuleusement à partir du carnet de son aïeul : « *Il pleut.* »

Manon fit irruption dans la pièce en dévalant l'escalier depuis l'étage. Arrivée à hauteur de son père, elle posa la main sur son épaule afin de lui exprimer son soutien et sa présence.

— *Tu t'en vas ?*

— *Oui, j'ai rendez-vous avec Bastien, je suis en retard...*

— *Passe-lui le bonjour, à sa mère aussi, et promets-moi de faire attention.*

Le covid est toujours là, ce n'est pas qu'un truc de la télé...

— *C'est bon papa !*

Tu me parles comme si j'avais 15 ans, je te rappelle que j'ai deux fois cet âge...

— *Oui, je sais...*

C'est pour ça que je t'alerte doublement !

— *Macron a annoncé la fin du confinement pour la mi-mai, c'est bientôt fini ! Et ce n'est pas en descendant au Ray-Pic que je vais chopper le virus quand même !*

— *Si tu le dis...*

— *Bastien doit me refiler des masques ffp2, sa mère a réussi à s'en procurer en tant qu'aide à domicile.*

Tu vois, c'est pour toi que je fais ça !

Manon ne put dissimuler un sourire en terminant sa phrase, son père l'imita avant de l'embrasser sur sa chevelure, et de lui lancer un :

— *Mais bien sûr !*

Trois mots qui devaient clôturer l'échange, lorsque Manon ajouta :

— *Tu as eu maman ?*

— *Oui, elle a fini par me rappeler.*

— *Alors ?*

— *Alors quoi ! C'est quoi ta question ? Sois claire !*

— *Elle revient bientôt ?*
Julien se leva de sa chaise.
Après avoir éteint la télévision qui louait les vertus d'un parfum d'ambiance, il fit quelques pas dans la pièce, occupé qu'il était à chercher ses mots, avant son annonce.
— *Comme tu le sais, ta mère a décidé de prendre du recul...*
Je lui ai dit qu'à force d'en prendre, elle allait finir par tomber en arrière en entrainant tout le monde avec elle !
Ce qu'elle n'a pas apprécié, comme tu peux l'imaginer.

— *Tu as le chic pour la mettre en rogne.*
— *Ne renverse pas les rôles s'il te plait.*
Enfin bref, si j'ai tout compris, elle ne reviendra que début juin, pour le rendez-vous chez le notaire.

Machinalement, il se mit à rectifier l'alignement des colonnes de lettres de son grand-père, qui couvraient la surface de la table de la salle à manger.
Des enveloppes disposées les unes sur les autres, en respectant un petit décalage entre elles, un espace suffisant pour permettre la lecture des dates d'expédition.
Sans relever les yeux dans sa direction, Julien finit par lui poser la question qui lui brûlait les lèvres.
— *Elle t'a parlé de quelque chose à toi ?*
— *Rien de précis, je crois qu'elle ne sait pas où elle en est.*
— *Si tu avais « des news, » tu me le dirais ?*
— *Papa ne me demande pas d'arbitrer ou de prendre parti. Non seulement ce n'est pas mon rôle, mais c'est également au-dessus de mes forces !*
Excédée, Elle saisit son sac à main et ses clés de voiture.
— *Excuse-moi, mais je suis vraiment à la bourre, je dois y aller.*

Manon fit la route en passant sous le mont Gerbier-de-Jonc et son illustre source, avant de traverser le village de Lachamp-Raphaël et d'emprunter la D215 en direction de Péreyres.
A moitié frigorifié, Bastien attendait depuis vingt bonnes minutes sur le parking situé à l'entrée du théâtre naturel de la cascade du Ray-Pic. Un des sites remarquables du tourisme ardéchois, en raison des 60 mètres de hauteur de sa chute d'eau découpée en deux tronçons, et de l'impressionnante paroi d'orgues basaltiques qui en est l'écrin.
Faussement désinvolte, le jeune homme ignora l'arrivée de la fille Bourillon en faisant mine de lire les panneaux de renseignement situés à l'entrée du site.
De grands schémas didactiques détaillant l'origine de l'irruption volcanique et de la coulée de lave qui se déversa jadis dans le court de la Bourges.

— *Termine ta lecture, tu pourras me faire un résumé en fin de soirée !* plaisanta Manon, *je m'en voudrais de te déranger…*
Bastien continua un temps de feindre d'ignorer la jeune femme, jusqu'à ce qu'il n'en puisse plus et finisse par éclater de rire.
— *Ah ! Mais tu es déjà là,* répondit-il, en l'attirant à lui.
Manon résista un temps, pour le jeu, avant de se laisser envelopper par les grands bras de son chéri. Dans un élan soudain, il la fit décoller du sol sans la moindre difficulté, leurs lèvres s'unirent pour un tendre baiser.
— *J'ai eu l'impression de tomber dans les griffes d'un ours.*
Lui glissa-t-elle, lorsque ses pieds retrouvèrent le sol.
— *Tu sais que la ferme Bourlatier est juste à côté du suc d'Ourseyre, ce qui signifie qu'il a bien dû y avoir des ours dans le secteur, il n'y a pas si longtemps…*
— *Alors je veux bien être ta petite ourse !*
Après réflexion, elle ajouta :
Mais sache que tu t'adresses à une étoile en ce moment…

Que dis-je, à une constellation !

Le couple s'engagea sur le chemin étroit bordé par un ravin, au début du trajet vers la cascade. Après une montée en escalier un peu trop raide au gout de Manon, ils poursuivirent leur chemin à travers la forêt, par la descente escarpée qui rallie le point de vue.
— *Comment va ton père ?* s'inquiéta Bastien.
— *Pas terrible !*
 Prends-moi la main, je n'ai pas envie de finir sur le cul…
— *Il lui reste encore des examens à faire ?*
— *Il faut surtout qu'il se repose et que ça se calme avec ma mère !*
— *Y a bagarre ?*
— *Oui, c'est compliqué, du coup mon père a des problèmes au cœur et des problèmes de cœur…*

Manon laissa sa phrase en suspens.
Ses mots finirent par se perdre dans le grondement de la cascade, que les deux marcheurs apercevaient enfin.
— *Tu ne veux pas m'en dire plus ?*
— *Ce sont des histoires de famille, je n'ai pas trop envie que ça en sorte…*
— *Tu sais, nos familles sont liées depuis tellement d'années que j'ai l'impression de faire partie de la tienne.*
Gamin, j'ai passé des après-midis entiers à Pierrebelle avec tes grands-parents, en accompagnant ma mère.
Depuis tout petit, j'ai la sensation d'être chez moi là-haut.
— *Oui, je sais, ta mère s'est occupée d'eux pendant 25 ans, elle nous a dit que tu avais trois ans quand elle est entrée à leur service.*
— *J'ai toujours considéré mamie Marie comme ma grand-mère. Maman m'a encore parlé, il y a peu, de la générosité dont elle avait fait preuve à son égard, jusqu'aux derniers jours de sa vie.*
— *Fais attention, ça glisse !*

La mise en garde de Manon arriva juste à temps, pour que le jeune homme se rattrape comme il le put à la solide rambarde alors que son pied venait de riper sur une marche.
- *Houlà !*

La dernière portion de la balade d'une vingtaine de minutes, qui rejoint le pied de la cascade est la partie la plus pentue du parcours. De rustiques escaliers en bois y ont été aménagés, pour desservir la terrasse, située au niveau du point de vue.
Après avoir contemplé les colonnes de basalte et le cadre puissant de la paroi minérale transpercée en son sommet par le cours de la rivière, les amants s'embrassèrent dans la vapeur brumeuse que produisent les paquets d'eau lors de leur amerrissage.
Bastien relança la conversation.
— *En parlant de famille, ma mère m'a dit qu'il allait y avoir du mouvement, que sa vie aller changer dans les prochaines semaines.*
— *Qu'est-ce que ça veut dire ça ?*
— *Je n'en sais rien, elle était très évasive…*
— *Dans tous les cas un changement de vie ça ne peut pas faire de mal !* s'exclama Manon.
Bastien marqua un temps d'arrêt, ses yeux se remplirent d'une magnifique lumière que ne manqua pas de remarquer sa compagne.
Il enlaça à nouveau sa chérie et lui glissa à l'oreille.
— *Toi aussi tu as des projets ?*
Devant le sourire complice de la jeune femme, il renchérit.
— *Je vais pouvoir envisager être autre chose pour toi qu'un sucre d'orge ? Ou un marron glacé ardéchois que tu viens croquer de temps à autre.*
— *Qui a parlé de toi, de nous ?* répondit sèchement la jeune femme.
— *Ah ! Pardon, j'ai du mal comprendre…*

Bastien eut un mouvement de recul, jusqu'à se détacher des bras de Manon. Il fit mine de chercher son téléphone pour s'enquérir de l'heure. Un froid glacial s'installa entre eux !
— *Ne le prends pas comme ça, ce n'est pas ce que j'ai voulu dire...*
Sans demander son avis à sa Petite Ourse, le fils de Mathilde s'engagea dans les escaliers. Il fit un stop sur la troisième marche, avant de se retourner.
— *Tu n'as rien dit je sais, et rien promis !*
D'ailleurs moi-même, je n'attends rien comme tu me l'as demandé. C'était quoi ton expression déjà ?
Ah oui, « un amour de vacances... » C'est bien ça ?

Désarçonnée, Manon accusa le coup, avant de répondre en hurlant à moitié pour couvrir le bruit de la chute d'eau.
— *Tu vois ? Voilà la preuve s'il en fallait une !*
Je t'ai dit que tu n'étais qu'un ours mal léché.
L'Ardéchois stoppa à nouveau sa progression, avant de rétorquer :
— *Nous avons également eu une confirmation en ce qui te concerne ma chérie, tu es bien une inaccessible étoile !*
A son retour à Pierrebelle, trois quarts d'heure plus tard, Manon n'eut qu'un mot à répondre à son père lorsqu'il lui demanda si tout allait bien.
— *Moyen !*
Elle ne lui laissa pas l'opportunité de poursuivre l'échange, en montant dans sa chambre à la hâte.

« *L'amour est un bouquet de violettes,*
L'amour est plus doux que ces fleurettes,
Quand le bonheur en passant vous fait signe et s'arrête,
Il faut lui prendre la main, sans attendre à demain... »

Avec toute sa malice, en poursuivant son minutieux travail de scribe, Julien s'était mis à fredonner le refrain d'une chanson d'un autre âge, un air déjà ancien dégoulinant d'un romantisme suranné.

Carnet de guerre d'Emile Bourillon à la date du 21.12.1914

Brave parmi les braves, le colonel Michel Emile Leblanc est mort…

Il avait déjà reçu deux balles au mois d'août, pendant la bataille des frontières. Ce qui ne l'empêcha pas de garder le commandement du régiment lors de la retraite de Dieuze.
Il y a quelques jours, il n'a pas hésité à monter à nouveau avec les gars en faisant fi du danger, avant d'être couché par un tir de mitrailleuse.
Les jumeaux ne nous avaient laissé aucun espoir, c'est vrai qu'il y a de meilleurs endroits que le cou, pour prendre une balle. Il se dit qu'il a eu un trait héroïque sur son lit de mort, en apprenant que nous avions fini par reprendre cette sempiternelle cote 281 : « Alors je meurs content. »

Nous avons perdu notre bon commandant, lui non plus ne sera pas à la maison avec les siens pour Noël, ni un autre jour d'ailleurs ! Dieu est-il au courant de ce qui se passe ici ?
Les lignes de défense et les tranchées solidement établies et organisées ne permettent pas de faire de l'avant sans subir des pertes considérables dans les deux camps.
Les assauts sont la plupart du temps aussi brefs et voués à l'échec que meurtriers.
Voilà deux mois que nous piétinons sur place, dans la forêt, ou au fond du ruisseau du bois des forges qui certains jours emportent plus de sang que d'eau dans son cours.

La forêt n'a plus de forêt que le nom, les arbres ont disparu, hachés menus pas les centaines d'obus déversés sur cette terre.
Ne reste plus ici et là, que quelques troncs ébranchés, disséminés sur ce cimetière comme des cierges de neuvaine.
Nous quittons enfin ce bourbier, épuisés, sales et meurtris, mais vivants ! Heureux de faire partie des trois bataillons du 61e qui partent au repos à l'arrière des premières lignes, pour y passer la Noël et les jours suivants.
Peut-être aurons-nous une chance de voir les premières heures de la nouvelle année, grâce à ces quelques jours passés à distance du front…
Ce matin à la sortie d'un boyau, alors que nous effectuions la relève, nous avons croisé un groupe de prisonniers.
Les boches n'ont pas meilleure mine que nous.
Nos gars se sont saisis de l'un d'eux pour le soumettre à la question, le pauvre bougre, il va passer un sale quart d'heure !
Les autres seront envoyés quelque part à l'arrière dans des camps de travail.

La précarité de nos vies me fait douter de tout !
Certes, je me savais mortel…
Mais je n'avais pas envisagé mon départ de ce monde ainsi, dans le souffle violent d'une bourrasque et la soudaineté du fracas d'un obus.

Joyeux Noël.

Annus horribilis

— Serre-le bien fort, il va se débattre davantage encore quand on va le basculer !

Après avoir solidement ligoté leur victime aux montants et aux barreaux, les trois hommes parvinrent à grande peine à redresser l'échelle sur laquelle ils l'avaient attaché, avant de l'appuyer contre le mur. L'objectif étant de l'installer à la verticale, la tête en bas en direction du sol.
Cette tête affolée qui s'agitait en tous sens à l'extrémité du cou tendu de ce malheureux. Même si l'issue finale lui apparaissait désormais clairement, ses yeux exorbités roulaient encore de droite et de gauche, en essayant de comprendre le dessein de ses bourreaux…
Des cris inhumains retentirent dans tout le vallon !
La peur à son paroxysme, et les suffocations que sa position provoquait entrecoupaient son appel désespéré et long de variations incontrôlées et de nuances.
La mort est aussi silencieuse que peut être assourdissant le hurlement de celui qu'elle vient chercher. Dès qu'il eut achevé d'affuter son « coustel, » l'exécuteur des hautes œuvres s'avança résolument, l'arme à la main. La lame effilée en avait tellement vu que ce n'était pour lui qu'un boulot de plus. Un autre, qui, pas davantage que le précédent ne parvenait à l'émouvoir.
Bien qu'il n'ait, semble-t-il, aucune prédisposition apparente pour l'exécution de cette tâche, Léon, alias le boucher, connaissait mieux que quiconque les techniques spécifiques de découpe des chairs et de mise à mort qu'avaient à subir ceux qui par malchance tombaient entre ses mains.

Les yeux injectés de sang et la peur au ventre, la victime expiatoire avait fini par se rendre à l'évidence, elle attendait désormais son sort avec une forme de résignation.
Un détachement feint que vint trahir son dernier râle de détresse, lorsqu'un des tortionnaires déposa un large récipient sur le sol, juste en dessous de sa tête.
La souffrance et les regrets sont les invités d'honneur des rites sacrificiels et des assassinats. De regret, le Léon n'en eut aucun, lorsqu'il enfonça d'un coup sec la pointe de sa lame dans la gorge du cochon, à la recherche de sa carotide !

La bête fut parcourue de spasmes nerveux bien après le coup mortel. A la faveur des derniers battements de cœur de l'animal, des giclées rougeâtres souillèrent le blanc de la neige en échappant à leur destination.
Sans lâcher son couteau ensanglanté, l'homme s'évertua à maintenir la hure de l'animal dans le bon axe, pendant toute son agonie, pour que le flot fumant s'écoule autant que faire ce peu à l'intérieur du grand faitout.
Quelques litres de sang mousseux, d'un rouge grenat, qu'une savante préparation et un temps de cuisson contrôlé transformeront bientôt en de savoureux boudins. A servir, comme le dira Marthe à ses convives plus tard dans la soirée.
— *Avec des tartifles et des pommes...*
Dès qu'il eut relâché son étreinte, le Léon ne put réprimer sa phrase coutumière, une expression courante en 1915 dans la France de l'arrière.
 — *En voilà un que les boches n'auront pas !*
Ni les maquignons du réquisitionnement.

Ces mots achevèrent de perturber le petit Régis, qui ne comprenait pas pourquoi les Allemands, ou quiconque pourrait en vouloir au cochon de la ferme, à son cochon !

Par chance pour elle, sa sœur avait disparu à l'intérieur de la maison dès les premières vociférations du porc à la sortie de l'enclos.

L'odeur âpre et aigrelette du sang frais dans les premières heures de la journée retournait le cœur du petit garçon, tout autant que la vue de la dépouille de cet animal auquel il était attaché.
Tirebouchon venait d'être saigné sous ses yeux !
Pour lui, ce n'était pas qu'un cochon vorace et sale, un garde-manger sur pattes…
C'était un des siens !
Un membre de sa famille de l'étable, un santon de sa crèche personnelle, de ce cadre idéalisé et structurant inscrit à jamais dans son cœur d'enfant.
Le rituel voulut qu'un verre d'eau-de-vie soit servi au bourreau et aux deux bouchers-charcutiers, venus prêter main-forte à Marthe et à sa mère pour la tuade.
L'enfant était tiraillé entre la joie communicative qu'affichait le petit groupe d'adultes après leur forfait, et la tristesse infinie mêlée d'incompréhension qui l'avait envahie.
Durant la courte période où il n'est pas encore entièrement sous l'influence des grands, dans l'emprise des schémas familiaux et des jeux de rôle qui se mettent en place autour de lui, avec lui.
L'enfant est le représentant de la vérité sur terre, le témoin de la pureté et de la grâce.
L'enfant est la bonne nouvelle, tout autant que son messager.

Lorsque le cochon fut vidé de son contenu d'hémoglobine, et les verres de leur alcool de prune à 60°, les hommes installèrent la masse inerte du porc sur le banc de préparation.
Pour l'ébouillanter et gratter sa couenne avec application, afin de débarrasser le cadavre de son soyeux pelage. Jusqu'à ce qu'il soit entièrement épilé, nu comme un ver, presque indécent !

Uniquement paré de son adipeuse et luisante couenne d'un rose tendre.
En apercevant les yeux hébétés de son petit-fils, et pour le préserver de ce qui allait suivre, Augustine le fit rentrer à l'intérieur de la maison. Afin, lui dit-elle, d'occuper sa sœur et de lui tenir compagnie.
Mais aussi, et surtout, en considérant qu'il en avait assez vu et le soustraire au spectacle sordide de l'éviscération et de la vidange de l'abdomen de la truie.
Avant qu'elles ne soient complètement incarnées, il est d'angéliques âmes qu'il faut savoir préserver autant que faire se peut de certains aspects trop crus et par trop violents du monde d'en bas.
Etrangement calme, assise à la table de la salle à manger du côté de la cheminée, Madeleine était occupée à réprimander une poupée de chiffon qui ne l'avait pas quittée de la matinée.
L'excitation des reproches adressés à son bébé empourprait les joues de la petite fille « d'une couleur qui n'existe pas, » mélange de framboises sauvages et du blanc des nuages.
 Avait-elle eu peur de subir un sort identique à celui de Tirebouchon, de la part des trois hommes arrivés le matin même ? Nul ne le sut…
Ce que l'on peut envisager, c'est que les couinements d'effroi de la bête avaient grandement contribué à l'assagissement soudain et à l'inhabituelle apathie affichée par la fillette ce matin-là.
Devant la porte de l'étable, dans les lessiveuses et tout ce que la ferme comptait de récipient, s'étalaient les entrailles et les abats du cochon. Une palette de couleurs vives, odoriférantes et fumantes exposées au grand air dans la froideur hivernale, à l'occasion d'un vernissage improvisé. En cette journée de la fin janvier, le thermomètre ne remonta que durant deux ou trois heures en dessus des -5°. Rapidement refroidi par ces conditions extrêmes, les intestins seront vidés de leur contenu, lavé,

retourné et vinaigré plusieurs fois, un coup à l'envers et un autre à l'endroit. Des mètres de boyaux qui deviendront des centimètres de saucisses et de saucissons, avant d'être mis à sécher au plafond devant la cheminée de la maison.
Tout sera récupéré et utilisé, dans le souci constant de ne rien laisser perdre et de tirer le maximum de ce qui est à disposition. La hure, les abats et les viscères, y compris les poumons, seront à leur tour nettoyés, laissés à dégorger, découpés et enfin cuisinés selon d'ancestrales recettes, échos de la transmission orale et des relais intergénérationnels.
Comme celle de la maôche, une préparation à base de chair à saucisse, de choux et accessoirement de patates. Le tout fourré à l'intérieur de la panse du cochon juste avant la mise en cuisson.
— *Il faisait bien ses 280 livres, je te dis…*
— *Non pas ! Facilement 20 de moins !*
Pendant la guerre, les cochons sont comme les hommes, ils n'ont pas de gras en trop.
— *Espèce de « Taberlo, » tu ne serais pas capable d'estimer le poids d'une tare de 10 kg !*
— *Dire qu'un an en arrière, on les menait jusqu'à des 230 kg !*
Augustine se mêla à la conversation, pour exprimer ses remerciements avec sa pudeur habituelle. Elle s'adressa aux trois hommes avec un trémolo dans la voix au début de sa phrase.
— *Y-a pas à dire, sans vous on n'en venait pas à bout !*
Le premier jour, c'est le plus difficile, avec la tuade et les grosses préparations, après…
La découpe et la charcuterie, c'est long, mais ça se fait.
— *C'est bien normal Augustine,* répondit le Léon, *avec ce que vos gars passent sur le front, y manquerait plus qu'on vous laisse dans l'embarras.*

Endormis dans leur alcôve depuis longtemps, les enfants n'entendirent pas, jusque tard dans la soirée, les éclats de voix et les chants d'un chœur improvisé.
Dans la chaleur de leur petite assemblée, les convives parvinrent pendant une poignée d'heures, à oublier le froid, l'absence, les privations et la guerre !
Telle est la nature humaine, plus les conditions de vie sont rudes et pénibles, plus les éclats de rire sont francs et libérateurs. Il n'y a bien que les riches et les orgueilleux pour s'empêcher de rire, ou pour ne le faire que du bout des lèvres !
Sur le plateau, l'année 1915 débuta dans un froid polaire, qu'une épaisse couche de neige vint fixer pour plusieurs semaines, dans les derniers jours de janvier.
Des conditions en rien inhabituelles dans ces montagnes, un temps de saison, voilà tout !
« *Neige en janvier enrichit le fermier.* »

Ce proverbe ardéchois cautionna magnifiquement la couverture immaculée qui recouvrit les espaces déserts de la lande et les toits de chaume durant plusieurs mois.
Par endroits, les plaques de neige résistèrent au redoux printanier jusqu'à la fin mai.
Le cochon assura, des repas convenables à la ferme pendant une bonne période. Cette embellie ne dura malgré tout qu'un temps, les difficultés allant croissantes pour les populations, au fur et à mesure des mois et des années que dura le conflit.
La mise en application des premières mesures de restriction ne fut d'abord que l'instauration d'un appareil de gestion et de contrôle de la répartition des matières premières et des marchandises.
Avant de devenir, dans le courant de l'année 1915, un système organisé et draconien de rationnement de la population, par

tranche d'âge et par activité, accompagné comme il se doit d'une longue liste d'interdits.

Entre le début de la guerre et la fin de l'année 1918, les tarifs des denrées de base s'envolèrent, les prix du café et du sucre furent multipliés par 10, celui du savon noir par 25 !
Le sucre restera quant à lui, rationné jusqu'en 1921…
Les privations demandées à la population pour soutenir l'effort de guerre national et l'abnégation des soldats sur le front, dépassent l'imagination, pour la plupart des aspects de la vie courante. Malgré cela, le front de l'est, ce fer de lance du dispositif global que représentait la nation française en guerre, marquait le pas.
Le conflit s'enlisait dans des batailles de gagne-terrain stériles, des offensives souvent avortées de conquête et de défense des hauts points stratégiques. En janvier 1915, à l'occasion d'un de ces innombrables affrontements, le 61e RI fut repositionné à une vingtaine de kilomètres au nord-ouest de Verdun, dans le secteur de Béthincourt. Pour effectuer sans le savoir, une répétition générale de ce qui allait advenir l'année suivante. Avant un retour en Champagne, à Ville sur Tourbe au mois de mai de la même année.
Les combats se déroulaient sur des étendues de terre ravagées, au milieu des cratères d'obus. Dans la fange immonde d'un charnier à ciel ouvert, d'où émanait en permanence des odeurs de poudre et de mélinite mêlées à des relents de corps en décomposition et d'excréments.
Guerre d'usure et sacrifice de tant de malheureux !
Jusqu'aux limites de la résistance humaine, bien au-delà de ce qui serait envisageable aujourd'hui !
Ainsi se déroula cette année 1915 sur le front ; de tranchée en tranchée, de bataille en bataille, et de souffrances en désespoir.

15 octobre 1915

Ma douce Marthe,
J'ai fini par recevoir ta lettre du 6 de ce mois, le courrier a du mal à nous suivre parfois. Il y a aussi des trous dans le ravitaillement depuis plusieurs jours.
Même si nous ne manquons pas de vin, qui coule à flots pour soutenir le moral. C'est plutôt la viande et les patates qui font défaut. Manger du pain c'est bien, mais ça ne nourrit pas le cœur.
Nous sommes tous les jours sous le feu de leur artillerie.
Ce matin, à 4 h 30, pendant la garde, la terre s'est remise à trembler autour de moi. A la surface d'un seau, le clapotis de vagues improbables faisait danser les reflets de la lune.
Ce réveil au son du canon nous ramène chaque jour à la réalité de notre condition, à ce pour quoi nous sommes là !
8 heures et demie…

Les obus pètent de partout ! Pour nous arroser comme ça, c'est sûrement qu'ils vont venir nous visiter.
Il se dit que nous allons les devancer et foncer dans le tas !
Pour le cas où nous aurions oublié notre devoir, hier le capitaine nous a rappelé le drame des 4 caporaux passés par les armes dans le secteur, au mois de mars.
Les gars ont été fusillés pour l'exemple devant tout leur régiment, du côté de Souain.
Des types du 336ᵉ RI, je crois…
Des biffins comme nous !

Parce que pendant un assaut, face à la pression de l'artillerie ennemie et aux innombrables pertes subies, ils ont rebroussé chemin de leur propre chef avec leurs gars, pour sauver leurs vies.

Les combats sont d'une intensité irrégulière, il nous arrive de passer des jours entiers en première ligne sans qu'il y ait d'affrontement, si ce ne sont quelques tirs sporadiques.
Le temps est long pardi, mais c'est mieux que de monter…

Soyez fortes, prenez garde à vous pour qu'il ne vous arrive rien.
Tout ça finira bien un jour.
Il se raconte que cette fois nous rentrerons à Noël, je me méfie de ce qui se dit et je n'ose y croire !
Je vous veux en bonne santé et je vous serre tous contre moi.

Ton Emile

PS Joseph va bien.

Carnet de guerre d'Emile Bourillon à la date du 27.11.1915

Le canon gronde encore dans ma tête, bien que les tirs aient cessé depuis longtemps. Nous avons atteint un nouveau degré dans l'horreur, dans l'indicible. Ce ne sont pas les mots qui font défaut, mais plutôt l'envie de les écrire.

Depuis que le vaguemestre a été tué, à tour de rôle et sur ordre, deux gars doivent s'acquitter de sa mission en quittant la tranchée, pour se rendre au bureau de poste y récupérer le courrier de la section. Allez savoir pourquoi, aujourd'hui c'est tombé sur Lacoinche et moi.
Nous venions d'arriver en deuxième ligne quand les obus sont tombés au plus mauvais endroit, juste sur eux, pile sur les gars !
Quand cela cessera-t-il ?
Qu'allons-nous faire du courrier qui leur était adressé ?

Mes derniers amis, mes frères ne sont plus, ils ont été pulvérisés par l'explosion. Ou bien ils sont morts étouffés ?
Ensevelis ad vitam aeternam, sous des tombereaux de terre, avec pour unique sépulture le fond boueux d'une tranchée maculée de pisse.

Parviendrons-nous un jour à venger nos morts ?
Combien de boches faudra-t-il tuer pour y parvenir ?

<u>*Carnet de guerre d'Emile Bourillon à la date du 28.11.1915*</u>

Silence

> *Écoutez les voix des morts,*
> *Le cri sourd du chœur des hommes,*
> *Ils ne renient pas leurs sorts*
> *À Verdun, ou sur la Somme.*
>
> *Ecoutez hurler la terre*
> *Régurgitant leurs cadavres,*
> *Le métal froid, les viscères*
> *Et le nom de tous ces braves.*
>
> *Ecoutez pleurer ces ombres*
> *Alignées sous la mitraille,*
> *Tout autant que dans leurs tombes*
> *Au soir de leurs funérailles.*
>
> *Ecoutez dans le silence*
> *Le vent sur ce cimetière,*
> *Aux soldats morts pour la France,*
> *Il adresse sa prière.*

« Regrets éternels…
A la mémoire de Nans Laborie, compagnon d'infortune, à son courage inépuisable et à ceux qu'il laisse derrière lui.
On s'était juré de ne jamais se laisser tomber, je n'ai pas su tenir ma promesse. »

***

Augustine fit l'effort de se redresser sur sa couche, en sentant monter une nouvelle quinte, d'une toux sèche qui déchirait sa poitrine tout autant que le cœur de son petit-fils.
Ce cœur d'enfant, qui malgré son âge, était en capacité de comprendre tellement de choses, y compris certaines que des grands n'envisageaient même pas. Maintenu au chevet de sa mamie depuis deux jours, Régis était de surcroit en charge de sa petite sœur, pendant que sa maman était aux champs.
Outre la fatigue accumulée, ce sont les froids de novembre et l'humidité des grosses pluies de décembre, qui eurent raison des résistances de la grand-mère. Sous les effets de son mal et de la sous-alimentation, son visage émacié avait encore diminué de volume. Sur l'oreiller, sa chevelure lâchée tirait à présent davantage sur la couleur sel que sur les tons gris poivre.
Les profondes rides qui accentuaient les creusures de ses joues ainsi que l'extrême pâleur de son teint plaquaient sur son faciès un masque cadavérique qui faisait peine à voir.

Marthe fut assaillie par Madeleine dès son arrivée dans la cuisine. En épongeant ses cheveux mouillés de pluie, elle s'adressa à Augustine qui l'observait avec de pauvres yeux.
— *Avec toute cette eau, les légumes vont finir par pourrir sur pied au jardin.*
Comment ça va maman ?

— *Bien... Bien, un peu mieux qu'hier je crois.*
— *Je vais te préparer une tisane de thym bien chaude, avec des feuilles de lierre grimpant et du miel.*
— *Ne te donne pas tant de mal, tu me relieras plutôt la lettre de Joseph pendant que les enfants mangent.*

Les vents contraires sont des variables à prendre en compte en temps de guerre, même si certains sont plus difficiles à accepter que d'autres.

Alors que la ferme se préparait au retour de ses hommes pour ce Noël de 1915, les femmes furent informées par une lettre de Joseph, la première depuis le début du conflit, que leurs prières ne seraient qu'en partie exaucées. Un embryon de lettre plutôt, rédigé avec des mots d'enfants, qui expliquait avec la brièveté habituelle du jeune homme, que par « malechansse » Emile avait été blessé en Champagne, le 11 décembre pendant un assaut.

Elle précisait encore que sa blessure à la jambe n'était pas mortelle, mais qu'il ne pourrait pas avoir sa permission à Noël, et que « du cou, » lui seul rentrerait.

Ainsi, la joie de l'espoir du retour des soldats fut entachée par l'absence d'Emile et l'inquiétude de le savoir blessé.

Des nouvelles très mal reçues à la ferme, même si le bonheur immense de voir un des hommes de la maison rentrer avait quelque chose de rassurant au-delà de ce que l'on peut envisager.

— *Dieu ne peut pas nous faire ça...*

Marthe interrompit sa mère pour la calmer et la rassurer.
— *Ça va aller maman, ce sera pour une autre fois.*
L'essentiel c'est que sa blessure ne soit pas trop grave.
— *Nous sommes des gens de peu, des paysans, et nous ne sommes quelqu'un que quand on est ensemble, tous réunis,* finit de maugréer l'Augustine.

La terrible nouvelle fut confirmée par le courrier suivant et les mots d'Emile dans lesquels transpirait l'abattement...

Hôpital de Sapicourt, le 17 décembre 1915

Chers tous,

Mon dernier espoir d'être sur pied et de rentrer à Noël s'est envolé. Après une tentative pour faire quelques pas dans le secret du petit matin, tout ce que j'ai réussi à faire, c'est me mettre parterre et rouvrir ma plaie !
Il ne me reste plus qu'à me persuader que le 25 décembre est un jour comme les autres ! Mais j'ai grand mal à le faire.
Combien serait doux mon soulagement de revenir vers vous, de te revoir ma Marthe, avec l'Augustine et les enfants.

Même si nous sommes plutôt bien lotis à l'arrière, à 30 km de la ligne de front, je mesure la chance qu'a Joseph de rentrer au village pour retrouver la vie d'avant et la maison. Malgré tout, je sais aussi qu'il me rapportera des nouvelles fraiches de vous, du plateau et d'en bas.
Tu me dis que beaucoup de gars de Burzet sont tombés depuis, j'en suis bien triste. C'est dur de voir cette jeunesse anéantie de la sorte, même si c'est pour défendre la patrie et que ce sacrifice est consenti.
Mon Aimée, je termine ma lettre bien peinée, mais en songeant aussi que nos retrouvailles n'en seront que plus belles.
Ton éclopé de mari qui t'embrasse avec toute sa tendresse.

Emile Bourillon

Malgré la joie mal contenue qu'il afficha à son arrivée à la maison, Joseph eut du mal à reconnaitre les lieux, à se les réapproprier.
Il ne se sentait pas étranger à ce cadre et aux êtres qui l'habitaient, mais plutôt distant de lui-même, de ce garçon qu'il fut un jour entre ces murs, durant sa première vie.
Lui qui était incapable d'échanger des banalités, ou de parler du temps qu'il faisait avec un proche, comment aurait-il pu exprimer des sentiments aussi profonds et ambivalents ?
La marche était bien trop haute !
Il ne parla pas davantage de ses maux de tête, des pensées qui le torturaient en permanence ou de ce qui se passait réellement là-bas ! De sa peur de mourir et plus encore, de celle qu'il avait de disparaitre. De son aversion pour l'espèce humaine et de ces inexcusables bains de sang dans lesquels la folie de certains entrainait les autres, tous les autres, du plus petit au plus grand, et lui en particulier...
Le silence des non-dits est parfois plus loquace que les discours ! Lors de son retour à la ferme Joseph ramena avec lui, la désespérance des tranchées, le spectre de la mort et l'infinie vacuité de toutes choses.
Au lieu de lui donner un coup de fouet et de la remettre sur pieds, l'arrivée de son fils coïncida avec une rechute d'Augustine, un réveil de ses quintes de toux et un état de fatigue jusqu'à lors inconnu pour elle.
A tel point que l'on fit monter le docteur, au chevet de la malade. Un homme rondouillard et jovial, qui vivait sa profession comme un sacerdoce, en ne comptant ni ses heures ni les distances parcourues à pied ou à cheval, lors de ses visites.
— *Quel âge a-t-elle ?*
— *Elle est de 68, elle va avoir 47 ans...*
Après la prise de pouls, le médecin éleva un peu la voix, pour s'adresser à la mamé.

— C'est un bel âge... Tournez-vous, que je vous ausculte !

Le docteur appliqua son oreille sur le dos de l'Augustine, il garda la position un moment, avant de se retourner vers sa fille en affichant une moue dubitative.
— Ces poumons ne sont pas en très bon état, mais c'est sa fatigue qui m'inquiète le plus... Elle dort beaucoup ?
— Tout le temps, on ne la réveille que pour essayer de la faire manger.
— Il y a longtemps qu'elle est comme ça ?
— Nous sommes le 2 janvier ? Alors ça fera trois semaines ! Mais elle a eu un mieux pendant une paire de jours au retour du frère...
Ça va aller, docteur ?
Devant la mine décontenancée de son interlocuteur, Marthe se rassit sur sa chaise, elle ne parvenait pas à envisager le pire. Si bien qu'elle n'écouta pas, ou qu'elle ne voulût pas entendre la réponse du médecin. N'y tenant plus, Joseph fit irruption dans la pièce en adressant un coup de menton à l'attention de Marthe, qui resta sans réaction.
Lorsqu'il il vit que le docteur fermait sa sacoche et qu'il était sur le point de s'en aller, il se risqua à l'interpeler avant son départ.
— Alors ?
— Alors, je vais te répéter ce que j'ai dit à ta sœur, nous ferons tout ce qui est possible, mais vous devriez quand même avertir le curé.
On ne sait pas comment ça peut tourner !

Ce ne fut pas un cri, plutôt un miaulement, qui s'échappa de la bouche de Marthe, et puis plus rien.
Dès le lendemain, peu après l'office dominical, l'abbé Gayffier curé du village des Sagnes et Goudoulet, qui avait été sollicité par

Joseph la veille, se présenta à la ferme Chabanel accompagné d'un servant de messes.

L'état de la mamé inspirait toujours de vives inquiétudes, elle ne sortait de sa léthargie que pendant de courtes périodes, et le plus souvent sans avoir conscience de ce qui se jouait…

— *Pax huic domiu.*

Que les anges de la paix prennent possession du seuil de cette maison et que toute discorde maligne l'abandonne. Que notre seigneur Jésus Christ répande ses bénédictions les plus abondantes sur cette demeure et sur ceux qui l'habitent !

Après la bénédiction, déclamée depuis le seuil de la porte de la salle à manger, le prêtre se rapprocha de Marthe, l'air infiniment grave.

— *Etes-vous sûre que c'est la dernière extrémité ma fille ?*
— *Le docteur nous a demandé de vous avertir mon père.*
— *Je comprends, nous allons faire le nécessaire.*

L'abbé Gayffier débuta le rite du sacrement de l'extrême-onction avec une infinie douceur et une grâce certaine.

Les termes en latin de ses prières résonnèrent longuement dans l'espace commun, jusqu'à ce qu'il pratique l'onction sur diverses parties du visage et du corps de la mourante, symbolisant les sens du corps humain. Totalement étrangère à la célébration, la mamé semblait ne rien percevoir du déroulement du rituel, jusqu'à ce que le curé dépose les saintes huiles sur ses lèvres.

Sitôt fait, l'Augustine rouvrit grand les yeux et resta interloquée, comme figée, en face de ce vis-à-vis qu'elle essayait d'identifier de toutes ses forces.

Durant quelques secondes, le pouce du curé resta posé sur la bouche de la malade, comme s'il essayait de la faire taire à tout jamais.

— *Comment vous sentez vous ma fi…*

L'homme n'eut pas le temps de terminer sa phrase.
Comme un ressort, Augustine qui venait de comprendre la situation s'était redressée sur sa couche et dégagé de son édredon, avec la ferme intention de se soustraire au destin que le prêtre semblait lui promettre !
Sitôt debout, la mamé entreprit une course aussi folle que désespérée en quête d'une issue vers la vie.
Comme ils l'eurent fait avec un taureau dans une arène, le curé et l'enfant de chœur firent un bond en arrière en s'écartant davantage encore du lit, pour laisser passer la mourante.

— *Maman !*
Marthe se précipita à son tour pour tenter de rattraper sa mère, que le sacrement de l'extrême-onction n'amusait pas du tout.
Médusés, les yeux ronds comme des calots, les enfants n'en revenaient pas de voir leur douce mamie s'enfuir à toutes jambes, avec l'espoir insensé de prendre la mort de vitesse.
Ses longs cheveux gris flottaient derrière elle comme un étendard au vent. Pieds nus, la chemise de nuit à moitié démise, elle fendait l'espace en direction de l'issue de secours.
Sous la clarté irréelle de ce matin brumeux, c'est dans les bras de Joseph qu'elle tomba, à sa sortie de l'étable, pile au moment de son évanouissement.

Une semaine plus tard, au terme d'une permission bien trop courte, et dans le froid vif de ce 7 janvier 1916, c'est encore une fois sur le chemin à hauteur de la propriété familiale que Joseph disait aurevoir à son petit univers. Chose inhabituelle pour ce garçon réservé et sauvage, c'est avec de profonds sanglots et en étreignant Marthe qu'il lui fit ses adieux.
Avait-il compris qu'il ne rentrerait pas ?
Que ce séjour à la maison était son dernier, que jamais il ne reverrait ses montagnes, la maison et le bétail.

Ou bien était-ce à cause du masque de douleur et de vieillesse de l'Augustine agonisante, à qui il venait de dire au revoir à jamais. Cette mère inconsciente, qu'il laissait derrière lui et derrière les rideaux usés de son lit-placard. Après avoir regagné la ferme, Marthe se consola du départ de son frère en relisant la lettre d'Emile arrivée la veille en fin de matinée.

3 janvier 1916

Ma douce,

Je suis rempli d'une folle joie. Y a-t-il en effet plus grand bonheur que de revenir chez soi, auprès des siens ? Cette annonce m'a été faite ce matin lors de la visite du médecin. Il m'a demandé ce qu'il fallait me souhaiter pour la nouvelle année…
Quand je lui ai répondu : « rentrer chez moi ! »
Il m'a dit que je serai exaucé dans quelque temps, mais que j'allais d'abord devoir consolider ma vilaine cicatrice. C'est tout ce qu'il a su me dire, mais j'ai bien cru que mon cœur allait s'arrêter de battre.
Tu dois pouvoir imaginer mon bonheur et mon impatience !

Je serai bientôt auprès de toi, de vous. Mais pas avant la fin de ce mois, probablement au début de février…
Je nous souhaite la fin de la guerre pour cette année mon amour et la grâce que le plus grand nombre d'entre nous en voit le bout. Joseph va rentrer de Burzet, j'espère qu'il pourra me rendre visite avant sa nouvelle affectation, pour me raconter tout ce qu'il aura à me dire et me donner de vos nouvelles.
Vous ne quittez pas mes pensées, nuit et jour.

A l'année 1916, qui nous amènera la fin de la guerre !

Ton Emile

Une petite semaine s'était déjà écoulée depuis le départ de Joseph. Pour Marthe, la vie avait repris son cours, les jours s'enchainaient avec leurs lots de difficultés.

Le rationnement, le sentiment de solitude et celui d'avoir été abandonné de tous. D'être livrée à elle-même, à un point au-delà du supportable !

Comme chaque soir, avec quelques paroles de gratification et d'encouragement, Marthe s'adressait à Champagne dans l'intimité feutrée de l'étable. Elle connaissait sa vache par cœur, et ce contact indispensable qu'il fallait établir avant la traite.

Une entrée en matière et un moyen simple pour toutes les deux de ressentir l'énergie de l'autre, « l'humeur du jour. »

La fermière acheva ces préliminaires avec quelques tapes amicales sur la cuisse de l'animal tout en attachant sa queue à une de ses pattes, au moyen d'un cordon de chanvre.

Une astuce de la maison, pour éviter qu'en se balançant, le grand pinceau de poils ne vienne souiller le seau de lait.

Une habitude aussi héritée de sa mère et des anciens qui le faisaient avant elle.

Champagne s'installa sans rechigner en prenant soin de ne pas bousculer Marthe. Un témoignage délicat de la complicité millénaire unissant l'homme et l'animal, de ce rapport d'interdépendance et d'entraide remontant aux origines.

Après qu'elle eut posé son fessier sur le tabouret en bois et plaqué son front contre le ventre de la vache, le balai des mains tirant sur les pis commença.

De longues giclées d'un lait brut et odorant s'échappaient des mamelles, à un rythme régulier.

« *Tcho, tchou, tcho tchou, tcho… !* »

Marthe avait pris l'habitude de fermer les yeux pendant ces quelques minutes, pour un bain de sensations au contact de la chaleur de sa vache.

Dans le tempo de la musique de la traite et le parfum crémeux qui s'en dégageait, elle se mit à fredonner la chanson des étés. Un de ces airs lancinants que l'on reprend à tue-tête au moment des moissons pour se donner du cœur à l'ouvrage.
Si bien que ni elle ne vit ni elle n'entendit le visiteur du soir faire irruption dans l'étable.
Champagne frémit en sentant la présence !

Un réflexe archaïque face au danger, doublé du piétinement de ses pattes postérieures et d'un balancement avorté de sa queue. Rien d'assez signifiant toutefois, pour que la fermière s'en préoccupe. Dans la cacophonie du bêlement des agneaux, qui appelaient leurs mères avec des cris d'enfants, elle ne parvint pas non plus à distinguer le bruit des souliers qui se rapprochaient d'elle d'un pas irrégulier. Deux mains brusques agrippèrent soudain Marthe sans aucun ménagement, une sur son épaule et l'autre simultanément sur sa bouche, pour l'empêcher de crier.
Son saisissement fut total !
Dans son empressement et l'élan de son attaque, le corps de l'assaillant vint comprimer le visage de la fermière contre la panse de la vache. Emportée sur le côté sous la pression du couple, la bête poussa un meuglement de stupeur et de réprobation…
Instinctivement, Marthe s'était relevée pour tenter de fuir. Sans y parvenir ! Prisonnière du bras puissant qui la ceinturait au niveau du ventre, elle sentit alors une main remonter sous sa robe, le long de son entrecuisse.
Effarée, elle se débattait de toutes ses forces et de toute sa peur. D'un coup de bassin, dans une ruade désespérée, elle parvint enfin à repousser son agresseur et à s'extirper de son emprise, jusqu'à se retourner pour lui faire face.
— *Alors ma jolie, comme on se retrouve…*
— *Lâche-moi !* hurla-t-elle.

Ce que Gaston Fayolle lâcha à cet instant précis, ce fut une terrible torgnole qui cingla sur la joue de la malheureuse au risque de lui dévisser la tête.

Les oreilles de Champagne s'agitèrent en tous sens, la vache émettait des beuglements d'alerte brefs et répétés, en allongeant la nuque pour essayer de se défaire de son attache.

Sous la violence sans retenue de la gifle, le visage de Marthe fut catapulté de côté en rotation sur l'axe de son cou.

Comme brindille au vent, elle fut projetée à terre, par la soudaineté et la brutalité du coup. Une claque qui l'avait déjà à moitié assommée, lorsqu'elle rencontra la litière de paille qui jonchait le sol. Sous l'emprise d'une pulsion bestiale, Fayolle se jeta sur elle. Ses mains s'acharnaient sur la robe et les dessous de sa proie, en arrachant ses hauts et ses bas sans aucun discernement.

D'un geste rapide et maladroit, il libéra ensuite les attaches de ses bretelles et laissa glisser son pantalon à mi-cuisse…

Dans la maison, au prix d'un effort conséquent, Augustine était parvenue à se remettre sur ses jambes en début d'après-midi. Son état de santé s'était tout doucement amélioré, même s'il inspirait encore de vives inquiétudes.

Elle faisait de son mieux vu son état de fatigue, pour avancer la préparation de la soupe et s'occuper des petits.

Installés dans le cantou, à distance du crépitement du feu et des escarbilles, Régis et sa sœur reprenaient eux aussi des couleurs. L'après-midi passé à l'extérieur avec leur mère, dans la neige et la froidure, les avait congelés et fait entrer dans une torpeur inhabituelle. Le froid a cette vertu première de ralentir le métabolisme des choses et des êtres, d'endormir les fonctions vitales jusqu'à la paralysie ! Il est le compagnon de la dernière extrémité, le témoin des passages vers l'ailleurs et de la mort.

Sur la paille de l'étable, Marthe ne recouvra ses esprits qu'à l'instant fatidique de l'ultime assaut du violeur. Elle manquait étouffer sous la pesanteur de l'homme étendu sur elle, un poids mort qui suffisait à lui seul à l'immobiliser.
Son impuissance fut telle, qu'elle ne parvint pas à se soustraire aux coups de langue qui lui couvraient le visage et le cou.

La bouche du violeur finit par rejoindre la sienne, ce contact et l'odeur de vinasse qui s'en dégageait lui procurèrent une profonde nausée. Marthe ressentit alors une bouffée de chaleur irradiante dans sa tête, prolongée par un retentissement sourd au niveau des oreilles. Ce nouveau choc, tout intérieur celui-là, la plongea peu à peu dans un état d'absolue désespérance.
Quelque chose venait de céder en elle, dans sa dimension la plus intime. Accablée, impuissante, pilonnée par les coups de boutoir mécaniques du violeur qui s'accéléraient encore, elle crut bien devenir folle en entendant le dernier râle de son agresseur qui se soulageait en elle.
Les quelques minutes qu'avait duré le viol lui semblèrent une année. Les yeux fixés sur les poutres et le plancher en bois de la fenière, elle était incapable de faire le moindre mouvement.
Seul le bêlement continu des agneaux emplissait sa tête creuse.
Debout face à elle, Gaston Fayolle observait sa victime en se rhabillant, la blancheur de ses seins et de ses cuisses, sa joue tuméfiée et son allure à présent si misérable...
— *Reste pas comme ça ma fille, tu vas prendre froid !*
Je ne suis venu que pour chercher mon dû. Je te l'ai dit y a longtemps déjà : « Vous avez une dette envers moi. »
Tu viens d'en régler une partie...

Roulée en boule sur la paille humide de l'enclos, elle demeura prostrée ainsi, bien après la fuite de Gaston Fayolle. Pas une larme ne coula de ses yeux, aucun son ne sortit de sa bouche, et nulle âme ne vint pour l'aider à se redresser.

Ce n'est que bien plus tard, dans un état second, qu'elle releva le seau de lait qui avait versé sur le sol pendant la bagarre. Un incident depuis toujours considéré comme un présage de malheur dans ces campagnes.

Après avoir rajusté comme elle le put ses sous-vêtements, sa coiffure et sa robe, elle referma machinalement les portes de l'étable, avant de rentrer dans la maison. Ce n'est que le lendemain, au petit matin, que Marthe revint détacher la queue de champagne, une queue que la vache avait gardé ficelé à la patte toute la nuit.

Même si le temps finit toujours par recouvrir les événements de sa patine, en défaisant et en réagençant les souvenirs de nos traumatismes jusqu'à leur donner un visage tolérable…

Tout au long du reste de sa vie, jamais Marthe ne put se défaire de son fil à la patte à elle.

De ce qui advint ce soir-là, dans l'étable.

Emile

*— Ce n'est pas ce que j'ai dit Aurore, tu déformes mes propos
… /…
— Je dis juste…
… /…
— Je te dis juste…/…
Laisse-moi parler !
Je te dis juste que ce n'est plus une prise de distance, c'est un gouffre que tu creuses entre nous. Voilà ce que je dis !*

A « l'autre bout du fil » comme le veut l'expression, bien que ce fil ait disparu depuis belle lurette avec l'avènement des portables, Madame Bourillon essayait de garder son calme, pour éviter l'esclandre et ménager le cœur de son mari. Enfin, de son ex-mari !
Son choix était arrêté depuis longtemps, mais dans la mesure ou une décision n'est prise que lorsqu'elle est annoncée, il ne lui restait plus qu'à l'en informer.
Ce qui n'est certes pas la chose la plus aisée.
Mais pas de cette façon-là, pas au téléphone.
*— Calme-toi, Julien…
— Laisse-moi libre de me calmer ou pas, s'il te plait !
— C'est pour ton cœur que je dis ça.
— Lui aussi, laisse-le où il est tu veux bien !
— Bon, ça ne mène à rien, nous en reparlerons de visu…
Je te dis à ce soir.
— Salut !*
Julien raccrocha avant de quitter la terrasse précipitamment, pour regagner la cuisine. Son visage fermé reflétait son état intérieur, mélange de colère et de colère.

— C'est mort, je sais que c'est mort ! répéta-t-il.
Un sentiment profond d'angoisse et de désespoir l'envahie, une détresse en écho avec un autre moment de tension, vécu exactement au même endroit, dans un autre espace-temps, près d'un siècle plus tôt…

***

A l'aube de ce vendredi 11 février 1916, et moins d'un mois après l'agression et le viol de Marthe par Gaston Fayolle, les premières lueurs du point du jour s'évertuaient à réchauffer les pierres de la façade et les environs de la ferme.
Au premier matin de sa permission, assis devant la maison en compagnie de son épouse, Emile cherchait ses mots avec le plus grand soin. Des mots pour décrire la nature de son combat sur le front et l'absurdité de ce qu'est une guerre.
Y a-t-il quelque chose de plus aberrant en effet, pour un être humain, que de réagir à quelques coups de sifflet en courant à toutes jambes vers les tranchées ennemies et leurs défenses ?
En droite ligne sur des tirs de mitrailleuses et de Mauser, au milieu du fracas dévastateur des obus meurtriers et les déflagrations des grenades à main. Avec le plus souvent une blessure grave ou la mort pour salaire.
— Nos vies ont-elles si peu de valeur ?

C'est la partie du récit concernant les gaz de combat qui fit le plus d'effets sur son épouse. Ce tueur né, cet assassin sournois et silencieux, capables d'anéantir une division entière sans qu'un coup de feu soit tiré !
Au beau milieu d'une phrase, alors qu'il évoquait ces nuages meurtriers et leur pestilence, Emile se réfugia dans un silence pesant…

Sans plus rien dire, il sortit une pipe de sa poche et souffla dans son bec comme il l'eut fait avec une flute.
D'une gestuelle machinale, répétée des milliers de fois au cours des 18 derniers mois, il se mit à bourrer l'instrument aphone avec son scaferlati de troupe. Un foin brun, odorant, distribué allégrement aux poilus pour soutenir leur moral et tromper l'ennui. L'odeur caractéristique de la fumée de sa bouffarde envahit l'espace, la seule capable, pendant un laps de temps trop court, de recouvrir le parfum des tranchées, celui de la merde et de la mort.
Le regard perdu sur l'horizon et les montagnes qui en dentelaient la ligne, l'homme était totalement absorbé par ses images mentales et ses réflexions.

Peut-on revenir de la guerre ?
Peut-on s'extraire de ce bourbier, de son horreur ?
Et ce, même si par chance ou par miracle, on finit un jour par rentrer au bercail, une fois le conflit terminé.
Délicatement, madame Bourillon prit la main de son mari pour la porter à son visage et la plaquer sur sa joue. Cette main puissante et douce qui lui avait tellement fait défaut. A cet instant, Marthe aurait voulu l'arracher du bras de son Emile ! Pas pour lui faire du mal bien sûr, juste pour la garder avec elle…
Toujours !
La fermière n'osa pas raconter toutes les difficultés qu'elle rencontrait de son côté, sa guerre à elle… La charge de travail, le combat quotidien pour tenir la ferme et nourrir son petit monde, la victoire sur la maladie aussi avec le regain de santé de sa mère. Et pour finir, la honte de cette bataille qu'elle venait de perdre à tout jamais, sur la paille de l'étable. Pourquoi ajouter du malheur au malheur se dit-elle…
Était-il nécessaire d'accabler davantage encore son homme ?

Celui-ci portait déjà toute la misère de la guerre dans son barda et une souffrance sans mot sur le visage.
Madeleine et Régis affichèrent pour leur part beaucoup de retenue envers le soldat à son retour. A en juger à la réaction des femmes de la maison, ce grand barbu maigre et puant au regard noir-ébène devait pourtant bien être leur père !
Pendant son bref séjour, Emile lui-même ne prêta qu'une attention relative à sa progéniture. Au début du XXe siècle, le concept d'enfant roi n'était pas encore de mise, loin s'en faut. Ces petits animaux se devaient de bien se tenir, d'obéir aux ainés et de filer droit sans faire de commentaires.
Et puis, à quoi bon approfondir la relation et renforcer le lien pendant les dix jours d'une permission ? Alors que l'éventualité la plus probable était de ne pas en revenir, de terminer la guerre au mieux entre 4 planches, au pire à demi enfoui dans le fond d'un cratère d'obus…
La guerre engendre un troupeau silencieux d'anonymes, une armée innombrable d'orphelins hagards et incrédules que cette mère indigne abandonnera sans vergogne sur le bord des routes !
Ne savait-il pas déjà aussi, pour l'avoir expérimenté…
Que la chaleur des liens que l'on tisse correspond à l'exacte épaisseur de viande dans laquelle il faudra trancher au moment de la déchirure, celui de la perte.

C'est malgré tout, envers sa fille qu'il montra le plus d'intérêt. En raison peut-être de sa ressemblance avec une femme enfant rencontrée dix ans plus tôt sur le parvis d'une église, au beau milieu d'une foule surchauffée.
Comme il l'avait appréhendé, les huit jours de permission passés à la ferme s'évanouirent comme neige au soleil…

Carnet de guerre d'Emile Bourillon à la date du 16.02.1916

… /… Le temps est un bonimenteur et un salaud, son sablier fêlé laisse passer le sable par le verre de ses bulbes autant que par son diaphragme. Je sais qu'il me vole des heures et même des jours entiers, quand je suis avec toi.

… /… Ma Marthe, nous sommes ensemble depuis plusieurs jours maintenant, mais je n'arrive pas à retrouver notre complicité et la légèreté des élans passés.
Si la guerre engendre la mort de ceux qui n'en reviennent pas, elle doit tuer tout aussi surement ceux qui lui survivent.
Le temps seul décide de la durée de l'agonie des seconds.
… /…

Peu avant son départ, l'annonce du 14e mort au combat du village, depuis l'entrée en guerre tomba, histoire de ramener tout ce petit monde à la réalité. Le jour des adieux arriva beaucoup trop vite, peu après qu'Emile ait terminé la révision de la toiture de la maison en y plantant de-ci de-là, des bouquets de genêts d'un vert bouteille.
— *Ne prends pas froid, fais-toi tout petit et ne cherche surtout pas à être fait capitaine…*
— *Tu ne risques rien de ce côté-là, il manque une particule devant notre nom pour que cela soit envisageable.*
— *Jure-moi que tu n'iras pas te faire tuer !*
— Emile ne répondit pas à la dernière supplique de Marthe.
— *Nous allons finir de botter le cul des Allemands pour que la guerre se termine bientôt. Je te reviendrai avant la fin de l'année,* lança-t-il bravement.
Une promesse qu'il ne sera pas en mesure d'honorer.

Le retour dans la zone de guerre fut aussi déchirant que brutal, après les douces heures de répit passées en famille, dans l'immobilité limpide du plateau. Emile retrouva sa division, sur les lignes de défense de la ville de Reims, dans le secteur de Puisieulx. C'est là, un mois plus tard en avril 1916, qu'à proximité du fort de Pompelle, sera lancée une terrible attaque au gaz contre les lignes allemandes. Un assaut éthéré et nauséabond qui fera près de 3000 morts dans les rangs ennemis. Le régiment quittera ensuite cette zone à la mi-juin, pour une réaffectation sur le front nord-est, où se jouait la bataille qui allait décider de l'issue du conflit. La grande offensive allemande de 1916 sur Verdun, fut lancée le 21 février à 7 h 15, sous le commandement de Guillaume de Prusse. L'engagement débuta avec le pilonnage du secteur par l'artillerie allemande, pendant de longues heures, avec une pluie d'obus sans précédent.

Une préparation soignée sous la forme d'un nettoyage intensif par le feu qui devait totalement écraser la zone avant l'attaque de l'infanterie. L'objectif étant de transpercer une fois pour toutes les lignes de défense française. L'offensive n'atteint que partiellement le résultat escompté grâce à la résistance et à l'abnégation inouïe des troupes alliées. Ce premier engagement se prolongera durant tout le reste de l'année 1916, par des combats d'une âpreté et d'une sauvagerie telle que le nom même de ce lieu deviendra le symbole le plus signifiant et le plus représentatif de toute la Première Guerre mondiale.

Dans des conditions effroyables, les soldats des deux camps se sont livré des combats sans merci, un bras de fer sauvage et sanglant au-delà de l'entendement, au bout de l'héroïsme et du sacrifice de soi.

Au milieu de cette période, à la fin du mois de juin, un des points d'orgue de ces combats apocalyptiques, furent les batailles du fort de Thiaumont et de la côte de Froideterre.

— Les heures qui s'annoncent seront décisives !
Avait clamé le capitaine à tous les gars qui pouvaient l'entendre, ce 23 juin 1916…

Elles le furent effectivement, pour l'issue de la guerre, le destin de beaucoup d'hommes et celui d'Emile en particulier.
Dans la mairie de Burzet, l'arrivée du facteur et l'ouverture quotidienne du courrier étaient devenus des moment de perplexité et de grande inquiétude. Les mauvaises nouvelles se succédaient, tout comme les injonctions draconiennes des services de l'état, que les représentants de cette très locale administration se devaient de rapporter aux populations et de faire appliquer.
Le 7 juillet 1916, une lettre adressée au maire du village arriva parmi quelques autres, elle portait un cachet militaire que la secrétaire ne connaissait que trop bien.

Privas, le *3 Juillet 1916*

15*e* REGION
07000 Privas

Le Chef du bureau de Comptabilité
Du 61ᵉ d'infanterie à monsieur le maire
*de **Burzet (Ardèche)***
J'ai l'honneur de vous prier de vouloir bien, avec tous les ménagements nécessaires dans la circonstance.
Prévenir Madame **Marthe Bourillon**

Du décès du **Sergent** *Bourillon Emile*
Né le   4 Avril 1884   à   Aix-en-Provence
Appartenant au 61ᵉ Régiment d'Infanterie.
Du recrutement   d'Aix en Provence — Classe 1904

n° Matricule 05722
Survenu **le 23 Juin 1916** à **Verdun, au lieu-dit de la côte de Froideterre**
à la suite **d'une blessure par balle et de l'éclat d'un obus.**

Je vous serai très obligé de présenter à la famille les condoléances de Monsieur le Ministre de la guerre et de me faire connaitre la date à laquelle votre mission aura été accomplie.

Veuillez agréer, monsieur le maire, l'assurance
de mes sentiments les plus distingués.

***

Une tasse de café à la main, Julien vint se rasseoir à sa table de travail dans la salle à manger, avant d'entamer la lecture d'une autre lettre de son grand-père...

20 Mars 1916

Ma toute belle,

Il se dit qu'aujourd'hui c'est le printemps, ou bien alors demain ? Je n'en suis pas sûr, dans tous les cas, il est loin d'avoir montré son visage. La neige nous embarrasse encore, même si elle ne tombe plus. Avec ce froid, j'ai l'impression que mes doigts vont se décrocher les uns après les autres.
Nous nous agglutinons comme nous le pouvons autour d'un brasero alimenté avec une houille de piètre qualité. Le tout

produit davantage de fumée et de cendre que de chaleur, mais c'est déjà ça. Nous avons reçu un gros renfort de bleusaille, des petits gars tout juste sortis des jupons de leurs mères.
Les fleuves n'existent que par leurs affluents, il semble qu'il y ait encore des réserves de population…

Ah ! Que je te dise !
Nous sommes obligés de rompre le pain à la hache pour le tremper, il faut l'avoir vécu pour le croire.
Le pinard aussi est gelé, je ne pensais pas ça possible !

Joseph m'inquiète, depuis son retour de permission il s'est mis à boire beaucoup de vin, ce qui n'est pas une bonne nouvelle. Il avale même la gnôle qu'on nous distribue à pleins verres pour nous donner assez de cœur au ventre avant les assauts.
Il ne parle plus à personne, pas même à moi, c'est tout juste s'il me regarde.
La guerre pèse terriblement sur son âme je crois. Il y a des êtres qui ne sont vraiment pas faits pour ça…
Que penser des autres d'ailleurs ?
De ceux qui ne s'y trouvent pas si mal !

Pour l'enfant à naître, ne te fais plus de souci, nous ferons comme nous avons toujours fait, en nous serrant les coudes. Il va venir au monde dans une période troublée, mais on ne choisit pas… J'espère bien un autre gars, il faudra des hommes pour remplacer ceux qui tombent ici !
La fille de ferme que vous avez pris va te soulager, même si elle est très jeune. Ne soyez pas trop dures avec elle.

Tu me dis que tu as appris ce que c'est que l'absence. Sache que je ressens sa morsure tout pareil à chaque heure du jour.
Tu es dans mes pensées les plus douces et les plus intimes.

Ton Emile

En entrant dans la maison, Manon trouva son père assis à sa table. Bastien qui la suivait à distance ne put mesurer l'émoi qui se lisait sur le visage et dans les yeux de Julien.
— *Ça va papa ?*
— *Ça va mon ange, je me suis laissé prendre par les mots du grand-père.*
— *Tu devrais lever un peu le nez de tes lettres, tu vas finir par déprimer avec ces histoires de guerre et tous ces morts. Maman arrive à quelle heure ?*
— *Je ne sais pas, d'ici une petite heure j'imagine.*
— *J'ai invité Bastien à souper, il y a longtemps qu'il ne l'a pas vu.*
— *Il n'est pas le seul !*
Manon ne releva pas la phrase de son père, ni son humour grinçant.
— *Bon, je vais me mettre en cuisine, j'ai prévu un rosbif et des pommes de terre au four, ça te convient ?*
— *C'est une valeur sûre de la maison !* répondit son père en s'adressant à Bastien.
— *Papa, tu t'occupes de l'apéro ?*

La supercherie de l'invitation du chéri de Manon ne trompa personne, ni le jeune homme, ni son « beau-père. »
Mais comme cette diversion arrangeait tout le monde, elle fit consensus. Une ruse d'Indienne de la fille de la maison, qui

permettait à la famille Bourillon de se réunir en présence d'un tiers, à l'occasion de la grande soirée des retrouvailles. Avec pour conséquence « l'ajournement de la bataille finale et des explications de texte ! »
Sur le coup des 19 heures, une voiture s'engagea dans l'allée, Julien sentit son stress augmenter tout autant que son rythme cardiaque, qui s'accélérait encore.
Voilà près de deux mois qu'ils ne s'étaient pas vus avec son épouse, certes le covid était passé par là, mais aussi, et surtout 35 années de vie commune… Manon et Bastien sortirent à la rencontre d'Aurore, pour l'accueillir à sa descente de voiture. Comme des pointes d'aiguilles, les éclats de voix du trio s'élevèrent au-dessus de la cime des arbres, jusqu'à faire éclater la bulle de silence qui s'y était formée.
— *Ça ne m'a jamais paru aussi long !*
— *Il faut dire que c'est rarement toi qui conduis maman.*
— *Oui, c'est vrai… Le pire ce sont les camions. Mais bon je suis là, c'est le principal.*
— *Tu sais Bastien, si je fais la bise à ma fille, je peux bien te la faire aussi, ça ne change pas grand-chose au problème.*
S'exclama-t-elle, en joignant le geste à la parole.

Le jeune homme eut droit aux trois bises ardéchoises réglementaires, alors que les Marseillais, d'un naturel pourtant plus expansif, n'en font traditionnellement que deux !
Pas question de bisou, par contre entre les parents de Manon, un simple bonsoir juste courtois et un échange de politesses, furent les seules effusions à l'occasion de leurs retrouvailles.
— *Ce n'est pas la glace qu'il va falloir briser, c'est toute la banquise du Groenland !*
La remarque de Bastien arracha un sourire à Manon, qui ne put malgré tout s'empêcher de lui faire les gros yeux, comme si sa phrase avait quelque chose de déplacé ou d'incongru.

— *Arrête de te faire du souci, ce sont eux tes parents, pas l'inverse. Ils sauront gérer la situation en adultes !*
— *Ça me fait du mal de les voir se déchirer, tu peux comprendre ça quand même ?*
— *C'est la vie ma Petite Ourse, il n'y a que le temps pour arranger ce genre de chose. Tout le reste, ce ne sont que des émotions, rien que des émotions…*

Avec une discrétion toute relative, Julien prit le temps d'observer Aurore pendant le repas. Sa silhouette, sa beauté préservée, cette manie qu'elle avait gardé de ne pas terminer ses phrases, de les laisser comme suspendues en l'air.
Et son parfum flottant lui aussi, qu'il aurait pu reconnaitre entre mille. Au milieu de la soirée, une sensation inattendue le traversa pourtant, un constat amer et brutal qui lui fut infiniment douloureux.
Cette femme lui était devenue étrangère !
Au-delà de la distance qui s'était installée entre eux depuis ces deux derniers mois, il avait le sentiment intime de ne pas la reconnaitre. De ne plus savoir qui était cette blonde un rien exubérante qui surjouait la désinvolture et le détachement en face de lui.
— *C'est très bon ma puce, un vrai régal…*
— *N'en fait pas trop maman, ce n'est qu'un rôti avec des patates, rien de plus.*
— *Comme le dit ton père, l'ingrédient le plus important, c'est l'intention que l'on y met et l'envie de faire plaisir.*
Tu n'es pas d'accord avec moi Bastien ?
— *Bien sûr que si Aurore, ça ressemble tellement à Manon en plus, d'avoir des « intentions » pour les autres.*
Aurore considéra un long moment sa fille et son chéri.
— *En parlant de ressemblance, vous êtes vraiment raccords tous les deux, on vous prendrait pour des jumeaux !*

— Ah bon, tu crois maman ?
Manon et Bastien se regardaient en vis-à-vis en cherchant les éléments caractéristiques évoqués par Aurore, qui ajouta :
« *Qui s'assemble se ressemble !* »

Julien ne releva pas le propos, et préféra changer de sujet de conversation.
— Nous avons rendez-vous à l'étude jeudi, à 9 h 30, penses-y pour ton boulot Manon.
Il crut bon devoir apporter une précision à l'attention de Bastien.
— C'est pour la succession…
— Oui, je suis au courant, maman m'en a parlé.
Julien ne put contenir sa stupéfaction.
— Pardon ! Comment se fait-il que ta mère soit au courant ?
— Elle a reçu sa convocation à la maison, par courrier.
Manon dû se refréner pour ne pas regarder sa mère, qu'elle avait informée de ce léger détail, une semaine plus tôt.
Les deux femmes et Bastien scrutèrent la réaction de Julien, qui venait de prendre un gros coup sur la tête. Les trois paires d'yeux inquisiteurs posés sur lui vinrent confirmer la désagréable sensation qui l'habitait…
Il était le seul membre de ce carré à ne pas avoir eu vent de la nouvelle.
— Qui veut du fromage ?

Manon lança sa phrase en se levant comme on jette une bouée à la mer, pour laisser à son père le temps d'encaisser le choc. Personne n'avait fait l'effort de lui répondre quand elle déposa le plateau et sa cloche, au milieu de la table en disant.
— De toute façon, nous serons fixés très bientôt, plus que deux jours à attendre !

— *Tu as raison,* plaisanta son père, *ce n'est pas la peine d'en faire un fromage, nous verrons bien assez tôt de quoi il retourne.*
L'amertume de Julien n'indisposa en rien le chéri de sa fille, qui remplissait allègrement son assiette d'un échantillonnage des trésors fromagers du plateau ardéchois.
— *Au fait, tu as pu avancer dans la lecture des lettres du grand-père ?*
Manon appuya le propos de sa mère, à l'attention de Bastien.
— *Papa fait un véritable travail d'historien…*

Julien répondit à Aurore sans lever les yeux de son assiette.
— *J'arrive au bout, j'ai presque fini la transcription.*
— *Ça donne quoi ?*
— *L'histoire de mes grands-parents n'est en rien différente des autres…*
Il prit le temps de poser son regard dans celui d'Aurore, avant de conclure.

— *Elle se termine mal !*

***

La porte de l'étable raisonna telle une peau de tambour sous les quatre coups frappés depuis l'extérieur. Madeleine détala comme un lièvre au champ pour se réfugier dans le lit maternel, en se cachant derrière le gros rideau qui en barrait l'accès.
Marthe et Augustine frémirent…
Depuis plusieurs semaines, elles redoutaient le retour des militaires et une nouvelle réquisition de bétail.

- *Ça ne pouvait pas durer toujours, ils avaient bien dit qu'ils repasseraient,* marmonna la mamé passablement agacée !
A l'ouverture des portes, les deux soldats face à elle vinrent confirmer son pressentiment, jusqu'à ce que Marthe aperçoive le numéro 61 sur le col de l'uniforme des soldats qui la dévisageaient.
— *Bonjour, nous cherchons la ferme Chabanel...*
— *C'est bien ici !*
— *Vous êtes Marthe ?*
— *Oui.*
— *C'est Joseph qui nous envoie...*

Les poilus considérèrent ensemble l'état dans lequel se trouvait la jeune femme et les difficultés qu'elle avait à se mouvoir en traversant l'étable.
— *C'est pas Dieu possible,* chuchota l'un d'eux.
— *C'est pire que tout,* répondit son frère...
Dès qu'ils furent installés à la table de la cuisine, qu'Augustine avait désencombré à la hâte, les deux hommes entrèrent dans le vif du sujet.
— *Joseph ne nous a pas dit que vous étiez embarrassée...*
Marthe posa la main sur son ventre proéminent pour confirmer ce qui venait d'être dit.
— *Ce n'est pas pour tout de suite, encore deux ou trois mois... Mais dites-nous plutôt ce qui vous amène.*

Trop heureux de changer de sujet de conversation, le soldat prit un air de chien battu avant de s'adresser à Augustine.
— *Vous avez dû recevoir une lettre au sujet du drame qui est arrivé à votre Emile ?*
— *C'est Bonnaure le maire, qui est monté du village avec un gendarme, pour nous avertir...*
Marthe interrompit sa mère, avec une petite voix.

— *Dès qu'ils sont arrivés, on a compris. Il s'agissait juste de savoir lequel des deux était tombé !*
— *Nous sommes désolés de ce malheur et de cette perte pour vous et les petits.* L'homme termina sa phrase le regard posé sur le ventre arrondi.
Son frère prit le relais…
— *Nous deux on part en permission, on est d'Aubenas… Joseph nous a demandé de passer vous voir en rentrant, pour dire de vous donner des précisions.*
Face au mutisme et à l'impatience des deux femmes, il commença son récit dans des termes choisis, préparés durant le voyage.
— *Nous sommes brancardiers au 61e RI, ce qui n'est pas une sinécure, vous savez…*
L'interlocuteur changea une nouvelle fois.
— *Henri ne vous a pas dit qu'ils nous ont mis là parce qu'on s'entend bien…*
— *Forcément qu'on s'accorde, on est jumeaux,* répliqua l'autre.
— *Aussi parce qu'on n'est pas grand de taille et râblé comme ils ont dit.*
— *Et qu'on n'a pas peur.*
Ils finirent par ânonner d'une seule et même voix.
— *C'est seulement d'avoir peur qu'il faut avoir peur !*

Ce leitmotiv leur avait permis d'évoluer dans les pires situations et sous des déluges de feu, pour accomplir leurs missions de brancardiers en évacuant un nombre considérable de blessés de la ligne de front…
La tête de poupée de Madeleine apparut soudain dans l'entrebâillement du rideau, une entrée en scène qui eut pour effet de dérider les militaires et de décharger l'atmosphère ambiante d'un trop-plein de tensions.

En faisant tourner son calot entre ses mains sur la table, comme un collégien qui s'apprête à réciter sa poésie, un des deux frères laissa échapper :
— *laisse-moi parler tout seul, pour pas tout embrouiller.*
Il poursuivit…
— *Alors voilà, ça s'est passé il y a deux mois environ, le 23 juin, du côté de Verdun à la bataille de la côte de Froideterre près du fort de Thiaumont. C'était le début de l'après-midi, je le sais parce que je venais de pester d'avoir encore raté le repas du midi…*
Le capitaine a lancé la charge à l'heure dite, à grands coups de sifflet. Les hommes du 106e des chasseurs à pied, et de deux bataillons du 61e sont montés à l'assaut d'une redoute qui abritait une pièce d'artillerie allemande.
Ça claquait de partout…
Mon frère et moi, on s'apprêtait à les suivre juste après, pour récupérer les blessés, quand le capitaine s'est mis à hurler. Il était comme fou !
L'homme se mit à imiter l'officier avec une voix de stentor.
« Bouillon ! Bouillon, à la charge, demi-tour ! »
N'y tenant plus, son frère lui coupa la parole.
— Bouillon…
Enfin, je veux dire votre mari, marchait à l'envers, sans son fusil, en direction de nos lignes à gauche de notre position avec son barda à la main.
Les yeux lui sortaient de la tête !
Alors le capitaine est monté après lui, en brandissant son pistolet pour lui faire rebrousser chemin et l'empêcher de se débiner. En le voyant, votre Emile s'est retourné de lui-même, presque machinalement. C'est là que nous avons vu du sang et un trou dans son dos au niveau de l'omoplate.
Marthe tressaillit en portant les mains à sa bouche.

Dans un réflexe involontaire elle s'était levée pour échapper au destin qui venait de frapper son mari. Les deux hommes se turent en mesurant l'effet que leur récit avait produit sur la jeune femme.
Par trop gênés devant les premières larmes et la détresse de madame Bourillon, ils se levèrent tour à tour et firent mine de rassembler leurs affaires pour prendre congé.
Marthe tendit les mains dans leur direction, pour leur bloquer toute retraite.
— *Attendez,* dit-elle, *ne partez pas !*
Elle n'envisageait aucunement ce départ, trop de questions se heurtaient dans sa tête sur le point d'exploser, elle susurra.
— *Attendez un peu s'il vous plait, vous prendrez bien un verre de vin, nous avons des tommettes fraiches et du pain, je vous apporte tout ça...*

Après la petite collation qui permit à Marthe de boire un verre de vin avec les jumeaux et de reprendre ses esprits, le narrateur changea une nouvelle fois.
A la demande de la veuve, Henri reprit le fil du récit.
— *Nous nous sommes regardés avec Pierre...*
Pierre, c'est mon frère, dit-il, en posant la main sur son épaule.
Nous avons jeté le brancard dehors de la tranchée et nous sommes montés. Mais, à peine le temps de se mettre debout et de courir vers lui...
Que l'obus a explosé !
Instinctivement, Marthe se releva de sa chaise comme pour s'en aller, avant d'aussitôt se rasseoir. Un silence de mort planait au-dessus de la table. Les deux frères semblaient ressentir à nouveau le souffle de la déflagration et la surdité passagère qu'elle occasionne.
— *Pardon, madame, de vous dire ça comme on vous l'exprime, mais...*

Voilà !
Les yeux de Marthe s'embuèrent à nouveau, ceux des deux brancardiers tombèrent simultanément, quand elle leur demanda :
« *Où est mon mari ?* »
Pierre vint à son tour au secours de son frère.
— *Et bien à vrai dire, l'obus l'a…*
Les jumeaux se regardèrent, le temps d'une nouvelle concertation muette, une œillade plutôt à l'occasion d'un questionnement réciproque : « *Faut-il tout lui dire ?* »
— *Vous ne voulez pas reprendre un verre de vin ?*
Marthe ne répondit pas à la question, en scrutant son interlocuteur, elle réitéra sa demande avec insistance.
— *Où est mon mari ?*
Henri reprit la main.
— *Et bien… L'obus l'a, pour ainsi dire…*
Il planta ses yeux d'un bleu délavé dans ceux de Marthe, avant de conclure.
— *L'obus l'a, comme qui dirait…*
Coupé en deux !

Devant la sidération de la veuve et comme pour lui asséner le coup fatal, il finit par lui avouer…
— *Pendant la bataille sous le feu de l'ennemi, au milieu des autres corps…*
Nous n'avons retrouvé que le bras qui était resté accroché à son barda et…
La vision d'horreur percuta Marthe en plein cœur, alors que l'homme enfonçait sa main dans la poche de sa vareuse, pour en extraire l'objet qu'elle contenait :
Et la gourmette aussi qu'il portait à son poignet, la voici.
Nous sommes sincèrement désolés.

Il s'agissait de la plaque d'identité militaire d'Emile.
Un bout d'aluminium noirci de forme ovale d'environ 4 Cm de long, monté en gourmette au moyen des chainettes récupérées sur les bouchons de gourdes de poilus.
— *Nous en avons ramassé une poignée ce jour-là, avant de foutre le camp et de nous replier, à cause de la contre-attaque des boches !*
Marthe recueillit le bijou comme s'il s'agissait d'une sainte relique et se mit à le caresser doucement.
Sur le médaillon était frappé : BOURILLON Emile - 1904, l'année d'incorporation de son homme, au début des trente-six mois de son service militaire.
— *Il était de la classe zéro quatre,* dit-elle, pour dire quelque chose, pour tromper le vide qui l'avait envahi.
Les deux hommes regardaient Marthe avec les yeux de ceux qui en ont trop vu et qui n'ont plus de mots. La veuve de guerre émergea de ses pensées et de son chagrin après quelques secondes. Pour leur poser une dernière question, qui ne manqua pas de désarmer les jumeaux.
— *Et son bras ?*
Avec une tendresse infinie, Henri finit par lui répondre.
— *Il faut vous dire que pour aller au feu, les gars, ils courent souvent sur un tapis de cadavre et sur les macchabées des assauts précédents... Alors pour en retrouver un là-dedans !*
— *Allez ! Ne vous faites pas tant de mal, son bras il est sous la terre à l'heure qu'il est...*
Avec tout le reste !

Marthe ne pouvait plus parler ni réfléchir...
Réfléchir à quoi d'ailleurs et pour quoi faire ?
— *Autre chose, madame, que nous avons à vous dire...*
N'en pouvant plus, la femme implora son vis-à-vis de ne plus rien ajouter.

— Non, j'insiste, il faut qu'on vous le dise...

Votre homme était tout sauf un lâche, vous savez !
Il faut avoir vécu au moins une fois une charge sur le front dans la peau d'un poilu, pour savoir ce que c'est !
Sur une période aussi longue, nous pouvons tous avoir des moments de faiblesse, c'est bien normal.
La malchance a voulu qu'il prenne une balle dans le dos en refusant d'aller se faire tuer, et alors !
Qui peut le lui reprocher ? Quand on sait vers quel déluge de feu les gars courent pendant les assauts, et dans quelles boucheries ces bougres ont été envoyés tant de fois !
Henri ajouta encore :
— Pour s'en persuader, il n'y a qu'à voir comment il a sauvé votre frère l'année dernière. Ce qui lui a d'ailleurs valu une blessure.
Interloquée, Marthe ouvrit plus grand ses yeux mouillés en écoutant les mots d'Henri, la surprise se lisait sur son visage.
Pierre se rendit compte du malaise.
— Comment ? Vous n'étiez pas au courant pour sa blessure ?
— Si bien sûr, mais vous avez dit qu'il a secouru Joseph !
— Oui, c'est ce qu'il a fait, il ne vous l'a pas dit ?
Nous n'étions pas dans le secteur, ça nous a été raconté...
C'était pendant un accrochage du côté de Reims, une progression très difficile, ça tombait dur...
D'un coup, Joseph s'est arrêté de courir au milieu d'une salve d'obus. Il est resté prostré, à genou en plein champ de bataille, en ne sachant plus où il était.
Quand la retraite a sonné, que les gars se sont repliés vers nos lignes, Emile est allé chercher votre frère dans le no mans land. Il était en train de le ramener avec lui, en le portant à moitié quand une balle l'a couché.

Le regard posé sur ses mains impuissantes, Marthe ne releva pas la tête lorsque Pierre déposa devant lui le paquet que les deux hommes avaient amené avec eux.
Il déplia méthodiquement son emballage de fortune, avant de confier son contenu en plusieurs fois, à la femme d'Emile.
— *Joseph vous fait passer les carnets et les papiers de votre monsieur, son nécessaire et des habits pour faire de vous les remettre, comme il a dit.*
Ce dernier présent eut pour effet de faire céder très largement la digue des émotions de Marthe, qui éclata en sanglots. Ses respirations saccadées cherchaient leurs passages dans le flot de ses pleurs et de ses gémissements.
Le spectacle de cette épouse, enceinte jusqu'au cou, terrassée par la douleur en étreignant les vêtements de son homme sur sa poitrine, arracha le cœur des jumeaux.
Après s'être essuyé le coin de l'œil, Henri sortit résolument de son barda un bout de tissus éprouvé, qu'il avait récupéré pour lui, sur un champ de bataille.

        Le drapeau du $61^{\text{ème}}$RI.

Un carré d'étoffe à franges, qu'il remit avec une extrême solennité à la veuve de guerre.
Marthe reçut l'étendard de ses mains tremblantes, comme s'il s'agissait de la Légion d'honneur ou de la croix de guerre qui lui était décernée en lieu et place de son Emile.

A titre posthume !

        ***

A Pierrebelle, la soirée s'était achevée dans le silence et la retenue. Bastien, qui n'avait pas pour habitude de rester dormir dans l'ancienne ferme avec sa chérie, avait rapidement pris congé.
Les membres de la famille Bourillon ne demandèrent pas non plus leur reste et disparurent les uns après les autres, dans leurs chambres respectives...
Le lendemain matin, un peu avant 8 heures, alors que le soleil montrait tout juste le bout de son nez, Julien prenait son petit déjeuner sur la terrasse. Emmitouflé dans sa grosse veste en laine, il n'était en rien indisposé par la fraîcheur matinale.
Que ces heures sont belles et vibrantes, songea-t-il, il n'y en a pas de meilleures dans une journée. C'est le moment des recommencements, celui de tous les possibles.

— *Bonjour, bien dormi ?*
— *Bonjour...*
Bien, merci, toi aussi ?
— *Non, pas trop.*
Je ne suis plus habituée à ce calme, ça finirait par me stresser au bout du compte...
Julien fit un effort pour ne pas s'emporter en répondant à sa femme.
— *Ce n'est pas banal comme approche !*
La remarque concernant le trop-plein de calme qui produit du stress ne signifiait en effet rien de très logique pour lui.

Une tasse de thé à la main, Aurore rejoignit son mari un instant plus tard devant la maison, dans la quiétude de ce premier matin du monde.
Elle se chargea de l'entrée en matière.
— *Comment te sens-tu ?*
— *Ça va beaucoup dépendre de ce que tu as à me dire...*

— Je suis venu te dire que notre histoire est terminée pour moi, Julien.
— Tu ne peux pas me dire ça comme ça !
— Je ne connais pas d'autre façon de le faire, je suis désolée !

Julien, qui se doutait depuis longtemps de l'issue des débats, se leva aussitôt pour éviter d'exploser, il prit la peine de rassembler les restes de son petit déjeuner avant de quitter la terrasse.
Sa tasse à moitié vide, la petite cuillère, un pot de confiture largement entamé et les croutes du pain de ses tartines, avant de planter là Aurore et de rentrer dans la maison sans plus rien ajouter.
Pour les débris de l'histoire de sa vie, l'inventaire sera plus délicat à établir et les éléments plus compliqués à réunir.
Dans le milieu de la matinée, Manon et sa mère partirent faire les magasins. Un moyen comme un autre, d'encore une fois mettre de la distance.
— Papa, je n'ai plus rien à me mettre, on va au Puy-en-Velay faire les magasins avec maman, ne nous attends pas pour manger...
Après leur départ, Julien perçut davantage encore le mal-être qui s'était installé en lui, un sentiment diffus teinté d'incompréhension de rage et d'abattement.
Machinalement il vint se rasseoir à la table de la salle à manger, pour ne pas avoir à réfléchir et poursuivre la tâche qu'il s'était assignée. Peu à peu, la grande surface plane avait été débarrassée de l'étalage des correspondances de son grand-père, qui étaient désormais empilées par années, en trois tas inégaux.
Ne restait plus sur le bois du meuble, que son ordinateur portable, le dernier carnet de guerre d'Emile et un dictionnaire.

Julien savait que c'était la fin de l'histoire, que le bout de la route se dessinait en face de lui. Toutes les histoires finissent mal, c'est inévitable…

Qu'est-ce d'ailleurs qu'une belle fin en définitive ?

L'écran s'éclaira, en faisant apparaitre le paysage désertique d'un oued marocain, une de ces rivières asséchées qui charrient vers on ne sait où, des blocs de roche endormis et du sable. Julien ouvrit le répertoire : Emile Bourillon1914-1916, avant de double-cliquer sur le fichier Word intitulé : « Correspondance de guerre. »
Il se saisit ensuite du quatrième et dernier carnet de guerre d'Emile, afin d'en terminer la transcription. La brièveté de l'ultime message de son grand-père donnait un sentiment d'inachevé en préfigurant ce qui allait suivre…

Carnet de guerre d'Emile Bourillon à la date du 19.06.1916

Nous sommes seuls, perdus, isolés dans notre tranchée.
Les boyaux de communication ont été pulvérisés. Les liaisons avec l'état-major sont coupées depuis hier, nous voilà livrés à nous-mêmes, sous les tirs de barrage sans fin des boches.
Le dernier ordre a été clair : « Tenez jusqu'au dernier ! »

Ils ont dû balancer des gaz dans le secteur ou pas très loin.
L'odeur piquante qui flotte dans l'air ne laisse pas la place au doute, derrière les vitres de nos masques, nous prions pour que les vents tournent dans la bonne direction.

Ce furent les derniers mots consignés par Emile, les derniers mots et la fin du témoignage d'un homme, dont le destin, comme celui de tant d'autres est venu se fracasser contre les événements de la grande histoire, celle des manuels scolaires et des monuments aux morts.

En parcourant le reste du carnet, entre les pages vierges que son ancêtre n'eut malheureusement pas le loisir de remplir, Julien découvrit 2 feuillets jaunis, imbriqués l'un dans l'autre.

Deux feuilles pliées en quatre, mariées ainsi depuis plus de cent ans, dans l'enfermement et l'oubli…

Verdun, 20 juin 1916

La nuit tombe sur moi.

Ma femme, je vais mourir. Je sens l'ombre de la faucheuse m'envahir. J'ai pu déjouer ses pièges jusqu'à tantôt, en évitant de croiser son regard. Mais là, tout à l'heure en me regardant dans le petit miroir que tu m'as donné, je l'ai vu en face de moi. Le miroir est fêlé à présent, peut-être le suis-je aussi… ?
Ne pleure pas s'il te plaît, encore une fois par ma faute, que tes yeux restent secs, tu auras besoin de toute ton eau pour les chaleurs à venir.
Au fond, tu sais, il n'y a rien de plus normal pour un soldat que de mourir, ce qui est absurde ici, c'est de penser qu'on va rentrer un jour. Je me suis accroché à cette idée trop longtemps, et je crois que c'est ça qui m'a fait le plus de mal.
Une pluie fine, agaçante, tombe inlassablement, nous sommes aussi sous le feu de l'artillerie ennemie depuis 36 heures, un jour et demi !

Je tremble malgré moi, pas que de froid, mais aussi de ne plus savoir ce qu'il faut penser ou ce qu'il faut faire.
Si je ne meurs pas, je deviendrai fou, alors...
La mort !

Quand tu auras un peu de facilité, pense bien à rendre les 30 francs que je lui dois, à l'Alphonse Baugent, fais-le en plusieurs fois si tu es gênée, il ne t'en tiendra pas rigueur.
Voilà, embrasse nos petits comme je l'aurais fait si j'étais rentré et surtout le dernier que je ne connaitrai pas.
Passe mon bonjour aussi à ceux qui m'ont connu et que tu sais que j'aimais bien, fais-le pour moi et que ton adieu de moi à eux soit aussi doux que tu sais l'être.
Je ne te reviendrai pas, c'est mon plus gros chagrin.

Ton mari

Qui ne cessera jamais de t'aimer, même une fois rendu tout là-haut, auprès des anges.

Emile Bourillon
Sergent au 61e RI de Privas

Julien entreprit la lecture de la page jointe à la lettre d'adieu, un poème également écrit de la main de son grand-père à l'attention de sa Marthe.

Les mots me manquent

D'une plume asséchée dans sa quête d'un vers,
Ou d'un douzième pied qui ne soit pas postiche,
Je cherche au fond de moi, dans un pauvre inventaire
Un mot pour terminer le second hémistiche.

Je n'en ai que très peu caché dans la musette,
Mon armoire à secrets où je les ai rangés.
S'il est vain de fouiller les recoins de ma tête,
J'irai voir autre part, je ne suis pas pressé...

J'ai cherché dans les livres et de lourds dictionnaires,
Aux frontons des palais, jusqu'à l'académie.
Dans l'œuvre de Hugo, celle de Baudelaire...
Leur nombre est arrêté et la liste établie.

Il en manque des mots ! des tout ronds, des sucrés,
Les rouges incandescents des montagnes en colère.
D'autres que la banquise ne pourrait pas renier
Qui avec trois syllabes vous replonge en hiver.

Ceux des langues perdues de Mésopotamie,
De Sumer ou d'ailleurs, sur tablettes d'argile.
Enfouis sous le sable et les strates de vie,
Ils seront exhumés tels des verbes fossiles.

A défaut d'en connaître, ou s'ils n'existent pas,
Je te dirai les miens ceux que j'ai composés,
Le lexique d'un cœur qui ne bat que pour toi,
Que nul autre mari n'a jamais fait rimer.

Tiens, voici les premiers : « Kallisto beidélène ! »
Ces deux mots incendiaires pour te dire mon émoi,
En te voyant marcher, la poitrine hautaine,
Caressée par l'étoffe d'une robe de soie.

« Havenni silasol, » est un flot de tendresse,
Que seuls les passereaux ont un jour siffloté,
Adressant au printemps dans sa prime jeunesse
Un salut respectueux et les vœux de l'année.

Une parole encore, dans le fond d'un inspire :
« Atamo milafois austié do silan »
Que je ne te ferai pas l'injure de traduire,
Tant ce qu'elle signifie se conçoit aisément...

Un enfin que je garde, refusant de l'écrire,
Qui finira sa vie dans l'expire de mon souffle.
Papillon éphémère qui va naître et mourir
Quand ce dernier baiser effleurera ta bouche.

E. Bourillon – juin 1916

PS « hémistiche » Mot emprunté à Ed. Rostand dans son Cyrano.

Aurore

— Putain !
Ça recommence...

Ce fut d'abord une pointe au niveau du sternum qui dérangea Julien pendant sa lecture, une simple gêne qui se transforma vite en douleur irradiante sur le haut du ventre.
Un mal qui faisait suite à une série de frissons et à une sensation de froid toute intérieure qui le saisit jusqu'à la moelle des os. Un trouble qui ne lui permit pas d'achever la relecture du poème d'adieu de son grand-père.
Autant de symptômes bien évidemment déjà éprouvés, qui lui rappelèrent l'épisode du grenier.
— C'est pas Dieu possible !

Seul, sans recours, il se dirigea vers le canapé avec l'idée de s'y étendre et de couvrir son corps frigorifié avec le plaid à carreaux de sa mère, afin de laisser passer l'orage.
Ce faisant, il se remémora l'intervention de Mathilde trois mois plus tôt lors de son malaise.
Aujourd'hui, la situation était différente, il n'avait pas le moindre espoir de voir surgir un visiteur dans ce lieu reculé, avant le début de soirée et le retour des femmes.
Alors que sa mâchoire se contractait davantage encore sous les effets d'une incontrôlable crispation, une douleur vive en coup de poing le percuta dans le milieu du dos...

Bien calée dans son siège, au volant de l'Audi de Marie, Aurore roulait beaucoup trop vite sur les routes désertes du plateau.

Manon s'alarma, alors que la voiture doublait le panneau d'entrée de ville des Estables à plus de 80 km/h :

— *Tu veux nous tuer ou quoi ?*
— *Pourquoi dis-tu ça ?*
— *Maman, soit tu y laisses le permis, soit on finit dans un fossé !*
— *Cette voiture est une petite bombe. Je ne sais pas ce que foutait ta grand-mère avec un bolide pareil ?*
— *Elle a voulu se faire plaisir sur ses vieux jours, ça peut s'envisager.*
— *Je suis d'accord, mais tu as vu le kilométrage ? Elle ne roulait pas ! Je comprends que tu veuilles la récupérer, tu en as parlé à papa ?*
— *Non, je ne veux pas l'embêter avec ça en ce moment. Mais je me déplace avec en permanence, il finira bien par s'en rendre compte...*
— *Tu devrais tout de même lui en toucher un mot.*
— *Il avait l'air coincé tout à l'heure, vous avez discuté ?*
— *Oui, ça y est, je lui ai annoncé que c'était fini pour moi.*
— *Comment a-t-il réagi ?*
— *Il n'a rien dit.*

Les chevaux de l'Audi rugirent à nouveau une fois franchi le panneau de sortie de ville. En bordure de route, les arbres en file indienne accéléraient eux aussi leur course effrénée.

— *Maman ralentie s'il te plaît, tu vas nous foutre dans le décor...*

Un large sourire illuminait le visage d'Aurore.

— *Si tu savais à quel point je me sens libre !*
— *Il t'en aura fallu du temps avant de le lui annoncer.*
— *Tu l'as dit ! Je ne sais pas pourquoi je l'ai autant ménagé, je crois que j'ai attendu six mois de trop.*

— *Tu devais avoir besoin de temps toi aussi, même si aujourd'hui les choses te paraissent évidentes.*
— *Oui, tu as raison…*
Ou bien alors, c'est ce satané covid qui a tout fait péter !
Et toi ma puce, ça te fait quoi ?
— *Je me suis fait à l'idée, comme dit Laeticia !*

Il y eut un blanc dans la conversation, jusqu'à ce qu'Aurore fasse répéter sa phrase à Manon.
— *Je me suis fait à l'idée, comme le dit Laeticia…*
Devant l'incompréhension de sa mère, elle enchaina :
— *C'est un jeu de mots en bois à papa :*
Je me suis fait « Hallyday, » comme dit Laeticia !
— *Ah OK… Pas mal.*
Ton père m'a eu avec son humour quand on s'est rencontré.
Il avait une envie folle de bouffer le monde dans les yeux et une façon bien à lui d'aborder les choses avec sérieux, sans jamais oublier de s'amuser.
— *Et l'autre il t'a eu comment ?*
— *C'est différent, je suis moi-même une autre personne aujourd'hui ! Et je n'aime pas beaucoup ta façon de dire l'autre.*
— *Excuse-moi maman, mais je ne peux pas m'empêcher de lui en vouloir et de me sentir complice !*
— *Ce n'est pas de sa faute, c'est juste le mariage de tes parents qui a pris l'eau comme tant d'autres avant lui.*

A la ferme de Pierrebelle, immobile et livide, Julien était étendu sur le canapé du salon. Le silence d'église qui régnait dans la salle à manger ajoutait une dimension tragique à la fixité de son corps et donnait des airs de veillée funèbre au macabre tableau.

Près de lui, son téléphone tentait de s'échapper du plateau de la table basse en vibrant frénétiquement. Derrière la vitre de l'iPhone s'affichaient les mots « Cardio Aubenas ».
Le temps s'était bel et bien arrêté dans l'ancienne ferme et ses environs, sauf pour un couple d'écureuils batifolant dans les arbres en lisière de forêt.
Chacun de leurs bonds laissait entrevoir le blanc éclatant de leurs abdomens, qui tranchait avec les tons roux de la fourrure des petits rongeurs.

La vie est partout, au cœur de chaque cellule, de chaque atome, dans l'alternance des cycles et le renouvellement sans fin des commencements.
Même si l'on sait qu'inexorablement, le jour venu, son impénétrable fréquence et son infinie fragilité finissent par s'éteindre, tôt ou tard, pour chacun de nous.
— *Allo !*
— *Allo, bonjour… Monsieur Bourillon ?*
— *Lui-même…*
— *Secrétariat du service de cardiologie du centre hospitalier d'Aubenas. Je vous appelle pour confirmer votre rendez-vous de 11 heures…*
Après avoir péniblement chaussé ses lunettes, Julien vérifia l'heure à la hâte, sur le cadran.
— *Vous tombez on ne peut mieux !*
… /…
— *Oui, je vais tâcher d'être là, à l'heure prévue.*

Les symptômes ressentis un peu plus tôt s'étant largement estompés pendant son somme sur le canapé du salon, il prit la décision de se rendre à Aubenas en faisant fi de l'alerte matinale, afin d'y recevoir les soins appropriés.

Une grosse heure plus tard, à l'ouverture des portes de l'ascenseur, en débouchant sur le service de cardiologie du 4ᵉ étage de l'hôpital, il retrouva non sans une certaine émotion les lieux de « l'attaque » et le personnel soignant.
— *Pas de bêtise cette fois monsieur Bourillon, d'accord ?*
— *C'est promis...*

Le regard complice de Stéphanie l'infirmière et son humour coutumier eurent pour effet de détendre Julien.
Quelques semaines s'étaient écoulées, depuis sa dernière « bêtise » et cette minute où il avait senti que sa vie, et la vie en général lui échappaient.
Julien fit une description précise au médecin, des symptômes ressentis plus tôt, juste avant le rendez-vous.
— *Ça vous est arrivé ce matin ?*
— *Oui, avant de venir.*
— *Eh bien, on peut dire que vous au moins, vous ne venez pas nous voir pour rien !*
Le cardiologue plaisanta encore.
— *Le rendez-vous d'aujourd'hui n'est qu'une visite de contrôle, nous n'avons pas prévu de vous garder !*
— *Je n'envisage pas non plus de rester, vous savez...*
— *Le stress monsieur Bourillon, je vous l'ai dit, le stress !*
Il faut absolument vous ménager.
— *C'est la vie qui ne me ménage pas docteur.*
— *Les symptômes que vous me décrivez sont ceux d'une angine de poitrine, il n'y a rien de très original dans tout cela. Vous êtes fumeur ?*
— *Je l'ai été pendant 25 ans.*
— *Avec la cigarette, la malbouffe et le manque d'exercice physique, le cholestérol s'installe. L'athérosclérose limite l'afflux sanguin vers le cœur, et par conséquent les apports d'oxygène au cerveau et aux muscles.*

Julien prit son air malicieux…
— *Est-il vrai que le viagra a été découvert par hasard, en cherchant un traitement contre les angines de poitrine ?*
— *C'est exact, l'objectif premier ne fut pas atteint, mais le laboratoire Pfizer a su exploiter au mieux ces effets secondaires avec les petites pilules bleues.*

Le médecin considéra la bedaine un rien proéminente de Julien.
— *La ceinture de graisse abdominale que vous portez devrait aussi être un sujet de préoccupation pour vous !*
Il va falloir vous mettre à la diète.
Vous faites de la marche comme je vous l'ai suggéré ?
La question resta sans réponse.
— *Monsieur Bourillon, je ne veux pas vous alarmer, mais vous avez les résultats d'analyse d'un octogénaire. Si vous ne reprenez pas votre santé en main, vous aurez la même espérance de vie.*
— *Vous plaisantez, docteur !*
— *Absolument pas !*
Vos symptômes sont un bon indicateur du mauvais état de vos artères, et nous parlons là de celles situées à proximité du cœur. Il suffit qu'une plaque d'athérome se détache et fasse bouchon pour que ce soit le bout du voyage.
La mine déconfite de son patient laissait à penser que le message avait bien été reçu !
Le médecin ne jugea pas nécessaire d'en rajouter.

Julien relança la conversation après avoir expulsé un chat de sa gorge.
— *En ce qui concerne le régime et l'exercice, je vais voir ce que je peux faire... Pour ce qui est du stress par contre, le moment n'est pas très favorable, je traverse une période compliquée, et ce n'est pas terminé.*

Le cardiologue mit un terme à la consultation en se levant et en restituant sa carte vitale à son patient.
— *Faites comme vous le pouvez, monsieur Bourillon !*
Mais un conseil, faites en sorte que ça ne se termine pas prématurément.
— *Merci docteur.*

Julien rejoignit sa voiture, garée à proximité d'un cyprès géant sur le parking de l'hôpital.
Le regard perdu dans le vide, il resta assis derrière son volant sans bouger, durant un bon quart d'heure. Des images fanées de sa vie et des bribes de la conversation matinale avec Aurore se bousculaient dans son esprit.
Alors qu'il se laissait envahir par ses pensées, la situation lui apparut tout à coup clairement :
« Quelque chose est en train de mourir en moi !
Sois je laisse cette chose s'en aller avec ce qu'a été ma vie jusqu'à lors, pour m'investir dans « mon reste à vivre… » Sois je résiste, avec pour moi le risque d'être emporté avec les ruines de mon passé. »

Un quart d'heure plus tard, il prenait place sur la terrasse ombragée d'un restaurant du centre-ville, pour le déjeuner de midi. L'idée l'avait effleuré de fêter la réouverture de ces précieux commerces avec sa fille, mais l'occasion était trop belle, il ne la laissa pas passer.
Son repas fut ponctué par un bref échange de textos avec Manon, au moment du café.
— *Comment ça va papa ?*
— *Bien, et toi ?*
— *Tu n'as pas oublié le rendez-vous avec le curé ?*
— *Rassure-toi, je suis sur place, nous reparlerons de tout ça ce soir, à la maison !*

Et puis à nouveau…
L'agitation de la ville et le chahut des voitures en passant sous le château d'Aubenas pour rejoindre la maison diocésaine, au numéro 23 de la rue de l'église.
Julien parcourut rapidement la paroisse Saint-Jean baptiste, aussi déserte à cette heure que les dunes sahariennes en plein été, au zénith de la course du soleil. En découvrant la façade défraichie et les volets fermés du presbytère attenant, il se dit que l'état actuel de l'institution religieuse toute entière était à l'image de ces deux édifices.
En faisant le constat amer de l'effondrement graduel de la foi, des vocations, du nombre des fidèles et des pratiquants, l'église se vidait peu à peu de sa raison d'être, de son humaine substance et « de son sang, » pour reprendre une formule doublement millénaire ! Il songea aussi que les prochaines générations à quitter ce monde, dont faisait partie Marie sa maman, en arriveraient bientôt à emporter Dieu définitivement avec elles, dans la tombe !
— *Bonjour, Julien, comment allez-vous depuis l'autre jour ?*
— *Pas trop mal, merci, et vous ?*
— *Le poids des ans pèse de plus en plus sur ma carcasse mon fils, mais c'est notre lot à tous n'est-ce pas ?*
— *Comme je vous comprends mon père, pour ma part il me semble que je suis un peu trop en avance sur cette finitude… Sur l'obsolescence programmée comme il convient de dire aujourd'hui !*

Julien suivit le père jusqu'à la salle d'étude, un espace d'accueil qui sentait bon l'humilité, les louables intentions et la consolation.
N'ayant pas pour habitude d'anticiper les choses et les événements, il n'attendait rien en particulier de l'entrevue,

même si sa curiosité avait largement été aiguisée par les propos du prêtre.
— *Comme je vous l'ai précisé au téléphone, lors de notre dernière conversation, j'ai pu mener quelques investigations au sujet de votre famille. En premier lieu, je vous confirme que le baptême de votre papa, Emilien Bourillon si je ne m'abuse, a bien eu lieu dans l'église des Sagnes, et non dans celle de Burzet comme nous l'envisagions.*

Avec une certaine gravité, le prêtre remit à Julien une copie du premier document, l'extrait du certificat de baptême de son père.

L'an de Notre-Seigneur mil neuf cent ...*16*..., le ...*8ème jours*... du mois d'...*Octobre*... Je soussigné ...*Abbé Gayffier, Curé*... de la paroisse ...*des Sagnes et Goudoulet*... ai baptisé : *Emilien*...*Firmin*...*Bourillon*...

Né le ...*29 septembre 1916*...de... *Emile*...*Louis*...*Bourillon*... et de... *Marthe*...*Eulalye*...*Bourillon*......née *Chabanel*...
Mariés en face de l'église et des habitants de cette paroisse.

Le parrain a été... *Alphonse*...*Eugène*...*Beaugent*...
la marraine a été ... *Augustine*...*Pélagie*...*Chabanel*...
qui ont signé avec nous le présent acte.

— *J'ignorais que papa portait aussi le prénom de mon grand-père, il y a quelque chose de touchant là-dedans...*
— *C'était plus qu'une coutume à l'époque, quasiment une règle ! Et je vous dirai que ce n'était surement pas un mal, quand on voit les prénoms que certains donnent à leur progéniture aujourd'hui.*

— *Vous devez en voir des vertes et des pas mures mon père.*
— *Julien, avez-vous remarqué l'annotation qui peut prêter à sourire, dans l'encadré en bas à gauche :*
« *Enfant corpulent de forte stature.* »
— *C'est vrai, vous avez raison.*
— *De nos jours, nous n'entrons bien évidemment plus dans ce genre de considération...*
— *Dites-moi, ils ne perdaient pas de temps à l'époque entre la naissance et le baptême !*
— *Effectivement, c'était à cause de la mortalité infantile, un enfant sur cinq en moyenne dans ces années-là ! Le baptême étant considéré comme le premier et l'indispensable viatique vers le paradis, mieux valait ne pas trainer, sous peine de voir l'âme du non baptisé se perdre dans les limbes, promis par l'église.*
— *Ça fait froid dans le dos !*
— *Il faut savoir que cette notion moyenâgeuse de limbes a été abrogée il y a seulement une dizaine d'années par le Vatican, sous la férule de Benoit XVI.*
Après avoir débattu un moment de la vision archaïque de l'Eglise de l'époque et des évolutions en cours, le prêtre remit également à Julien, copies de :
— L'acte de mariage de Firmin et Augustine Chabanel en date du 11 mars 1887, en l'église de Burzet.
— Du certificat de baptême de Joseph Chabanel en date du 17 mars 1889, en l'église de Burzet.
— Du certificat de baptême de Régis Bourillon en date du 14 août 1910, en l'église de Burzet.

— *Je vous remercie pour tout ça mon père, ça ne clarifie pas la situation, mais ça me donne du grain à moudre.*
— *Que souhaitez-vous tant clarifier mon bon ami ?*

— *L'empreinte de l'existence de mon grand-père a été emmurée dans sa propre maison.*
Il y a forcément une raison à ça !
— *Je vous souhaite bonne chance dans vos recherches.*
— *Merci, mon père, je ne manquerai pas de vous tenir informé de mes découvertes.*

Julien retrouva Pierrebelle en milieu d'après-midi. Dans la mesure où les filles n'étaient pas encore rentrées, c'est le vent du nord qui l'avait accueilli à sa descente de voiture, lorsqu'en le prenant par surprise une violente bourrasque faillit bien le coucher dans le pré.

Le grenier débarrassé et rangé, les carnets et les lettres de son grand-père soigneusement recopiés sur l'ordinateur et sauvegardés sur une clé USB…

Il ne sut pas à quoi occuper les heures qui s'offraient à lui. Avoir autant de temps disponible n'était pas dans ses habitudes. Durant les dernières années, il n'avait fait que chercher un peu de répit et de liberté, quel choc soudain que de se retrouver face à tout ce « temps vide » à remplir.

Il n'avait de plus, jamais pu envisager sa vie sans Aurore, y compris durant les dernières semaines écoulées, où l'éventualité d'une séparation devenait plus que probable.

L'éternité c'est long, surtout vers la fin… Le mot de Woody Allen ne le fit même pas sourire en revenant à sa mémoire.

— *Et bien ! Me voici au pied du mur…*

Le mur ?
Il ne revint à la maison au volant de sa voiture, qu'une heure plus tard, avec Manon et le coucher du soleil.

Y a-t-il quelque chose à reprocher à une personne qui dresse un mur entre elle et vous ? A votre âme sœur quand elle se décide un jour à quitter la fratrie ? A votre moitié lorsque sa disparition fait de vous un hémiplégique !

— Tu as trouvé ton bonheur, ma fille ?
— Oui, plus ou moins. Je vais me changer, j'ai rendez-vous avec Bastien.
— Ça ne peut pas attendre demain ? Vous allez vous voir chez le notaire.
— Oui, oui...
Alors qu'elle escaladait les marches des escaliers quatre à quatre, l'empressement de Manon traduisait l'inverse de son propos. Certes, sa bouche venait de formuler un oui à l'adresse de son père, mais dans le même temps, sa course signifiait :
« *Cause toujours !* »
Julien ne s'offusqua pas de la chose qui n'avait d'ailleurs qu'une importance relative, c'était de plus, loin d'être le premier paradoxe affiché par sa fille.
Il fit soudain un bond dans un cri, avant de pester aussi fort qu'il avait eu peur, lorsque sous l'effet d'une nouvelle rafale la porte d'entrée claqua dans un vacarme tonitruant.

— La porte ! hurla-t-il.
Sa femme sortit en courant de la cuisine et se précipita dans le hall d'entrée.
— Putain !
Faites gaffe au vent, fermez la porte...
En joignant le geste à la parole, Aurore verrouilla le pêne de la serrure en relevant complètement la poignée.
— Ne te fais pas de souci, elle va rester fermée la porte !
Manon descendit les marches depuis l'étage en sautant comme un cabri, elle prit tout juste le temps d'embrasser ses parents avant de récupérer les clés de son Audi et de s'enfuir.
— Je ne mange pas avec vous, tchao, tchao, à demain !
Bisous...

Comme ils le redoutaient tous deux, le départ précipité de leur fille laissa le couple en vis-à-vis, dans un huis clos pesant sans échappatoire. A contrecœur, Aurore prépara une salade à la hâte, en songeant qu'avec une peu de charcuterie, le plateau de fromages et un yaourt agrémenté de la confiture de myrtille locale, cela serait largement suffisant pour le souper du soir.
— *Je t'ai mis une assiette, tu viens manger ?*
— *Je n'ai pas faim.*
— *Libre à toi, c'est comme tu veux.*
Julien se dit alors que ce repas serait surement un des derniers de sa femme dans la ferme avant longtemps.
A contrecœur, il fit l'effort de la rejoindre dans la cuisine.
Aurore finit par rompre le silence assourdissant qui envahissait la pièce depuis plusieurs minutes.
— *J'ai l'impression que c'est du sérieux Manon et Bastien, tu n'es pas de mon avis ?*
— *Aurore, pour ce genre de chose, tu es plus à même que moi de répondre, alors ne me pose pas la question s'il te plait.*
— *Ce que j'en dis, c'est pour parler Julien...*
— *Si tu veux parler, alors parlons !*
Puisque c'est toi qui déclenches les hostilités, comment vois-tu la suite ?
— *Nous avons toujours discuté en adultes...* Dès qu'elle se fut resservie, Aurore présenta le saladier à Julien en terminant sa phrase. *Il n'y a pas de raison que ça change.*
Celui-ci n'esquissa pas le moindre geste pour s'en saisir, et laissa juste échapper :
— *Plus de salade, merci... Je t'écoute.*
— *Eh bien quoi, tu m'écoutes ?*
— *Vas-y, explique-moi comment tu vois les choses.*
— *Tu as besoin que je t'explique les modalités d'une séparation ?*
— *Pas d'une séparation ma chérie, de la nôtre.*

Tu as eu le temps d'y réfléchir pendant ces deux mois !

Aurore ne répondit pas à la question. Dans la projection mentale qu'elle s'était faite, et les scénarii envisagés des étapes de la rupture, cette discussion ne venait que beaucoup plus tard. Julien finit tout de même par se saisir du plat, pour faire un sort aux quatre feuilles de laitue endormies au fond du saladier. Sa femme ne se laissa pas décontenancer.
— *Cela dépend de toi autant que de moi, je ne peux pas parler à ta place...*
— *C'est-à-dire ?*
— *Que comptes-tu faire ? Où vas-tu vivre maintenant que tu ne travailles plus ?*
— *Qui t'a dit que je n'allais plus travailler ?*
— *C'est toi, tu as même précisé que tu voulais revendre tes parts à Michel et te mettre au vert.*
— *Eh bien, la situation a changé, je ne me mets plus au vert, mais dans le rouge !*
Je reprends le boulot dès la réouverture du restaurant !

Les deux époux se faisaient face en se regardant fixement, Aurore prit le temps d'analyser le rythme de la respiration de son mari et son niveau d'énervement, avant de poursuivre...
— *Ce n'est pas une bonne idée.*
— *Ne reviens pas encore sur mon état de santé s'il te plaît, je suis assez grand pour savoir ce qui est bon pour moi !*
— *Ce n'est vraiment pas une bonne idée, Julien !* répondit-elle à nouveau, avec insistance.
— *Et pourquoi s'il te plait ?*
Aurore prit une grande respiration avant de conclure.
— *Parce que je te quitte pour vivre avec Michel et que nous avons prévu de tenir le restaurant ensemble.*

Le flash d'une lumière blanche passa devant les yeux de Julien qui n'arrivait pas à envisager ce qui venait d'être dit. Après deux tentatives, il parvint enfin à déglutir pour avaler la bouchée qui obstruait sa gorge.
Un intermède douloureux s'installa entre les époux Bourillon qui se jaugeaient dans un silence de mort. Inquiète du mutisme de son mari, Aurore se posait la question de savoir s'il avait bien compris ce qui venait d'être dit.
Celui-ci demeurait impassible, les yeux à présent fixés sur un pot de yaourt de l'Areilladou posé au centre de la table.
Sur l'emballage bleu du dessert lacté, le bonnet vissé sur la tête, un gamin en luge dévalait une pente enneigée parsemée de sapins. L'homme songea qu'il était lui-même engagé sur une pente savonneuse, dans un tout schuss en ligne droite vers un précipice sans fond…
— *Julien, tu as compris ce que je t'ai dit ?*

Il se ressaisit.
— *Ce que toi tu n'as pas compris ma chérie, c'est que le restaurant n'est pas à toi, et que l'associé de ce fumier de Michel jusqu'à preuve du contraire c'est moi !*
— *Oui, je sais tout ça. Je sais aussi que tu possèdes la moitié du restaurant.*
— *Alors tu veux quoi ? Explique-moi !*
— *Ce que je veux ?*
Je veux la moitié de ta moitié.
L'état émotionnel et les pensées de Julien oscillaient entre deux polarités diamétralement opposées, un profond écœurement et une colère sans borne.
— *Dieu est-il au courant de ce qui se passe ici ?*

Les mots de son grand-père tournaient en boucle dans sa tête. Rester là, en face de celle qui avait partagé les trente dernières

années de son existence, était au-dessus de ses forces. Avec deux phrases assassines, cette désormais inconnue venait de parachever le travail de démolition de son petit univers et de toute sa vie.
Il s'extirpa péniblement de sa chaise avant de lui lancer :
— *Décidément, tu ne m'auras rien épargné.*

Puis il quitta la pièce, sans un regard pour sa désormais ex-femme.
Ses jambes cotonneuses parvinrent difficilement, à le porter jusqu'à la chambre, où une plaquette de comprimés pour le cœur l'attendait. Une fois le cachet avalé, il se laissa aller en arrière sur le lit les bras en croix. En fermant les yeux, il fit l'effort d'essayer de se détendre à la faveur d'un cycle de respirations abdominales.
Avant d'aussitôt les rouvrir, quand lui revint en mémoire le nom que Michel et lui avaient choisi des années auparavant, pour baptiser leur association et le restaurant :

« Les copains d'abord ! »

Il y a des matins plus légers que d'autres, des journées où l'on saute de son lit sans prendre le temps de flemmarder, pour se lancer « à corps retrouvé » dans les activités quotidiennes.
Il y a les matins d'insomnie, ces aubes cruelles qui s'évertuent à grand-peine à vous réveiller, alors qu'au bout d'une quête de plusieurs heures, vous veniez à peine de trouver le sommeil...
Et puis il y a les autres, « les matins cadavres, » ces réveils abimés ou la lueur du jour projette obstinément ses ombres sur votre corps lesté. Sur une enveloppe grossière, chaussée de plomb, incapable de bouger et de se remettre à la verticale pour regagner sa place dans le monde.

L'interminable nuit blanche et haineuse que venait de vivre Julien était en réalité la nuit la plus noire qui soit !
Un aller simple dans les zones de perdition et d'enlisement d'un horizon encre de Chine. Une lente anoxie dans la fange gluante de ses angoisses, de la rancœur et des remords.
— *Ça va papa ? Tu n'as pas l'air bien réveillé…*
— *Pour se réveiller, il faut d'abord s'être endormie, ce qui n'est pas mon cas !*
— *On va y aller, je vais conduire si tu veux bien, pour te soulager.*
— *Oui, c'est une bonne idée, ma fille.*

Durant le trajet en direction de l'étude de maître Chouffard, Julien eut le sentiment que son mal-être se prolongeait, qu'il s'accentuait même, à l'approche de leur destination.
En même temps que ses parents, Manon conduisait vers Aubenas une foultitude de non-dits, des reproches à n'en plus finir et l'anxiété de toute une famille. Elle essaya bien de détendre l'atmosphère en lançant un ou deux sujets de conversation un peu bateaux… Ce fut peine perdue, le silence eut raison de ses intentions.
La voiture des Bourillon fit son entrée sur le parking de l'étude notariale, sur le coup des 9 h 15. Manon vint se garer à proximité de Bastien qui y stationnait déjà.
Le jeune homme descendit de son véhicule en affichant ce sourire dont il ne se départissait jamais. Après les salutations d'usage, alors qu'ils pénétraient dans le bâtiment, un coup de klaxon intempestif résonna depuis la rue jusque dans le hall de l'immeuble. Le hurlement irritant de l'avertisseur sonore se fit entendre plusieurs fois avant que le trio parvienne à identifier sa source. Une fiat 500 hors d'âge, d'où s'extirpa un tailleur fuchsia « du meilleur gout, » dans lequel se déhanchait la divine Mathilde. Une apparition, qui déclencha en même temps,

l'hilarité contenue de Manon et une remarque de dépit de Bastien.
— *J'y crois pas, elle a ressorti le tailleur…*
La progression chaloupée de l'aide à domicile, sur le bitume du parking, relevait de l'exploit, tant la hauteur et le diamètre du talon de ses chaussures tranchaient avec sa corpulence.
Faisant fi de la pandémie en cours, Mathilde adressa des triolets claquants de bises à son fils et aux Bourillon, avant de s'exclamer.
— *Nous y voilà… La famille est au complet !*
Plus encore que la couleur outrancière de son ensemble et la familiarité qu'elle affichait, c'est l'odeur du parfum dont elle avait passablement abusé en se pomponnant, qui incommoda Julien.
— *Si elle me dit encore une fois qu'elle aimait beaucoup mes parents, je la tape…*
— *Chut, papa ! elle va t'entendre !*

Installé derrière son bureau, maître Chouffard accueillit le petit groupe sans se lever. Ce que personne ne songea à lui reprocher tant l'encastrement de son corps entre les accoudoirs de son siège semblait irréversible.
— *Le fauteuil a dû être fabriqué autour de lui, je n'envisage pas la chose autrement !*
— *Arrête papa, t'es pénible.*

Avec ses panneaux de boiseries murales, ses lourdes tentures imprimées en velours beige et ses chaises en cuir véritable, le bureau de maître Chouffard constituait le stéréotype parfait d'une étude notariale du milieu du XXe siècle.
Le temps s'était figé en ces lieux, depuis tellement longtemps, qu'il paraissait à présent exclu de l'y voir un jour reprendre son cours.

Dès que la porte fut refermée, maître Chouffard parvint à s'extraire de son siège avec une relative aisance, ce qui fit sourire deux membres au moins de la famille Bourillon.
Avec un talent inné pour la mise en scène, le notaire fit mine pendant quelques secondes de fouiller dans le coffre-fort de son étude.
— *Le voici !*
Passablement essoufflé par l'effort consenti, il se rassit à son bureau en tâchant de réintroduire son séant proéminent dans l'espace restreint formé par les deux accoudoirs.
Sitôt réussie cette manœuvre ardue, le notaire prit un ton grave et pompeux.
— *Mesdames et messieurs…*

L'homme lança un regard pour s'assurer qu'il disposait bien de l'attention de tout son petit monde. Devant les yeux écarquillés des membres de l'assemblée, il poursuivit.
- *Nous sommes réunis aujourd'hui pour régler la succession, faisant suite au décès de la regrettée Marie Alexandra Bourillon née Maurel, résidente à Burzet au lieu-dit « de la ferme de Pierrebelle… »*
J'en profite pour renouveler mes plus sincères condoléances à la famille et aux proches.
Julien, je me permettrai également de vous dire que la relation que nous avions bâtie avec vos parents dépassait le cadre professionnel, et s'apparentait à une amitié véritable.

Le notaire reprit une voix neutre et un ton de circonstance.
Je vous informe qu'un testament a été préalablement rédigé par la défunte à notre étude et sous notre vigilance.
Qu'une mise à jour de ce document, sous sa forme actuelle, a été effectuée par madame Bourillon le 19 novembre 2019.

*Je vous informe également que nous sommes en possession du certificat de décès et du livret de famille qui nous ont été remis, conformément à la loi.
En ce qui concerne les ayants droit, un acte de notoriété succinct a été établi, en tenant compte des dernières volontés de votre maman et des éléments que vous avez portés à notre connaissance.
Pour ce qui est du bilan patrimonial, il se compose essentiellement du domaine familial de Pierrebelle, dont nous avons reçu copie du titre de propriété, de son mobilier et de toutes les parcelles de terre et de forêt attenantes. Cette liste est à compléter avec les avoirs bancaires dont le relevé nous a été transmis, ainsi que du montant du livret d'épargne de la poste.
La succession ne comporte ni dette ni hypothèque portée à notre connaissance, hormis la somme résiduelle sur le crédit du véhicule automobile, et l'encours des factures d'usage.*

La voix blanche et timbrée de maître Chouffard emplissait la belle hauteur sous plafond du volume de son bureau.
Les intermèdes de profond silence qui entrecoupaient ses phrases, traduisaient l'extrême attention de son auditoire. Le dénouement était proche, les choses devaient se préciser encore à la lecture du testament.
Après avoir méticuleusement chaussé ses lunettes, dont les verres étaient aussi ronds que les paires d'yeux posées sur lui, c'est en prenant un air amusé que le notaire crut bon devoir lancer la boutade dont il se servait souvent, pour détendre l'atmosphère et libérer les tensions accumulées :
- *Mes binocles me sont devenues indispensables depuis quelques années. Pas parce que j'ai la vue qui baisse, juste parce que j'ai les bras trop court.*

L'officier ministériel obtint une nouvelle fois l'effet escompté, la phrase fit sourire tout ce petit monde et même ouvertement rigoler Bastien, qui s'esclaffât autant pour le bon mot que pour l'autosatisfaction affichée par son auteur.
La concision habituelle de Marie ne s'était pas démentie lors de la rédaction de ses dernières volontés.
Dans une langue impeccable et avec une grande économie de mots, elle remerciait chaleureusement son aide à domicile, madame Mathilde Fayolle, pour son dévouement durant tant d'années, la qualité de son écoute et ses soins.
En interrompant sa lecture, Maître Chouffard lança une œillade par-dessus la monture de ses lunettes, afin d'observer la réaction de l'aide à domicile.
Engoncée dans son tailleur, tout en cherchant un mouchoir dans son sac à main, celle-ci laissait apparaitre un visage grave empreint d'une grande affliction.
Un rôle un tantinet surjoué songeât Julien…

Celui de la meilleure amie de sa mère, et probablement celui de l'héritière éplorée !
Le fils de Marie se dit qu'elle avait dû fort bien manœuvrer durant de longues années, avant de parvenir à ses fins, à ce jour de paye pour l'ensemble de ses manigances et son œuvre sournoise. L'aide à domicile fit mine de sécher les larmes aux coins de ses yeux, avant de largement s'éponger le front. Face au spectacle affligent que donnait cette comédienne, Julien ressenti une gêne au niveau du plexus.
Le poids du dégout peut-être ? juste là, au milieu de la poitrine.

Maître Chouffard reprit posément sa lecture pour « l'énoncé du verdict... »
En joignant le geste à la parole et pour tout salaire donc, Marie Alexandra Chabanel léguait à Mathilde les deux lampes de style

Art déco du salon et sa voiture de marque Audi, de modèle A1 et de couleur blanche.

— *Julien, je vous saurais gré de bien vouloir mettre à disposition le véhicule et sa carte bleue préalablement barrée, à l'attention de madame Fayolle.*

L'œil considérablement obscurci, Mathilde affichait désormais une moue dubitative, reflet des sentiments mitigés qui la traversaient. Surement attendait-elle davantage de ce rendez-vous ! Une reconnaissance plus conséquente de la part de sa meilleure amie… Pour services rendus.
Sans mesurer la nature des tensions qui agitaient son père et sa belle-mère, Manon eut un pincement au cœur en constatant que l'Audi de sa mamie venait de lui passer sous le nez à vive allure, sans s'arrêter !
Conscient de ce qui se jouait, Bastien adressa un regard plein de tendresse et d'empathie à sa Petite Ourse.
Le reste de la succession se déroula sans heurt, l'ensemble des biens immobiliers et mobiliers allant en droite ligne au fils unique de Marie, qui parvint enfin à se détendre après avoir pris une respiration profonde.
Vu la tournure qu'avaient pris les événements de sa vie au cours des 3 derniers mois, il en était venu à envisager le naufrage complet de son existence, ce matin du 4 juin 2020.

Le lendemain, dans la fraicheur matinale, un lever de soleil paresseux réveillait à grand-peine les hauts sucs du plateau et la lande qui les ceinture. Le vol long-courrier d'une escadrille de grands migrateurs fendait le ciel du V de sa flèche, sans laisser aucune empreinte de son passage derrière lui.
Alors qu'elle achevait de ranger ses affaires, en préparant un départ qu'elle savait définitif. Aurore finissait malgré tout de s'en

persuader, en se répétant que rien ne pourrait plus désormais la faire changer d'avis.

Dans une vie, il y a certaines décisions qui ne doivent pas être indéfiniment remises en question, ou ajournée. Et ce, même si elles induisent des bouleversements majeurs et d'inévitables dommages collatéraux pour l'entourage et les proches.

Quand le vin est tiré, il faut le boire et la coupe était pleine depuis bien longtemps !

Après un frugal petit déjeuner pris à la grande table familiale, dans la tiédeur réconfortante de l'ancienne ferme, il ne lui restait plus qu'à récupérer les affaires préparées la veille à la hâte, avant de refermer la porte sur toutes ces années. Une autre vie l'attendait ailleurs, d'autres horizons à explorer et tellement d'espaces intérieurs encore en friche, à ensemencer.

Elle comprit à cet instant que la terre d'Ardèche qu'elle foulait peut-être pour la dernière fois à l'occasion de sa fuite matinale, lui avait transmis toutes ses richesses et davantage encore.

Il est des lieux, très peu il est vrai, qui libèrent en vous le désir d'agir, les forces vitales pour le faire et l'autonomie salutaire de l'être. Aurore ne le savait que trop en actionnant le démarreur de sa voiture, elle avait rendez-vous avec sa vie ; ou du moins, avec ce qui lui restait à vivre…

Etendu dans son lit, les yeux grands ouverts, Julien avait suivi à l'oreille les allées et venues de sa femme dans la maison.

Il avait perçu, le parfum d'un dernier café à Pierrebelle et le désespoir d'une porte qui se referme en tâchant de faire le moins de bruit possible.

« Dieu est-il au courant de ce qui se passe ici ? »

Morts au champ d'honneur

— Je lève mon verre à la gloire de nos morts, à tous les héros tombés au champ d'honneur sur les collines de Verdun et d'ailleurs.

Le petit groupe d'anciens combattants attablé dans le café Duffaud, au milieu du village de Burzet, fut imité par les villageois présents, qui levèrent tous bien haut leurs verres en se tournant vers les vétérans.
— A ceux qui ont donné leur vie !
Hurla soudainement Henri à l'attention des habitués, *à Pierre mon valeureux frère !*
La tablée entière reprit, à l'unisson.
— A Pierre le valeureux !
— Ça fait 7 ans que cette salope de guerre est finie et je n'arrive toujours pas à m'y faire, ajouta Henri.
— Pareil...
C'est une fois encore en se limitant au strict minimum que Joseph s'était joint à la conversation, qui s'anima encore avec les réflexions des autres soldats.
— Ton jumeau et toi, vous avez sauvé tellement de gars pendant toutes ces années...
C'est une grave injustice qu'il n'en soit pas revenu.

— Plaise à Dieu que ce soit ainsi, lança un quatrième.
— Je ne vois pas bien où est le plaisir de Dieu là-dedans.
— Ce n'est pas ce que j'ai voulu dire...
— Fais attention à ce que tu dis alors !

Henri mit le holà pour éviter que la conversation ne s'envenime davantage.
— *Mon frère et moi on connaissait les risques, et c'est lui qui est tombé !*
Allez savoir pourquoi je suis encore debout ?
C'est comme pour ton beau-frère et toi Joseph, y en a un des deux qui n'est pas rentré...
C'est comme ça !
Joseph considéra son voisin de table, avant de répondre d'une petite voix.
— *Pour moi et lui c'est pas pareil...*
Personne ne releva le propos.
Habitués qu'ils étaient tous à ne pas se lancer dans une conversation avec le paysan, la plupart des tentatives précédentes ayant le plus souvent tourné en eau de boudin. Frédéric relança le sujet qui le préoccupait.
— *Il parait qu'ils vont donner des cartes de combattant à ceux qui en feront la demande.*
— *Ça fera quoi de mieux ?*
 Ça fera revenir les gars qui y sont restés ?
— *Bien sûr que non, mélange pas tout, c'est pour avoir des aides et pour la retraite aussi.*
— *Pour la retraite ! à qui y faut demander ?*
— *Je sais pas trop, d'après le journal c'est le ministère des Anciens Combattants qui s'en occupe, ou alors le service des démobilisés.*
— *Tout le monde va aux Sagnes demain, pour l'inauguration ?*
— *On y sera tous, sauf les morts pardi !*

Perdu dans sa bulle, Joseph ne s'intéressait aucunement à la conversation. Il était seul depuis longtemps et davantage encore peut-être quand il se trouvait au milieu des autres. A distance de ceux qui l'entouraient, bien que faisant apparemment partie de

240

leur groupe. Son extrême maigreur était préoccupante, mais ce qui inquiétait le plus Marthe et ses amis du 61eme c'est l'enfermement dans lequel il se trouvait.

Loin de s'estomper avec le temps, ses souvenirs et les fantômes de sa guerre renforçaient chaque jour un peu plus les murs de la prison de sa tête, un cachot calfeutré et sordide duquel il ne parvenait plus à s'extraire. Nul ne peut savoir ce qu'un soldat porte en lui et quel somme de peurs, d'angoisses ou de dégout de lui-même, il a pu amasser durant sa guerre. Au sujet des horreurs commises, des petites lâchetés ou des renoncements dont il s'est rendu coupable.

Les yeux échoués sur le ballon de rouge posé en face de lui, Joseph avait repris son lancinant mouvement d'avant en arrière, sa berceuse comme disait sa sœur !

— *Tu devrais voir un médecin Joseph, ça pourrait te soulager.*
— *Je ne suis pas malade.*
— *Je te parle de ta tête, des idées que tu as.*
— *Marthe m'a dit d'aller voir le curé des Sagnes…*

Joseph accéléra encore son balancement avant de conclure.

— *Il va me donner l'extrême-onction et ce sera fini pour moi, c'est pas plus mal.*
— *Arrête tes conneries tu veux !*

A la fin de sa phrase, Henri leva la main pour commander une autre bouteille de vin rouge.

— *C'est comme dans les tranchées* dit-il, *y a pas mieux pour relever le moral des troupes !*
Dis-moi Joseph, si tu vois l'abbé Gayffier aux Sagnes tu lui passeras mon bonjour, il y a bien longtemps que je ne l'ai pas vu le brave homme.
— *Tu n'es pas au courant ?*
— *Au courant de quoi ?*

— Ce n'est plus Gayffier le curé aux Sagnes. Il a pris sa retraite en septembre de l'année dernière, pour raison de santé, au bout de 40 années de service.
L'autre, tu le connais aussi, c'est Fargier qui est à sa place maintenant, celui de Péreyres...

Sans que cela ne surprenne personne, les locaux du café Duffaud se confondaient avec l'échoppe de la cordonnerie de monsieur Cayrier, si bien qu'il se disait dans le village que l'on entrait dans la boutique pour faire ressemeler ses groles et qu'on en ressortait trois heures plus tard sans plus pouvoir marcher droit.
Alors qu'il écoutait la petite assemblée des vétérans, Joseph Cayrier aurait pu lui aussi se vanter de savoir de quoi il retournait, et ce que c'était qu'une guerre.
Enrôlé au 311e RI, il avait passé la première partie des hostilités dans les environs de Verdun. Avant d'être fait prisonnier au Mort-homme à la mi-juin 1916 et de finir dans les camps de travail en Allemagne durant les trois dernières années du conflit.
En remplissant les verres des poilus, il ne put s'empêcher de lâcher :
— Chienne de guerre, y en a beaucoup trop qui ne sont pas rentrés. Aujourd'hui, on parle beaucoup du soldat inconnu, mais combien ont été nombreux les héros inconnus.
— Nous en avons connu nous des héros, au 61e RI, un surtout.
A *notre colonel !* s'écria Hippolyte en se levant, pour porter encore plus haut le verre.
— *Oui, au colonel Michel Emile Leblanc, un homme d'une valeur inestimable qui a montré l'exemple en faisant le don de lui-même.*
— *Ils l'ont décoré ?*
— *Il a été fait officier de la Légion d'honneur dès l'entrée en guerre, après la bataille de Dieuze. Parce qu'il est resté 2 jours entiers au commandement de son régiment, avec le coude fracassé par les deux balles qu'il avait reçues.*

Cayrier paru fort surpris du témoignage des gars de la tablée, il était rare, en effet, qu'un haut gradé s'exposa à ce point.
Henri s'emporta en tapant du poing sur la table.
— *Il aura fallu attendre 6 ans, pour qu'il soit cité à l'ordre de l'armée en 1920 : « Pour sa haute valeur morale et pour avoir fait de l'unité qu'il commandait un régiment d'élite, comme ils ont dit ! »*
Joseph Cayrier renchérit…
— *Il y a près de 100 noms gravés dans le marbre du monument des morts, pour la seule commune de Burzet et ses hameaux.*
Comme on peut le voir encore aujourd'hui, c'est presque tout un village qui porte le deuil. Et je ne parle pas des blessures de ceux qui en sont revenus ou de la quarantaine de bougres qui sont restés prisonniers, une bonne partie de la guerre.
C'est de ça qu'il faut se souvenir.
Le reste c'est de l'esbroufe !

L'alcool aidant, c'est à l'unisson, que le petit groupe des poilus entonna l'air de Craonne que les gars chantaient à chacun de leur rassemblement, leur nouveau « chant » de bataille. Le refrain en tout cas, pour le reste, ils ne connaissaient pas bien les paroles.

Adieu la vie, adieu l'amour
Adieu toutes les femmes,
C'est bien fini, et pour toujours
De cette guerre infâme.

C'est à Craonne sur le plateau
Qu'on doit laisser sa peau,
Car nous sommes des condamnés
C'est nous les sacrifiés.

Alors qu'ils hurlaient à qui mieux mieux les accents de leur chanson, la pétarade du moteur d'une automobile se fit entendre depuis la grand-rue.

L'attirance qu'affichaient la plupart des hommes pour ces engins à quatre roues ne se démentait jamais, la moitié du petit groupe se retrouva bientôt le nez collé à la fenêtre du café.

Elle s'arrête !
— *C'est une trèfle, une 5 CV de chez Citroën.*
— *Encore une, on ne voit plus que ça.*
— *Il est fort le André, il est en train de manger tout le gâteau.*

Lors de sa création, en 1915, André Citroën avait fait le choix d'implanter son usine d'armement, en bord de seine à proximité de la tour Eiffel. Un outil d'une capacité de production dix fois supérieure à n'importe quelle autre unité française.

Au sortir de la guerre, qui devait bien sûr être la dernière, il fit le pari de reconvertir sa fabrique d'obus en usine automobile, en s'appuyant sur le modèle productiviste d'Henri Ford auquel il avait rendu visite outre-Atlantique, avant la guerre.

— *Avoir mis des autobus à lui partout ça ne lui suffit pas, maintenant c'est les voitures…*
— *Y parait qu'ils les sortent par paquets de dix toutes les semaines.*
— *Combien ça peut couter une machine pareille ?*
— *Un peu plus de 15 000 francs, chez Bonnet à Aubenas !*

Le véhicule stationnait le long du trottoir de l'autre côté de la voie. A son bord, deux hommes gesticulaient et échangeaient en observant la façade de la mairie, qui jouxte le café Duffaud.

Trois gamins ahuris, davantage habitués à croiser des charrettes à bras plutôt que des cabriolets grenat, s'immobilisèrent devant la voiture afin de la contempler à leur guise.

La ligne gracieuse de la Citroën, depuis sa magnifique calandre jusqu'à la pointe prononcée de l'arrière de sa carrosserie, était du meilleur effet. Le plus téméraire des garçonnets se risqua à monter sur le marchepied longeant la portière, afin d'apprécier son intérieur et le tableau de bord.

Il fut aussitôt repoussé avec rudesse par le chauffeur du véhicule. L'enfant n'y trouva rien à redire, habitué qu'il était à se faire rabrouer par les adultes.

Dans le café, la discussion au sujet de l'auto battait son plein.

— Ça monte à combien un bolide pareil ?
— *60 km/h et peut-être même davantage.*
— *Elle parait bien menue à côté de celle que Besson, le notaire, avait achetée avant-guerre.*
— *C'est sûr que trois places, c'est pas bien pratique !*

Joseph finit par rejoindre le groupe des curieux. Non pas qu'il en ait quelque chose à faire de la voiture et de ses occupants, juste pour faire comme les autres et s'intéresser un peu…

La rue débordait d'activité, les passants se croisaient en se saluant. Le grognement réprobateur d'un cochon que l'on maltraite se fit entendre depuis la porte entrebâillée de la réserve située en face du café. Bras dessus, bras dessous, trois ouvrières s'en revenaient du moulinage en riant à gorge déployée.

Sur son balcon, une ménagère fraichement rentrée du lavoir municipal étendait ses draps en plein soleil, au-dessus de la grand-rue et du va-et-vient des piétons.

Le trottoir embaumait l'odeur du café grillé échappée d'un grand brasero en forme de poêle à bois, installé sur le pas-de-porte d'un entrepôt. L'ustensile était rehaussé d'une sphère métallique enchâssée sur un axe à manivelle, qui se devait d'être actionnée en continu au-dessus des braises pendant la torréfaction. Afin que les précieux grains ne brûlassent pas !

La demie de 11 heures sonna à la tour crénelée qui domine le village. De bien laïques heures, depuis l'édification de cet ouvrage en 1906, l'année de l'inventaire.

Cette même année où le cadran de l'horloge avait été déposé du sommet du clocher de l'église, au profit de ce nouvel emplacement.

Les riverains à leurs fenêtres et les passants, scrutaient les visiteurs du jour comme s'il s'agissait de bêtes curieuses tout juste débarquées d'un cirque ambulant.

Le conducteur interpella un villageois qui le dévisageait.

— *La mairie est ici maintenant, elle n'est plus rue de la Levade ?*

« Oui fait ! » S'exclama l'homme. *Ils l'ont déplacé dans la grand rue après-guerre, du coup elle est là.*

Ils détaillèrent ensemble la grande façade fraichement ravalée avec ses encadrements de fenêtre plus clairs que l'enduit et les larges bandeaux ou s'affichaient en lettres capitales :

REPUBLIQUE FRANCAISE
Liberté Egalité Fraternité
HOTEL DE VILLE

Une autre inscription, en bas à droite de la devanture, portait les mots : RESTAURANT MASNEUF, en caractères presque aussi gros que ceux de la mairie.

Une petite entorse consentie par la municipalité dans la mesure ou une des portes d'accès à la boucherie-restaurant voisine empiétait quelque peu sur la façade du bâtiment communal.

Burzet pouvait alors se targuer de posséder la première « mairie - boucherie - restaurant » de France !

Un instant plus tard, munis de leurs serviettes en cuir, les deux voyageurs disparurent dans l'hôtel de ville, suivis par les regards inquisiteurs des badauds, jusqu'à ce que la porte se referme.

Sur les coups de midi, lorsque le secrétaire de mairie fit irruption dans le café, les discussions avaient repris de plus belle. La curiosité l'emporta malgré tout sur le reste, les membres du groupe n'eurent soudain plus d'yeux que pour le nouvel entrant. Pendus à ses lèvres, ils attendaient de plus amples informations sur l'identité des visiteurs.

— *Le plus grand un certain Martial, est ardéchois ou de pas très loin, il connait bien le pays. L'autre, celui qui est très amoché avec la gueule abimée, c'est un noble.*
Il a un nom à particule, René de quelque chose, qu'il s'appelle ! Ce doit être quelqu'un d'important parce qu'il signe les papiers en marquant RdF...

— *C'est quoi RdF ?*
s'exclama Henri dans un mouvement de recul.
— *RdF, c'est République de France pardi !*

L'affirmation catégorique du secrétaire de mairie fit peser une réserve respectueuse sur les membres de l'assemblée.
— *Et puis ?*
— *Quoi, et puis ?*
— *Et puis quoi ! Tu vas nous dire ce qu'ils font là, où il faut qu'on te torture pour le savoir ?*
— *Et oui pardi...*
Ils viennent pour l'inauguration du monument des morts de demain aux Sagnes. Ils en profitent pour vérifier deux ou trois choses dans les environs, comme ils ont dit.
— *Comme quoi ?*
— *Ce sont les représentants de la commission d'examen des ouvrages mémoriels, ils ont voulu voir le livre d'or des morts au combat, de la commune aussi !*

Le secrétaire s'interrompit lorsqu'après avoir achevé leur rendez-vous en mairie, les deux visiteurs du jour passèrent à hauteur du café. Ils redescendaient la rue principale afin d'aller prendre leurs quartiers à l'hôtel des voyageurs chez Eyraud, à l'entrée du village, essentiellement en raison de la renommée de sa table.

Le reste de la journée devant être consacré à l'inspection du monument aux morts de la bourgade, ainsi qu'à la préparation de l'inauguration du lendemain.
Quand sonna la demie de deux heures au clocher de l'horloge, après avoir subi un interrogatoire en règle durant le déjeuner au sujet de l'objet de leur séjour et de leur mission, Martial et René quittèrent l'hôtel des voyageurs un tantinet avinés. Les verres de goutte offerts par le patron à la fin du repas, n'ayant fait qu'aggraver la chose !
Le temps avait tourné, de gros nuages lourds remontés du sud obscurcissaient le ciel de leur sombre menace.
— *Il ne pleuvra pas...*
Avait hurlé l'hôtelier, en les regardant s'éloigner depuis le pas de sa porte.
— *Pas avant ce soir !*

Dans les rues du village, l'agitation était aussi forte qu'en fin de matinée. En les chargeant sur son épaule depuis le plateau de sa charrette attelée, un solide bougnat charbonnier livrait de grands sacs de houille d'un noir insondable. Pendant qu'une repasseuse rapportait la blancheur du linge de sa corbeille à ses propriétaires. Suspendus à leurs potences métalliques, en vagues successives, les fils du réseau électrique ondulaient sur toute la longueur des façades.

Les deux hommes déambulaient au milieu de la rue, dans la mesure où le devant des habitations était régulièrement encombré

de matériel divers : de sacs, de caisses, de chaises aussi et parfois même d'une petite table supportant des ustensiles variés.
En considérant ces espaces de trottoir comme un prolongement de leurs habitations, les occupants, agrémentait les volumes restreints de leurs logements, d'une terrasse de plain-pied sur rue.

A la belle saison, ces surfaces « empruntées » à l'espace public se transformaient en salons et en fumoirs.
Assis en ligne ou en quart de cercle, les villageois venaient y prendre la fraicheur du soir, en se laissant souvent griser par d'interminables discussions entre pas-de-porte et des éclats de voix difficilement contenus.
Un peu plus loin dans la grande rue, les cliquetis caractéristiques de la machine Singer d'une couturière à l'ouvrage s'échappaient d'une fenêtre entrouverte. Une musique saccadée qui se conjuguait tant bien que mal avec les coups de marteau de son voisin ferblantier.
Après avoir passé le pont sur la Bourges, en débouchant sur la petite place de la confrérie, les deux hommes tombèrent directement sur le monument aux morts du village.
Un carré de hauts barreaudages en fer forgé ouvragé ceinturait le piédestal d'un grenadier flanqué de son étendard. La blancheur d'albâtre de la statue se détachait aisément du cadre de nature verdoyant des monts environnants.
Sur le socle de pierre était inscrit ce leitmotiv tant de fois répété par les poilus, dans leurs tranchées et sur les champs de bataille :
« ON NE PASSE PAS »

Alors qu'ils s'appliquaient à relever scrupuleusement les patronymes des soldats inscrits dans la pierre, les deux hommes perçurent le tintement obstiné d'un carillon se rapprochant d'eux. La blonde clochette s'agitait en tous sens en émettant des cris aigus, depuis le sommet d'une charrette à bras.

Une petite carriole propulsée par un gaillard d'un âge certain venant à leur rencontre. Après avoir immobilisé son véhicule et retiré sa casquette, l'homme qu'une saine curiosité animait vint saluer les deux inconnus.

— Bonjour, je m'appelle Hippolyte Audigier, je suis le cantonnier.
Son visage jovial et sa bonhomie n'avaient d'égal que sa courtoisie et la douceur de sa voix. A la faveur d'une solide poignée de main, René remarqua l'importante scoliose de l'arête nasale du Burzetin. Les stigmates d'un quelconque accident songea-t-il, ou la trace à jamais visible d'une ancienne querelle... La blancheur des cheveux et de la barbe naissante du brave homme, son visage buriné et ses pommettes saillantes, laissaient à penser qu'il avait largement passé la soixantaine.
Le doute étant malgré tout permis, lorsqu'il se laissait aller à planter la lumière et l'intelligence de son regard dans le vôtre.
Histoire de vous scruter un peu le fond de l'âme...

Martial engagea la conversation.
— Bonjour, vous êtes du village ?
En se retournant, l'homme indiqua de l'index le grand crucifix qui trônait au beau milieu de la rue de l'église.
— Oui, j'habite en face de Jésus et de l'école des garçons. Et vous deux alors, vous avez l'idée de déplacer notre grenadier ? ajouta-t-il dans un sourire.
– En aucun cas, nous sommes membres de la commission d'examen des monuments aux morts.
René ajouta.
– Nous avons pour mission de vérifier la liste des noms portés sur ces édifices, les inscriptions qui y figurent, ainsi que les caractéristiques architecturales qui se doivent de correspondre aux plans validés.

– *Y va pas bien notre monument ?* s'offusqua Hippolyte.
– *Si bien sûr, il va très bien…*
Mais comme vous le savez, les monuments aux morts édifiés sur le domaine public, c'est-à-dire en dehors de l'emprise des lieux cultuels, ne doivent en aucun cas porter de symboles ou d'inscriptions en lien avec le religieux…
— *Qu'y aurait-il de si grave à ça ?* rétorqua Hippolyte.

— *Il n'y a rien de grave en soi, si ce n'est qu'en prolongement de la loi de séparation de l'Eglise et de l'état de 1905, il ne doit pas y avoir d'amalgame ou d'ambiguïté possible !*

Le visage du cantonnier se ferma soudain à l'évocation des mots d'amalgame et d'ambiguïté. S'il connaissait parfaitement leur sens, c'est pas contre la gravité de la situation et le risque encouru qu'il avait du mal à saisir. Devant l'air interloqué de M Audigier, Martial prit soin de développer son propos.
— *Il existe un cas un tantinet épineux qu'il convient de ne pas prendre à la légère !*

Machinalement, d'une seule main et avec une habileté certaine, Hippolyte se mit à rouler une cigarette serrée garnie de tabac brun, en attendant que le voile soit levé sur cette affaire.
— *Il s'agit de Jeanne d'Arc !* Les yeux du Burzetin se plissèrent, pour accompagner l'effort de compréhension et de mémoire qu'il opérait.
— *Jeanne d'Arc ?* répéta-t-il, avant de lécher le bord de la feuille de sa cibiche.
— *Oui…*
La Jeanne de Domrémy est un symbole de fierté et d'unité nationale, elle a bouté l'agresseur hors de nos frontières en son temps. De ce fait, l'érection d'une statue à son effigie sur un monument aux morts peut tout à fait s'envisager.

— *Eh oui, pardi,* s'exclama Hippolyte.
— *Eh bien non ! en aucun cas,* s'emporta son interlocuteur.
— *Ah, mais non.*
— *Oui, c'est non, évidemment !*
Et pourquoi cela n'est pas possible ? demanda Martial d'un ton professoral.
— *Oui fait, pourquoi ?*
— *Parce qu'en 1920, la pucelle a été canonisée par l'Église catholique ! Depuis cette date, nous entrons de plain-pied dans le cadre d'un possible amalgame, une collusion entre le principe de laïcité et le symbole religieux !*

Le secrétaire de mairie rejoignit le trio à l'ombre de la statue du grenadier. En entendant la fin du propos de Martial et devant la mine médusée d'Hippolyte, il crut bon devoir s'enquérir de la situation.
— *Tout va bien, messieurs ?*
— *Oui, au mieux.*
Nous devisions avec monsieur Audigier au sujet de la laïcité, des amalgames et des monuments aux morts, répondit René.

Les pluies de la soirée se prolongèrent une bonne partie de la nuit, avant de cesser un peu avant les premières lueurs de l'aube.
La rue détrempée et l'humidité ambiante en portaient encore le témoignage, lorsque Martial et René retrouvèrent leur véhicule.
Malgré l'heure matinale, l'artère principale de Burzet ne manquait pas d'animation. Si l'avenir appartient aux gens qui se lèvent tôt, ses propriétaires emplissaient déjà les rues du bourg…
Deux gamins en blouses grises filaient à toutes jambes vers une nouvelle journée d'école et leur irascible maitre qui n'allait pas les attendre très longtemps. Encouragée par le mouvement des cornettes de deux religieuses en habit, une jeune ouvrière tout

juste âgée de seize ans leur emboitait le pas, sans toutefois parvenir à les rattraper.

Sous l'effet des précipitations nocturnes et des paquets d'eau qui la traversaient, la Bourges entonnait allégro et forte, le chant du point du jour d'une voix de baryton.

Accompagnés par le secrétaire de mairie qui les avait rejoints, et tout heureux de poursuivre leur périple, Martial et René roulaient à présent sur la route départementale 289 en direction du plateau ardéchois, à la respectable allure de 35 km/h.

Une petite demi-heure plus tard, la Citroën trèfle passait à hauteur de la ferme de la Barricaude, la fraicheur ambiante et les parfums de campagne saturaient le fond de l'air d'une énergie vivifiante et salutaire. Sur les coups des 10 heures, l'agitation battait déjà son plein dans le petit village des Sagnes et Goudoulet. Une foule dense et recueillie s'amoncelait de peu en peu aux abords de l'église et de son parvis. Seul le petit cimetière du hameau, situé immédiatement à côté du monument aux morts, formait une bulle de quiétude dans l'effervescence de cette foule bigarrée.

Debout, devant l'obélisque récemment érigé à la gloire des Sagnerous morts pour la patrie, l'air grave et recueilli, un soldat impassible montait la garde sans ciller des yeux.

En se rejoignant à hauteur de son plexus, ses mains agrippaient fermement le canon du fusil Lebel qu'il tenait dressé à la verticale devant lui.

La mélancolie de son regard laissait entrevoir la douleur qui l'habitait encore, et le souvenir de tant de compagnons d'armes, tombés à ses côtés sur les champs de bataille.

Placée « en figure de proue » devant le monument aux morts des Sagnes, la statue en fonte de fer bronzée de ce poilu, commandée quelques mois plus tôt à la fonderie d'art de Val d'Osne, était l'œuvre de Charles Henri Pourquet.

A la grande joie des patriotes locaux, le beau militaire rutilant et casqué piétinait de ses groles l'aigle prussien agonisant.

Un point avait malgré tout fait sursauter Martial à son arrivée sur les lieux, un détail d'une trentaine de centimètres de haut, apposé au sommet de l'obélisque juste au-dessus de l'inscription :

> La commune
> des Sagnes et Goudoulet
> à ses enfants
> MORTS
> pour la France.

Un signe qui ne cherchait aucunement à se fondre ou à se faire oublier sur la pierre froide du monument : une croix chrétienne.

Rassemblés en petits groupes, semble-t-il par bataillon, les anciens combattants arboraient avec pudeur les médailles militaires placardées sur leurs uniformes, ainsi qu'une gravité contagieuse. De part et d'autre du monument se dressaient en bouquets serrées les étendards tricolores de leurs régiments. Des gerbes de drapeaux délicatement caressées par un faisceau de banderoles cocardières, tendu au-dessus de la foule.
La cérémonie fut d'une extrême solennité. Le maire, monsieur Henri Malosse, rappelant dès l'introduction de son discours que :
— Faisant suite à l'abrogation de la loi relative à la participation de l'état aux frais de construction des monuments aux morts, le 31 décembre 1924.
L'édification de cette œuvre mémorielle avait entièrement été financée par la commune et la généreuse contribution des villageois. Sous la forme d'une souscription publique, lancée au mois d'avril de la même année.

Il insista ensuite, avec l'émotion qui convient, sur le fait que leur petite commune de 700 âmes avait été horriblement meurtrie dans

ses chairs, par la perte inestimable de plus de trente de ses fils durant le conflit.
Avant de s'exclamer, non sans une certaine emphase :
— *Certaines pierres s'adressent à nous et nous interpellent !*
Les plaques de marbre de notre petit mausolée n'échappent bien évidemment pas à cette réalité, en hurlant à qui veut les entendre l'abominable liste de nos chers disparus…
Au milieu des effusions de larmes et des cris étouffés des familles et des amis, un roulement long et poignant de caisses claires accompagna ensuite la macabre énumération de tous ces noms, que la mention « mort pour la France » ponctuait invariablement.
— *Grand Dieu !* ajouta encore monsieur le maire.
Quelle somme de chagrin et de désespoir l'annonce glaçante de la disparition de chacun de nos fils a-t-elle pu engendrer ?
En accablant du poids de l'absence et des regrets, tant de parents, d'enfants, et de femmes éplorées. Quelle intolérable quantité de souffrances et de drames se cache derrière l'évocation d'un seul de ces patronymes et du prénom qui s'y rattache ?
En faisant considérablement tirer la cérémonie en longueur, les discours des autorités militaires et préfectorales se succédèrent, jusqu'en fin de matinée.
L'inauguration touchait à sa fin, lorsque soudainement échappée de la couverture nuageuse, un rai de lumière céleste vint illuminer de sa clarté le bronze de la statue du poilu des Sagnes.
Un « indubitable miracle. »

Face à cette manifestation divine, une partie significative des membres de l'auditoire se signa. Les hommes se décoiffèrent respectueusement, avant d'élever de concert, leurs regards jusqu'aux cieux. Un autre plus fervent encore, s'agenouilla tête baissée devant la statue du soldat, en ouvrant aussi largement qu'il le put la ligne de ses bras.

L'inauguration s'acheva aux accents d'une vibrante Marseillaise entonnée par toute l'assistance. Un peu avant que la foule ne se disperse, dans le brouhaha nourri des effusions et la chaleur des retrouvailles.

Le petit noyau des vétérans du 61ᵉ RI s'était rassemblé devant l'église, à l'écart de ce chahut. L'aréopage des personnalités invitées au banquet d'honneur leur passa devant le nez sans leur prêter la moindre attention. Seul le secrétaire de mairie de Burzet vint les saluer, en soulignant la profondeur de l'instant et la grâce divine qui venait de ponctuer la cérémonie.

René, et Martial furent présentés à la petite société, ainsi qu'à madame veuve Bourillon et à sa progéniture qui accompagnaient Joseph. Si la formule pouvait encore avoir un quelconque sens, Marthe venait de fêter ses 38 ans. La douceur de ses traits juvéniles avait fini de s'estomper, pour laisser place à une forme de sévérité, accentuée par ses rides d'expression.

En ce jour de mémoire, près de 20 ans après les événements de l'inventaire, adossée au mur de l'église des Sagnes, la veuve Bourillon gardait encore les yeux rivés sur le sol, solidement agrippés aux pierres du parvis.

A cette heure, ce n'était plus sa candeur ou une timidité mal placée qui lui interdisait de relever la tête pour observer la foule des paysans endimanchés, mais le poids du chagrin et d'un trop plein de fatigue qui pesait sur ses paupières baissées.

Malgré son allure de fermière apprêtée, sous le chapeau cloche assorti à la robe anthracite qu'elle arborait, la beauté de Marthe, jadis surnommée « La jolie, » était intacte, miraculeusement préservée.

Le visage écrasé par un chapeau noir à large bord, Joseph quant à lui s'en voulait d'être venu assister à la cérémonie, ce matin-là.

Il y a des souvenirs qu'il faut savoir mettre de côté à défaut de pouvoir les enterrer définitivement, avec les morts et les histoires anciennes.

Accrochée au bras de sa mère, du haut de ses quinze ans, Madeleine n'en finissait plus de lui ressembler. Au-delà de la minceur de sa taille et de la finesse de ses traits, c'est dans l'expression et la douceur de son regard que la ressemblance était la plus frappante. Plantés à côté d'elles, avec leur culottes courtes et leurs mines réjouies, Régis et son jeune frère attendaient sans impatience aucune la fin du rassemblement et le retour à la ferme. A la faveur d'un bref échange, avec Martial et son acolyte, le petit Emilien ne put s'empêcher de dévisager René…
Son visage faisait peine à voir !
Une bonne partie de sa face et son oreille avaient été emportées, avant d'être raccommodées, semble-t-il, avec les moyens du bord. Rafistolées plutôt en parant au plus pressé, probablement après qu'un morceau de métal dévastateur soit venu causer l'irréparable, sur la face du militaire.
Mais davantage encore que sa tête, c'est la manche repliée et cousue sur elle-même de la veste du bonhomme, dont il n'arrivait plus à détacher le regard.
Une vision qui semblait obnubiler l'enfant.
René s'en amusa, avant de lui demander son nom.

— *Je m'appelle Emilien Bourillon et j'ai dix ans*, s'exclama-t-il fièrement.
Au grand dam de sa mère, il ajouta.
— *Elle est où ta main ?*
— *Ma main ?*
Elle est restée à la guerre, sur un champ de bataille.
— *Mon papa aussi, il est resté là-bas.*

Joseph

— *L'Augustine t'a bien parlé du Bon Dieu ?*
— *Elle a essayé de m'en dire des choses…*

A l'intérieur de l'église des Sagnes et Goudoulet, Joseph se tortillait sur sa chaise en roulant les épaules d'avant en arrière, comme s'il cherchait à se soulager du poids de sa faute.
La main posée sur son avant-bras, en prenant bien soin de ne pas regarder le prêtre, d'un air frondeur, il lança.
— *Les parents ils avaient leur façon de voir, c'est pas sûr que ce soit la mienne.*
— Je t'ai pourtant vu te signer devant les crucifix, à la croisée des routes…
— *C'est pas pareil !*
Le curé, que la réponse laconique ne satisfaisait pas, l'invita à clarifier son propos.
— *Le père il le faisait à chaque fois le signe, sous le Jésus de la croix de Panlon, j'ai pris le pli de faire comme lui…*
Pas plus !
— *Mais c'est quoi le Bon Dieu pour toi ?*
— *C'était pas grand-chose avant, c'est encore moins depuis la guerre ! Vous fâchez pas l'abbé, mais je ne suis pas revenu croyant.*
— Ce n'est pas si grave Joseph, le doute est un compagnon fidèle sur le difficile chemin qui mène à Dieu. Dis-moi plutôt pourquoi tu es venu.
— *Marthe m'a dit que je pourrai tout vous dire dans le secret.*
— Elle a eu raison, je t'écoute, mon fils…

Joseph n'apprécia que très modérément la filiation soudaine évoquée par le prêtre.
— *Je sais pas bien parler, alors je vais tout vous dire comme ça vient.*
Le paysan fit mine de chercher ses mots un instant.
— *Voilà toute la chose…*
Un rictus de douleur apparu sur son visage déjà tendu, il serra ses mains entrelacées l'une dans l'autre, jusqu'à ce que ses doigts changent de couleur sous la pression exercée, avant de lâcher :
— *Le père il est mort de par ma faute.*
Surpris, le prêtre ne put répondre que par une question.
— *Tu me parles de Firmin ?*
— *Oui ! Le père…*
— *Eh bien quoi ?*
Quand il est tombé de son toit, c'était un accident.
— *Oui !*
Mais non…
Ce jour-là, on devait remonter pour finir après « le mangé. »
Et comme le midi il avait trop tiré sur la bouteille, il m'a dit d'y aller.
Mais moi, quand c'est haut j'ai de suite le vertige à en faire des malaises. Alors j'ai pas voulu monter et c'est lui qui s'est tombé de tout du haut de l'échelle !
Voilà ! Ça aussi, vous pourrez le dire aux autres, le père c'est moi qui l'ai tué…
Le prêtre s'offusqua de la remarque.
— *Et bien tout d'abord, sache que je ne raconterai rien à personne, tout ce que tu me dis restera entre toi, moi et le Bon Dieu. Ça ne sortira jamais de là.*

Joseph considéra le christ accroché au mur sous une arcade au-dessus de l'autel, prisonnier de sa croix depuis bientôt 2000 ans. Il n'avait d'ailleurs jamais compris pourquoi le Bon Dieu était

« montré à tout le monde » de la sorte, à moitié nu et misérable, diminué par la souffrance du supplice infligé et les meurtrissures. Peut-être l'appréhendait-il un peu mieux depuis la guerre, tout du moins depuis qu'il en était revenu.
N'avait-il pas dit un jour à Marthe que les soldats des deux camps étaient les martyrs de leurs pays.
Le prêtre se lança ensuite dans un long monologue duquel transpirait l'intention de consoler Joseph. Dans ses propos, il évoqua la mémoire de Firmin, ses emportements et son penchant pour le vin rouge. Avant de lui parler de la moisson des vivants, du destin et de ce jour fatidique où Dieu décide de nous rappeler à lui, lorsqu'est venue notre heure dernière.
Une litanie mille fois rabâchée, un assemblage de phrases toutes faites à destination des enfants et des crédules. Des paroles qui ne soulagèrent aucunement le paysan, qui à force de cynisme avait quitté depuis longtemps ces deux catégories.

Après avoir donné l'absolution à Joseph, l'abbé se releva de sa chaise pour ponctuer sa prière d'un signe de croix tracé en l'air au-dessus de la nuque baissée de son fils, du fils de Firmin et du fils de Dieu. Cette pauvre tête écrasée sous le poids du péché et de la culpabilité.
En faisant montre d'une certaine impatience, il attendait à présent que Joseph sorte de sa torpeur pour reprendre son ministère en préparant l'office des vêpres. Devant l'immobilité et le mutisme de « son client », il envisagea un instant, pour l'avoir déjà vécu, que celui-ci avait fini par s'assoupir !

Il n'en était rien, d'une voix à peine audible et presque à regret, le vétéran laissa échapper quelques mots.
— *C'est pas fini l'abbé !*

D'un regard circulaire, le curé considéra l'assemblée des chaises vides et le silence qui flottait dans la fraicheur de son église, que nulle âme n'était venue troubler.
— *Que veux-tu dire Joseph ?*
— *D'abord, je veux dire que si on ne nous avait pas envoyés là-bas, ça ne serait pas arrivé !*
Emporté par une agitation soudaine, qui surprit le religieux, le vétéran frappa du poing sur le dossier de la chaise devant lui, pour appuyer son propos.
— *Pourquoi y nous ont pas laissé dans nos montagnes ?*
Quand on vit ici, de la terre, en suivant les saisons, on ne peut pas se perdre.
— *Les choses sont ainsi mon fils, nous n'y pouvons rien...*
Sache, que je sais exactement de quoi tu me parles, j'ai moi-même était enrôlé dans la 2ᵉ section d'infirmier militaire, pendant la guerre.
Immobile et muet, les bras croisés, le paysan dévisageait le curé en caressant un fol espoir. A cet instant, il aurait voulu que son confesseur comprenne ce qu'il avait à lui dire, sans qu'il ait besoin de parler !
Sans qu'il soit nécessaire que des mots sortent de sa bouche.
— *Je t'écoute mon fils, parle sans crainte.*
— *Voilà...*
Ça s'est passé sur les collines de Verdun en juin de 1916, je ne sais plus trop où exactement.
Les Allemands nous ont sulfaté avec leurs obus et du gaz pendant trois jours, on n'arrivait même plus à fermer l'œil.
Quand j'y repense aujourd'hui, il me semble que ce que nous appelions dormir n'était en fait qu'un évanouissement de fatigue, une perte de connaissance !

Les propos de Joseph, lors de son compte rendu circonstancié, étaient clairs, son débit de parole régulier et fluide ne laissait filtrer aucune émotion.

— *Cet après-midi-là, quand on nous a donné un deuxième quart de gnole bien servi à chacun, le message était facile à comprendre, ça signifiait qu'on allait monter dans pas longtemps ! Juste avant l'assaut, j'étais en train de finir de vérifier et de charger mon Lebel.*

Machinalement, avec une gestuelle éprouvée, Joseph reproduisit le chargement des cartouches dans le fut de son arme.

— *J'ai fait toute la guerre avec un modèle de 1886, une pétoire qui s'enrayait trop souvent.*

Il poursuivit la description de son arme.

— *Si l'on en place une dans la chambre et une deuxième dans l'auget d'élévation, on peut y mettre jusqu'à dix balles.*
Une autre chose, pour tirer il vaut mieux ne pas avoir la baïonnette au canon, ça alourdit de trop l'avant du fusil et ça vous fait perdre en précision.

Avec une infinie patience, le prêtre écoutait le poilu faire des tours et des détours jusqu'à se perdre dans les détails de son récit, pour ne pas avoir à en venir trop vite au fait, à la finalité de son propos.

— *Que s'est-il passé ensuite, Joseph ?*
— *J'y viens...*

Joseph posa ses mains sur le dossier de la chaise devant lui.
Dix ans après les événements, ce point d'appui sur le bois du mobilier d'église était l'indispensable ancrage avant d'entreprendre cette plongée vers ses espaces intérieurs.
— *Voilà ce qui a été...*
Quand l'ordre d'assaut a été donné, je n'avais pas fini de charger mon Lebel. Au premier coup de sifflet, les copains sont montés les uns derrière les autres et se sont mis à courir droit sur l'ennemi, en hurlant.

*Il faut vous dire que quand on gueule comme des « Taberlos » en se ruant sur les positions des boches, c'est autant pour leur foutre la pétoche que pour se débarrasser de la nôtre.
Cette peur bleue qu'on avait tous de mourir, ou de finir estropiés, comme les autres.*

*Ça tirait de partout !
Je tremblais des mains et de tout le reste avant même de sortir de la tranchée. J'étais le seul de la section à ne pas être monté.*
L'abbé Fargier ne lâcha pas Joseph des yeux durant tout son récit.
*Y avait les bruits fous de la bataille, la mitraille de la pièce de 50 qui dégueulait ses balles, les cris des bonhommes aussi et les grenades qui pétaient dans tous les coins.
C'est là, en passant la tête que je l'ai vue...*
Joseph stoppa net son récit et resta figé une poignée de secondes, sans plus rien dire, jusqu'à ce que le prêtre le sorte de ses pensées.
— *Que s'est-il passé, alors ?*
— *J'ai vu les gars qui tombaient les uns après les autres...*

Il y eut un autre silence.
Et Emile qui courait devant moi, dans le no man's land.
La main gauche de Joseph se crispa davantage encore sur le bois de la chaise, d'un geste brutal il porta l'autre à son cou.
— *Une rage folle m'est montée dans la gorge, une colère et un cri de haine que je n'avais jamais connu.
Vous n'allez pas m'en croire l'abbé...*

Il considéra le prêtre une dernière fois avant de « sauter dans le vide, » avant de tout lui dire.
— *Vous n'allez pas m'en croire.
Sans savoir ce que je faisais, j'ai levé le canon de mon Lebel dans sa direction et j'ai fait feu !*

Le curé ne put réprimer un « *oh !* » d'effarement, juste avant que le beau-frère d'Emile laisse échapper.
— *Deux fois...*

Joseph relâcha l'étreinte sur son cou et sur le dossier de la chaise, comme mortes, ses mains retombèrent inanimées sur ses cuisses. Sans afficher la moindre émotion, il reprit son récit d'une voix monocorde.
— *Une balle l'a atteint dans le dos au travers du sac, elle l'a stoppé net ! Il a chancelé un moment et il est tombé.*
Le prêtre demeurait immobile comme groggy, il essaya bien d'articuler quelques mots, mais Joseph ne lui en laissa pas l'opportunité.
— *Et puis Emile s'est relevé, avant de se retourner dans ma direction. J'avais encore mon fusil pointé sur lui quand il m'a vu, quand il a compris que c'était son Joseph qui lui avait tiré dessus !*
Le vétéran ferma les yeux pour que se dissipe la vision d'horreur qui le hantait depuis toutes ces années.
— *Jésus !* susurra l'abbé Fargier.

— *Il a enlevé son barda et il s'est mis à marcher vers moi en me parlant, les yeux lui sortaient de la tête...*
Lorsque Joseph rouvrit les siens, de grosses larmes s'en échappèrent, sans qu'il s'en préoccupe. Son regard se perdit dans celui du prêtre.
— *Je vous le jure l'abbé, depuis tout ce temps, j'ai toujours pas compris ce qu'il a voulu me dire.*
— *Je te crois Joseph, je te crois. Que s'est-il passé alors ?*
— *J'étais pétrifié, il revenait vers moi et je savais pas quoi faire. C'est là que de plus loin le capitaine est monté en criant après lui, « pour dire de le faire repartir au combat. » Il a même tiré deux fois en l'air avec son pistolet.*

Joseph baissa à nouveau la tête.
— *Moi je me suis caché aussitôt, parce que j'étais encore dans la tranchée et que j'étais pas monté avec les gars.*
Du coup, je ne l'ai pas vu exploser !
— *Qu'est-ce qui a explosé Joseph ?*
— *Un obus.*
— *Grand Dieu !*

Une fois la stupeur passée, le curé s'offusqua.
— *Mais qu'est-ce qui t'a pris ?*
Je me suis laissé dire qu'Emile t'avait secouru pendant une bataille, qu'il a même était blessé en le faisant.
— *Ce qui vous a été raconté est vrai, c'était du côté de Reims…*
Avec un naturel désarmant, il conclut.
— *Allez-savoir, c'est peut-être pour ça que je lui ai tiré dessus !*

En cet après-midi pluvieux, de l'air ambiant transpirait une moiteur désagréable et une charge électrique palpable.
A sa sortie de l'église des Sagnes, Joseph n'eut pas le courage de rentrer de suite à la ferme. Il ressentit le besoin de marcher dans la solitude des forêts, et de gagner son refuge sur les bords de la Padelle. L'ilot paisible d'une plage isolée, une petite langue de sable qui disparaissait périodiquement à la moindre crue de cet affluent de la Loire.
Plongé dans ses pensées, le regard posé sur les reflets vibrant à la surface des eaux, il lui sembla que plus rien n'aurait de sens après ça ! Que tout était mort, lui y compris, dix ans plus tôt, dans la folie de son geste et la déflagration d'un coup de fusil.

En accélérant un peu plus encore son balancement d'avant en arrière, Joseph songea à son âme misérable qui s'était sûrement détachée de lui, ce jour maudit du 23 juin 1916. A cette dimension subtile de son être, qui bien qu'intangible et impalpable en était probablement la part primordiale, le saint des saints comme avait dit l'abbé Fargier.

Peut-être, cette âme se trouvait-elle encore quelque part là-bas, non loin d'un ancien champ de bataille, prisonnière de la boue grasse et collante d'une colline dévastée. Entièrement vouée à une interminable veillée funèbre à proximité de la tombe d'Emile Bourillon, tout à côté…

Dans leurs robes d'un bleu vert métallique, en un rituel d'amour et de vie, trois libellules dansaient au-dessus des eaux, en caressant de leurs ailes les feuilles tombantes d'une branche de sureau.

Après toutes ces années, la ferme Chabanel n'avait pas changé d'allure, si ce n'est la création de quelques ouvertures pratiquées dans ses vieux murs : une fenêtre dans la pièce à vivre au-dessus de la soupière de l'arrière-grand-mère, un fenestron dans l'épaisse paroi de la cave et une deuxième porte au fond de l'étable, du côté de la soue des cochons. La toute récente abrogation de l'impôt relatif à la taxation des surfaces de porte et de fenêtre des habitations permettait depuis peu de réaliser de nouvelles percées dans les façades ou d'agrandir les ouvertures existantes, sans risquer une surtaxation infligée par les services de l'état.

Un rapide coup d'œil sur le bâtiment suffisait par contre pour constater que l'état général de la toiture de la « pailhisse » s'était largement dégradé. A défaut d'être suffisamment entretenue, maltraitée par le temps et les éléments, la couverture végétale laissait à présent passer les précipitations célestes à plusieurs endroits. A l'intérieur de la maison, assise auprès du feu sur une banquette qu'elle ne quittait plus désormais, Augustine Chabanel laissait filer les heures de la journée entre ses doigts perclus d'arthrose. Sa chevelure aussi blanche qu'une première neige, était tirée en arrière sans fantaisie aucune et montée en un chignon boule que sa fille suspendait à l'arrière de son crâne tous les matins.

Sous les effets de la cataracte, ses pupilles avaient perdu leur couleur première, l'opacification progressive de la transparence du cristallin de ses yeux entrainant avec le temps une baisse sensible de son acuité visuelle.
— *Je ne pourrais même pas retrouver les vaches dans l'étable.*
Disait-elle en souriant, à tous ceux qui voulaient bien l'écouter. Ou bien…
— *Je ne suis plus bonne à rien, à part vous priver tous les jours de la soupe que je mange !*
Ses petits-enfants étaient sa dernière joie terrestre, l'espiègle Madeleine, Emilien le petiot aussi, mais surtout l'ainé, le grand, son Régis. Leur histoire de vie et toutes les épreuves traversées ensemble durant les cinq années de guerre les avaient rapprochés et unis au-delà de ce qui est humainement possible.
La mamé avait par contre fini de s'inquiéter pour son fils, la neurasthénie affichée par Joseph depuis son retour à la vie civile en 1919, déteignait sur la maison tout entière et sur la vieille dame en particulier.
— *Il est où encore ?*
Hurla-t-elle à sa fille affairée à l'épluchage des légumes de la soupe ? Marthe força sensiblement la voix pour lui répondre.
— *Aux Sagnes, chez le curé…*
— *Encore, à cette heure !*
Pour que ce soit si long, c'est qu'il doit drôlement avoir des choses à se faire pardonner…

Lorsque Joseph regagna la ferme ce soir-là, à la nuit bien tombée, la petite famille l'attendait pour passer à table et souper. Mis à part Emilien bien sûr, qu'on avait fait manger beaucoup plus tôt, juste avant qu'il ne s'endorme comme chaque soir, dans le lit de sa mère.
Après avoir inspecté le visage de son fils en tentant d'y distinguer les traces résiduelles de ses péchés, Augustine maugréa quelques

reproches à propos de l'heure tardive et des coupes de bois qui ne se feraient pas toute seule.
Trop habitué à ces remontrances, Joseph ne releva pas les attaques de la vieille femme, et se contenta juste de dire :
— *Le temps est déjà au froid, l'hiver ne se fera pas attendre bien longtemps cette année encore.*
Plus tard dans la soirée, après avoir couché les enfants, Marthe et son frère se retrouvèrent devant le cantou de la maison, à l'occasion d'une veillée improvisée. Sous la crémaillère de la large cheminée, les braises du foyer lançaient leurs derniers rougeoiements, en bouffées de chaleur incandescentes.
— *Ce que je lui ai dit, je ne pourrai pas te le répéter. D'abord parce que tu n'arriverais pas à l'entendre, et aussi parce que tu ne pourrais plus me regarder après ça.*
— *Es-tu sûr que ce soit si grave Joseph ?*
— *Oh oui !*
— *Comment peux-tu en être certain ?*
— *Moi je dis que c'est très grave.*
— *Mais enfin, pourquoi ?*
— *Parce que quand je lui ai tout raconté…*
A la fin, le curé, y s'est mis à pleurer.
Ces mots et surtout le regard de Joseph firent froid dans le dos de Marthe, avant qu'elle ne se reprenne en essayant à nouveau de rassurer son frère.
— *Ce qui se passe à la guerre n'a rien à voir avec la vraie vie, la situation est toute autre. Les conditions sont tellement terribles, que tout peut arriver.*
Joseph dodelina de la tête en signe de dénégation.
— *Je me suis fait dire par le curé que Moïse de l'Eglise, pas celui des Estables, le Moïse Aubert…*
L'autre !
Enfin, que le Moïse de Dieu était un assassin et qu'il a tué un soldat ! Il me l'a lu, c'est écrit dans son livre.

Du coup, après, il a dit que tout pouvait se pardonner.
Il y eut un silence suspendu, le frais du fond de l'air se fit plus glaçant dans l'espace inscrit entre les quatre murs en pierre.
La dernière phrase de Joseph tomba comme une sentence.

« *Mais moi je le crois pas !* »
Marthe s'agaça ouvertement après lui.
— *Parce que toi tu sais tout mieux que le curé peut-être ?*
Le passé ne nous apportera plus rien, Joseph.
Même si nous supportons tous le poids de nos petites histoires, si le passé est constamment derrière nous, c'est pour une bonne raison !
Il ne doit pas nous empêcher d'avancer...
Elle mit un terme à la conversation en se levant.
— *Garde tes secrets tant que tu voudras ! Il est tard, je vais me coucher et tu devrais faire la même chose.*
Avec un aplomb certain et une résolution sans faille, elle ajouta :
« *Demain, on fera comme on a dit, un point c'est tout !* »

Tout juste âgé de 16 ans « et quelques, » comme il se plaisait à le dire, Régis avait déjà la stature et les épaules d'un homme. Seuls son menton glabre et sa tignasse d'adolescent trahissaient sa jeunesse et sa relative immaturité.
Ses jambes solidement ancrées dans le sol, sa robustesse et sa taille imposante pour un gamin de cet âge, forçaient l'admiration.
Il ne manquait d'ailleurs pas de rappeler à sa mère, le souvenir d'un soldat du 61e régiment d'infanterie.
Même s'il ne l'avait que très peu connu, Régis avait grandi dans le respect de la mémoire du père. De ce héros de la Grande Guerre qui n'avait pas hésité à donner sa vie, pour l'intérêt général, la patrie et la liberté.
En ce milieu d'après-midi frileux, c'est avec une déconcertante facilité qu'il aidait son oncle à charrier des blocs de pierre depuis

le tas à l'extérieur de la maison jusque dans la fenière... Tous ces morceaux de roche que les labours ne manquaient jamais d'exhumer de la terre des champs, au passage du soc de la charrue.

Avec toute sa bonne volonté, du haut de ses 10 ans, Emilien faisait de son mieux pour les aider.

Bien qu'ils fussent aussi différents qu'on peut l'être, tant sur le plan physique qu'au niveau du caractère, les deux frères faisaient preuve d'une grande complicité. L'ainé prenant très à cœur son rôle de tuteur de la fratrie.

Ce n'est qu'en soirée, que le benjamin se risqua à poser une question qui n'était pas dénuée de bon sens...

— *Pourquoi on fait un deuxième mur dans la fenière mon oncle ?* avait-il demandé, en voyant son tonton empiler les pierres les unes sur les autres.

— *C'est pour protéger la maison de la Burle et des froids de l'hiver qui arrivent !*

Avait répondu Marthe, avant de prier le garçonnet de la suivre à l'étable, pour y faire un brin de toilette avant le souper. Celui-ci n'obtempéra qu'à contrecœur, en trainant des pieds à la remorque de sa mère. Joseph ne prit pas le temps de manger ce soir-là, à la surprise d'Augustine, qui ne comprenait pas quel travail si urgent restait à terminer au grenier...

— *Laisse-le faire maman, pour une fois qu'il va au bout d'une idée, on va tout de même pas lui dire de s'arrêter en route !*

A une heure bien tardive, dans le silence feutré de la fénière, les fantômes des lieux observaient ce couple de vivants s'activer à grande peine dans le secret de la nuit.

— *Attends, y a ça aussi.*

Joseph considéra le gros ballot en toile de jute que sa sœur tenait dans les bras. Derrière le mur en pierre d'une hauteur déjà

imposante, l'on pouvait encore apercevoir le couvercle d'une malle en bois.
— *Le coffre est plein à ras bord, pose le sac sur le couvercle, ça fera bien pareil.*
— *Un enterrement de plus !* soupira la veuve Bourillon, en déposant son fardeau, Joseph ne put réfréner un signe de croix maladroitement esquissé à son insu.
— *Oui, fait !*
Tu es sûre que ça ne te rend pas trop malheureuse d'enfouir ton Emile pour la deuxième fois ?
Face à lui, Marthe affichait un visage livide qui n'exprimait rien d'autre qu'une extrême lassitude. Elle répondit :
— *Non, ça va.*
Il y a longtemps que tout ça s'est passé maintenant, et si ça peut te soulager des souvenirs de ta guerre, ce n'est pas un trop grand sacrifice à faire...
— *Un sacrifice non, pardi...*
Joseph ramassa un morceau de roche d'une taille respectable avant de se retourner pour l'ajuster sur son lit de mortier.
— *Mais un sacrilège peut-être...* Murmura-t-il dans sa barbe, sans que Marthe ne puisse l'entendre.
— *Il se trouvera bien quelqu'un dans les années pour ressortir tout ça de ce trou... Tout finit par se savoir, tôt ou tard !*
Les propos prémonitoires de sa sœur laissèrent Joseph de marbre.
— *C'est comme la boite de la mère, le jour où elle est morte.*
— *Le jour où elle est morte ?*
— *Mais oui, rappelle-toi de ta permission de Noël, le fameux jour de l'extrême-onction, tu t'en souviens bien.*
Joseph acquiesça d'un hochement de tête, alors que Marthe finissait sa phrase.
— *Tout comme les pierres remontent du dessous de la terre après le labour, dans ton champ, les histoires finissent toujours par ressortir, à un moment ou à un autre.*

Augustine

Plateau ardéchois, commune de Burzet, le 3 janvier 1916.

— *Vous faites quoi avec la mère, là-dedans ? elle vient de me tomber dans les bras !*
Joseph interpelait sa sœur et l'abbé Gayffier qui surgissaient de l'étable, suivis de près par le servant de messe hilare.
— *Elle a eu grand-peur que ce soit la fin,* répondit Marthe.

Comme la lueur falote d'une lanterne au vent lors d'une retraite aux flambeaux, la mamie flottait dans sa chemise de nuit à moitié démise, sous les yeux effarés de ses petits-enfants.
Cette ultime frayeur et l'effort consenti dans sa fuite venaient de mobiliser ses dernières forces. Son soldat de fils la soutenait comme il le pouvait, pour qu'elle ne s'affale pas de tout son long dans la neige. Quelque peu décontenancé, le curé crut bon devoir préciser que l'extrême-onction n'était en rien un coup de grâce, et qu'au demeurant une bonne partie des mourants parvenaient à lui survivre, parfois même durant plusieurs années.
C'est malgré tout une Augustine inanimée que l'on reposa sur sa couche afin de permettre à l'abbé Gayffier de terminer son sacrement.
Le teint cireux de la grand-mère avait pris des reflets verts de gris du plus mauvais effet. Son visage éteint et sa respiration irrégulière accompagnée de sifflements, avaient fait s'envoler les derniers espoirs de guérison.

— *C'est la fin, le bout du chemin, mais aussi assurément la délivrance pour une femme courageuse que la douleur et les privations n'ont pas épargné,* susurra le curé.
Après le repas de la mi-journée, Marthe invita fermement les enfants à sortir de la maison pour prendre un peu l'air, en allant « jouer à la neige » en bordure du bois. Comme à l'ordinaire, du haut de ses cinq ans et demi, Régis fut chargé de chaperonner sa sœur et de veiller à ce qu'elle ne fasse pas de bêtise.
— *Prenez le petit panier !* hurla leur mère alors que les bambins quittaient l'étable. *Au retour, vous irez ramasser les œufs, avant que les poules en aient cassé la moitié.*

Habituée qu'elle était désormais à décider et à diriger son monde, elle s'adressa ensuite à son frère, sans préambule.
— *Demain, tu iras voir le Pascal au village, pour lui dire de préparer la caisse de maman. Tu repars quand sur le front ?*
Joseph prit son air de chien battu, une mimique héritée de l'enfance, de ces moments où il se sentait obligé de faire les choses alors qu'il n'en avait pas la moindre envie.

— *Il me reste 5 jours de permission.*
Marthe ne releva pas la réponse de son frère ni son moral d'ailleurs, qui venait d'être mis à mal par la perspective d'un retour dans la zone de mort.
— *Quand la mère sera partie, j'irai parler au curé de Burzet, pour la messe et pour tout le reste.*
— *Marthe, tu sais qu'il faudra des sous pour la boite.*
— *Oui pardi ! Le cercueil du père a couté 30 francs. Celui de maman sera plus petit bien sûr, mais de nos jours il faudra facilement compter 5 francs de mieux. C'est la mère qui s'est toujours occupée de tout ça, mais je sais où elle cache les sous.*

Le regard de Joseph s'éclaira d'une lueur inattendue chez cet être simple et sans malveillance.
— *Tu l'as déjà vu ?*
— *Vu qui ?*
— *L'argent...*
— *Non pas. Je sais où il est, c'est tout.*
— *Montre-moi-le !*
— *Tu crois que c'est bien l'heure pour ça ?*
— *Tu préfères attendre la nuit ?*
— *C'est pas ce que je veux dire, c'est par rapport à la mère.*
— *Tu vois bien qu'elle n'est déjà plus là.*
— *Tais-toi ! A cette heure elle t'entend encore...*

En milieu d'après-midi, fiers de leur récolte, les enfants rentrèrent en portant précautionneusement leur panier de joncs tressés, dans lequel se baladait une demi-douzaine d'œufs. Un jour passa, l'état de la mamé était stationnaire, son existence oscillait entre les deux mondes. Celui des survivants, embarqués malgré eux dans le cortège de souffrances et d'horreurs de la guerre, et l'autre, celui des anges de Dieu et du ciel, où l'attendait Firmin son cher mari. Elle ne s'alimentait plus, ou si peu.
Dans la demi-conscience de ses rares moments de veille, sa fille avait toutes les peines du monde à lui faire avaler les quelques cuillères de bouillon qui constituaient ses repas.

A la faveur d'une autre soirée passée en tête à tête avec Marthe, la question de l'argent refit surface dans la bouche de Joseph.
— *Tu veux attendre que je sois reparti me faire tuer pour vider la cagnotte, c'est ça ?*
— *Arrêtes tes bêtises, tu veux...*
Devant le vif intérêt affiché par son frère au sujet de l'héritage familial, Marthe songeait à gagner du temps en attendant le retour d'Emile à la maison. Son mari étant, selon elle, la seule personne

en mesure de raisonner Joseph et de canaliser son agressivité soudaine. Mais celui-ci, ne l'entendait pas de cette oreille, habité qu'il était par la ferme intention de procéder à un décompte du magot avant son départ. Pour que cette part qui lui revenait de droit ne soit pas entamée par l'avidité de sa sœur, ou pire encore celle de son beau-frère.
— *Montre-moi les sous ! Je veux voir ce qu'y a.*
— *Y a ce qui y a, pas plus et c'est tout.*
Marthe fit un signe de la tête en direction des rideaux fermés du lit de la mamé.
— *La mère est encore de ce monde, tu le sauras bien assez tôt ce qu'y a...*

Planté en face d'elle, de l'autre côté de la table de salle à manger, Joseph montrait des signes inquiétants de tension et d'énervement. Les trois verres de vin avalés durant le souper n'arrangeant rien à la chose. Marthe ne savait plus à qui elle avait affaire, et qui était ce soldat surexcité et belliqueux qui la dévisageait, arcbouté à n'en pas démordre sur sa volonté de se faire remettre les sous de la maison toutes affaires cessantes.
— *Montre-le-moi je te dis !*
Face à la véhémence de son frère, elle eut soudainement peur d'un accès de colère de sa part et d'un débordement.
— *Bon, tu veux voir la boite, je vais te la montrer, mais ça ne nous mènera pas beaucoup plus loin, tu peux m'en croire.*

En joignant le geste à la parole, Marthe s'extirpa de son banc pour rejoindre le vaisselier de la maison. Après avoir largement ouvert les portes du vieux bahut, elle en sortit une cassette en bois qu'elle déposa solennellement entre eux, sur les miettes de pain du repas.
— *Voilà tout ce qu'y a !* soupira-t-elle avant de se rasseoir.
Joseph tenta aussitôt d'en soulever le couvercle sans y parvenir.

La marqueterie d'une scène campagnarde incrustée sur le dessus de la boite en palissandre représentait un groupe de paysans affairés à moissonner un champ de blé, avec en fond du décor, le clocher d'une église et les premières maisons de son village.

— *Elle est fermée !*
— *C'est la mère qui a la clé* répondit Marthe. *Je ne sais pas où elle la cache...*
— *Moi je sais !*
Joseph se dirigea aussitôt vers le lit de l'Augustine.
En coulissant, le rideau de l'alcôve laissa apparaitre le corps inerte de la vieille femme étendue sur sa couche. Après avoir dégagé l'édredon qui la couvrait sans ménagement aucun, il déboutonna le haut de sa chemise de nuit.
Pour l'avoir entraperçue une ou fois ou deux sous son vêtement, Joseph, tout comme sa sœur d'ailleurs, savait pertinemment qu'une petite clé était prisonnière du chapelet en perle que la mamé portait comme un talisman autour du cou, depuis sa maladie.
— *Pas maintenant !* lança Marthe, *elle n'est pas encore passée.*
— *Ce n'est qu'une question de temps,* répondit-il en se rasseyant au côté de sa sœur.
Tout est à nous à présent !
Marthe eut un pincement au cœur en entendant le cliquetis métallique de l'ouverture du coffret, doublé de l'étrange sensation qu'ils étaient sur le point de violer l'intimité de la sphère parentale. Lorsque le couvercle de la boite s'ouvrit, le chapelet resta suspendu à la serrure par la petite clé. Malgré son impatience, Joseph n'osa pas se saisir de la liasse qui trônait au-dessus d'une pile de papiers et d'objets.
Les enfants Chabanel jaugèrent l'épaisseur du tas de billets et les pièces qui les accompagnaient.

— *2628 francs, voilà toute l'affaire !*
S'exclama Marthe après avoir recompté l'argent une troisième fois sous les yeux scrupuleux de son frère, 2628 francs en billets avec un peu de monnaie.

2628 francs d'économies, de privations et de renoncements, avec une touche de pingrerie aussi bien sûr, pour accentuer le tout !
Et combien d'années, de décennies de sacrifices et d'oubli de soi, consentis au profit de cette petite cagnotte ? De cette poire pour la soif, de ce matelas patiemment amassé pour parer les coups durs de la vie et les mauvaises années…
— *Tu es content de toi ?* lança-t-elle en refermant le coffret.
Pour toutes réponses, Joseph posa une main ferme sur celle de sa sœur alors qu'elle actionnait la clé dans la serrure.
— *Attends !*
Le reste c'est quoi ?
— *Je ne sais pas, les papiers des parents, voilà tout !*
Tu me fais mal Joseph, enfin !
Devant l'insistance de son frère et la noirceur de son regard, elle souleva à nouveau la marqueterie du couvercle, avant de le rabattre sur le bois de la table.

— *Allons-y…*
Alors, ça c'est le livret de la famille, le même que celui qu'on m'a donné à la mairie le jour du mariage.
Regarde, il y a une page pour moi, avec ma naissance en 88.
Juste après c'est la tienne, avec ton jour…
Joseph articula péniblement.
— *Né le 11 mars 1889.*
— *Il y a aussi les écritures de la mort du père en 1908.*
Il faudra que j'apporte le livret à la secrétaire de mairie pour faire marquer la mère le jour où elle ne sera plus là.
— *Le reste c'est quoi ?*

Marthe reprit ses investigations, passablement indisposée par l'insistance de son frère.
Après avoir déposé le livret de famille sur la table à côté de la broche dorée de la mère et de l'alliance de Firmin, elle se saisit d'un morceau d'étoffe froncé en dentelle fine sur lequel était cousu le bleu pastel d'un nœud en satin et son ruban.
Sous cet assemblage de tissus qu'elle remit à son frère, se trouvait le certificat de propriété de la ferme familiale.
Dans la lueur ambrée de la lampe, elle se mit à déchiffrer les feuillets du document. Les termes de l'acte, rédigé en vieux français, rendant la chose relativement ardue, même si l'idée générale était perceptible.
— *C'est pour la maison et les terres, ça dit que c'est le bien des Chabanel depuis le grand-père.*
— *Le reste c'est quoi ?*
— *Ça ?* répondit Marthe avec malice, en regardant le délicat bracelet de dentelles avec lequel jouait son frère...
Ce doit être la jarretière de la mère, ou bien celle d'une tante.

Passablement gêné, Joseph laissa tomber le bout d'étoffe sur la table, comme s'il lui brulait soudain les mains, le trouble se lisait sur son visage et sur ses joues écarlates.
— *Ça va ? Tu as l'air bizarre...* Lança-t-elle en riant.
— *Tu le sais toi ce que j'ai !*
— *C'est à cause des filles ?*
— *Tu sais bien que je ne reviendrai pas de la guerre...*
— *Arrête Joseph.*
— *Laisse-moi-le dire !*
Je vais y rester, ça je le sais, c'est peut-être pas si grave au fond. Mais ce qui me fait le plus de chagrin, c'est que je n'aurai pas connu la femme.
Ni pour parler à une, ce que je ne saurais pas faire de toute façon, et encore moins pour les minauderies et la bagatelle.

— *Ça se fera Joseph, la guerre se finira bien un jour.*
— *Ça se fera pas ! parce que je vais crever à 27 ans, sans avoir jamais dormi avec une...*

Dans leurs dos depuis son grabat, Augustine émit un râle profond, une suffocation plutôt, qui saisit ses deux enfants au point qu'ils refermèrent la boite à toute vitesse, après y avoir remisé l'ensemble de son contenu.

— *C'est rien, elle a repris sa respiration, elle dort.*
Les mots de Marthe se dissipèrent dans la quiétude de la grande pièce, Joseph qui avait profité de l'intermède pour reprendre l'inventaire du coffret, ne lui fit aucune réponse. L'air dubitatif, il tenait entre ses mains le noir de la couverture d'un petit carnet qui attisa aussitôt la curiosité de sa sœur.

— *C'est quoi ?*
— *Montanelli.* Articula le soldat.
— *Comment ?*
— *Montanelli Giovanni* reprit le fils de la maison, en faisant résonner chacune des syllabes du nom dans l'espace entre murs.

— *Eh bien quoi, tu vas me dire ce que c'est ?* cria-t-elle à moitié, en se saisissant du calepin.
Sous l'édredon qui la dissimulait presque entièrement, Augustine émit un nouveau gémissement étouffé avant de se laisser gagner par une quinte de toux.
Joseph ne prit pas la peine de poser un regard sur la mère, il n'avait d'yeux que pour sa sœur qui déchiffrait à son tour l'étiquette apposée sur la couverture du carnet, sans y rien comprendre.

Département des Bouches du Rhône.

Service des enfants assistés
et moralement abandonnés

LIVRET
de

L'enfant : ... ***Montanelli***......
.... ***Giovanni***......

N° du matricule : ... ***37621*** ......

Elève de l'Hospice dépositaire
de   ... ***Marseille***......

Médusés, ils échangèrent un regard d'incompréhension, avant que Marthe n'ouvre le carnet pour en étudier le contenu. La page

de garde reprenait exactement les termes de l'étiquette sur la couverture.
Sur la page 3 était par contre indiquée :
Livret de placement de l'enfant **Montanelli Giovanni** du sexe **masculin,** né le **« mars 1889 »** admis à l'hospice dépositaire de **Marseille** le **24 mars 1889,** à classer dans la catégorie des **enfants abandonnés** sous le numéro matricule **37621,** année **1889.**
Nota.
Les renseignements contenus dans ce tableau doivent être écrits avec soin. L'orthographe des noms doit être scrupuleusement conservée.

Une nouvelle quinte de toux plus forte encore que la précédente saisit l'Augustine et sortit les enfants Chabanel de leur perplexité.
— *Je vais préparer une infusion de serpolet avec du miel, pour la mère.*
Alors qu'elle quittait la table, Joseph arracha le livret des mains de sa sœur qui le laissa faire sans s'offusquer. Certes, la lecture n'avait jamais vraiment été son fort, mais l'envie de savoir l'emportait sur tout le reste.

A la page 12 du document, on pouvait lire :

1ᵉʳ PLACEMENT

L'inspecteur du service des enfants assistés des Bouches du Rhône certifie confier ce jour l'enfant dénommé au présent livret de placement, à la nommée **Chabanel Augustine** femme du sieur **Firmin Chabanel** exerçant la profession de **ménagère**

demeurant en la commune de **Burzet**
perception de **Montpezat sous Bauzon, Ardèche.**

Laquelle nourrice a reçu, au moment de la remise de l'enfant, une ***layette*** conforme à celle désignée dans le présent livret. La nourrice prenant par la même l'engagement de se conformer strictement aux diverses obligations énumérées au présent document.

A Marseille, le ***10 avril 1889***

Depuis le fond de son lit placard, la mamé avala péniblement quelques gorgées du breuvage que lui administrait sa fille, avant d'écarter le bol de la main pour signifier son refus d'en boire davantage. Après quelques paroles d'apaisement à son attention, Marthe rejoignit Joseph et le livret de l'assistance, pour tenter de lever le voile sur ce mystère.

— Ça me revient !

La mère m'en a dit des choses des années en arrière… dit-elle en chuchotant, avant de se taire dans un silence gêné qui indisposa son frère.

— *Elle t'en a dit quoi ?*

— *Qu'elle débordait de lait à chacune de ses grossesses. Alors après ta naissance, avec le père, ils ont décidé de prendre un bébé de l'assistance en nourrice. Pour dire de faire entrer des sous dans la maison.* Avec un magnifique sourire, elle ajouta : *Giovanni, c'est un joli prénom, tu ne crois pas ?*

— *Ils ne l'ont pas gardé ?*

— *Le petit ange n'a pas survécu, je crois me souvenir qu'il est mort au bout de quelques jours. Elle a toujours refusé de me dire son nom…*

Marthe feuilletait le livret en évoquant ce qu'Augustine avait bien voulu lui raconter de cette histoire. Sans y porter une attention particulière, à la page 13 du fascicule, elle lut :

Signalement de l'enfant

En complément du signe d'identité du collier et de son matricule, nous avons constaté ainsi qu'il suit, le signalement dudit enfant :

Cheveux : ***bruns***
Sourcils : ***dessinés***
Front : ***serré***
Nez : ***droit***
Yeux : ***marrons foncés***
Teint : ***mât***
Signe particulier : ***Taches de vin sur la face intérieure de l'avant-bras gauche.***

                Fait à ***Burzet*** le ***10 avril 1889***

Interloquée, la jeune femme sentit monter en elle un trouble inattendu, ses joues s'empourprèrent sous les effets de la bouffée de chaleur qui gagnait son visage.
Conjointement à l'effort de compréhension qui agitait son esprit, elle fut prise d'un rire nerveux qui manqua tourner aux sanglots, à la relecture du signe particulier du petit Giovanni.
L'impassibilité du visage de Joseph tranchait avec l'émoi de sa sœur, le poilu ne semblait pas mesurer l'ambiguïté de la situation, et le trouble que la lecture suscitait chez elle.

Ou bien était-ce la sidération ?

Il parcourut une nouvelle fois la treizième page du livret, avant de refermer cette fragile passerelle sur le passé et de quitter la pièce, sans dire un mot.

Sitôt son frère sorti, Marthe replaça à la hâte le carnet dans le coffret comme pour s'en défaire, ainsi que le reste de son contenu qu'ils avaient disséminé sur la table. Une fois la cassette verrouillée et remisée dans le bahut, à sa place légitime, elle enfila le chapelet de la mère autour de son cou.

Après s'être glissée dans son lit, elle embrassa par trois fois le petit crucifix du collier, puis elle fit disparaitre les perles, la croix et Jésus sous l'encolure de sa chemise de nuit.

Le lendemain matin, au réveil, la question du livret ne fut pas évoquée. A la demande de sa sœur, Joseph avait débuté la journée dans la forêt en débardant du bois, puis il s'était installé devant la maison pour fendre les plus gros rondins d'un tronc sur le billot de coupe. Régis l'avait aidé à remiser le petit bois et le menu, sous l'appentis situé sur le pignon de la ferme.

Marthe avait passé une bonne partie de la matinée à renouveler les litières du bétail, en surveillant de près les allées et venues de Madeleine. Malgré les demandes répétées de sa mère, la petite fille n'avait pas quitté l'enclos des agneaux qu'elle sermonnait allégrement, comme le font toutes les mamans du monde avec leur progéniture. Des bébés déjà très corpulents qui par mégarde avaient renversé plusieurs fois leur mère depuis le matin, sans que celle-ci y trouve quelque chose à redire.

En faisant irruption dans l'étable la hache à la main, Joseph mit sa sœur en garde.

— *Tu feras attention, il y a les traces de la ronde d'un renard du côté du poulailler...*

— *Il a fait des dégâts ?*

— *Pas encore, j'y poserai une paire de pièges avant la nuit.*

— *Tu descends à Burzet après mangé ?*

— *Oui.*

Une petite heure avant midi, en entrant dans la maison, Marthe retrouva sa mère debout à hauteur du buffet de la grand-mère. Visiblement désorientée, la mamé venait tout juste de refaire surface comme pour s'inviter au repas.
A la demande de sa fille, elle accepta volontiers de se recoucher pour se réchauffer un peu en attendant la soupe.

Tout heureux de retrouver leur mamé, après avoir abandonné leurs sabots devant son lit, les petits se glissèrent subrepticement au pied de sa couche, avec l'idée de la rejoindre en rampant, « sans se faire voir, » comme le font les Sioux dans les grandes plaines de l'Ouest américain.
Marthe interrompit les effusions et ce petit temps de retrouvailles, en demandant aux enfants de retirer les plumes de poule qu'ils avaient sur la tête et de laisser grand-mère se reposer.
Quelques mots furent échangés avec l'Augustine pendant le déjeuner, à propos de ses sensations et de l'épisode de l'extrême-onction donné par le père Gayffier dont bizarrement elle n'avait gardé aucun souvenir.
Le sujet de l'enfant de l'assistance ne fut par contre pas abordé. C'est pourtant bien la découverte du carnet et la coïncidence des taches de vin sur son bras et sur celui du petit Giovanni qui perturbait Joseph au plus haut point. En ne quittant plus sa pauvre tête, ces cogitations continues s'apparentaient à une torture.
Suite à ses réflexions de la nuit et de la matinée, Marthe s'était fait son idée sur la question, un point de vue qu'elle n'avait par contre aucune envie de partager avec son frère !
Elle lui fit ses dernières recommandations devant la ferme, juste avant son départ pour le village.
— *N'oublie pas de passer commande de la boite pour la mère au Pascal, je ne veux pas être prise de cours.*
Que ce soit demain ou dans dix ans, ça servira toujours.

Tiens, ce sont les carnets de rationnement, tu en auras besoin pour les commissions, tu feras tout mettre sur l'ardoise.
— *Tu ne veux pas que je la paye ?*
— *Rappelle-toi ce que disait le père : « Pour payer et mourir, on a toujours le temps. »*

A Burzet, la guerre pesait de plus en plus de toute son absurdité et de toute sa noirceur sur la population, en affectant significativement le moral des villageois et leur habituelle jovialité.
La vie quotidienne de cette France, de l'arrière, était impactée à un point difficilement envisageable par l'effort de guerre, le rationnement et les privations.
Les populations les plus fragiles qui parvenaient déjà péniblement à joindre les deux bouts avant le conflit en étaient réduites à l'état de pauvreté extrême, voire même dans certains cas à la famine. Sans la grande solidarité du monde rural qui jouait encore à plein en ce temps-là, beaucoup n'auraient pas passé la période et seraient tombés au combat eux aussi, sur le front du dénuement et de la misère.
En déambulant dans les rues du village, Joseph croisait des visages et des lieux qu'il avait pensé perdus pour lui à tout jamais. Un noyau de familiers et des connaissances que trop de mois passés dans la fange des tranchées avaient effacé de sa mémoire. La gentillesse avec laquelle il fut accueilli le surprit au point de lui paraître suspecte.
Mais il n'y avait que des sentiments sincères dans toutes ces tapes dans le dos, ces chaleureuses poignées de mains et l'intérêt qu'on lui portait. Tout autant que la joie simple et communicative de mutuellement se savoir en vie.
Il suivit les recommandations de sa sœur à la lettre, avant de faire un arrêt au café pour y boire le coup à l'invitation d'Henri

Bonnaure le maire de la commune, et de se faire gentiment chamailler par les habitués qui s'y trouvaient.

Après avoir donné des nouvelles de la ferme et d'Emile à la petite assemblée, Joseph fut glacé d'effroi en écoutant la terrible énumération des 13 enfants du village morts ou disparus au combat depuis l'entrée en guerre.

Des visages et des familles qu'il connaissait pour la plupart, certains mêmes depuis les bancs de l'école.

Malgré la macabre liste des tués au combat, cet après-midi passé dans la douceur de son village et la chaleur des partages, avec des êtres qui l'avaient reconnu et pris en compte, lui fut d'un grand réconfort.

Jusqu'à ce qu'avec la soirée, vienne l'heure de remonter sur le plateau en devançant la nuit, autant que possible.

— *C'est bon pour la boite !* s'exclama le soldat en passant la porte.

— *Quelle boite ?* répliqua aussitôt la mamé depuis son lit.

Les bras encore chargés des sachets de provisions et l'air totalement ahuri, Joseph resta coi en face de la mère qui le dévisageait. Dans le silence profond qui s'en suivit, le tictac de l'horloge battait les secondes avec la pesanteur du marteau sur l'enclume.

Tel un condamné à mort figé devant son peloton d'exécution, Joseph ne trouva rien à rétorquer, pas un seul mensonge ne lui vint à l'esprit pour lui permettre de justifier son propos.

En le sortant de son impasse, les mots de Marthe tombèrent sur lui comme une grâce présidentielle.

— *J'ai demandé à la mère Arsac de garnir la boite à vivres de Joseph avant son départ, avec tout plein de bonnes choses : du chocolat, un petit pain de sucre, des biscuits et un savon. Il doit nous rester un pot de fritons du porc de l'année dernière à la cave, je le mettrai aussi.*

Augustine acquiesça de la tête et de la voix.
— *Tu fais bien.*
Dans la soirée, en affichant ostensiblement les taches de vin dessinées sur son bras, Joseph se rapprocha de sa sœur pour lui faire part de son scepticisme au sujet du petit Giovanni.
— *Je dois savoir avant de repartir,* il se ravisa, *et avant qu'elle parte elle aussi !*
— *Tu ne vas pas la tracasser avec cette histoire !* murmura Marthe. *Tu crois qu'elle ne souffre pas déjà assez comme ça ?*

Joseph haussa considérablement le ton de sa voix en s'approchant du lit d'Augustine.
— *La mère, oh, oh… La mère…* Marthe lui emboita le pas.
La mamé rouvrit péniblement les yeux, dans la lumière flottante de la lampe à pétrole elle distingua plus qu'elle ne vit ses enfants qui lui faisaient face.
— *Vous m'avez fait peur, qu'est-ce qu'y a ?*
En s'asseyant sur le lit, Marthe prit les choses en main de crainte que Joseph ne soit trop brutal dans son abord.
— *Maman, on a une question à te poser, tu veux bien ?*
— *Tu cherches quoi ma fille ?*
— *Tu peux nous parler de l'enfant de l'assistance ?*
— *Quel enfant ?*
— *Giovanni…*

Agitée par une fébrilité soudaine, la mamé tourna son regard en direction de Joseph, afin de saisir l'expression de son visage. Elle porta ensuite discrètement la main à son cou, à la recherche d'un chapelet de perles qui ne s'y trouvait plus.
— *Vous savez ?* bredouilla-t-elle.
— *Nous savons quoi maman ?*
— *L'enfant.*

A cet instant, le fils Chabanel était partagé entre l'envie irrépressible de connaitre la vérité et celle de s'enfuir le plus loin possible pour ne pas en entendre davantage.

Avec une extrême douceur, Marthe prit la main de sa mère en l'implorant de bien vouloir raconter l'histoire du petit Giovanni. L'Augustine cherchait les premiers mots de son récit dans le tempo saccadé des tintements du carillon de l'horloge.

— *Mais tu le sais toi,* lança-t-elle, pour se dégager de l'emprise de sa fille.

Je t'en ai déjà dit des choses.

Marthe ne lui fit aucune réponse.

Quand ton frère est né, au bout d'une semaine, j'avais tellement de lait qu'on aurait pu faire des fromages avec.

Ton père m'a dit que c'était trop bête, qu'il valait mieux prendre un « Marseillou, » plutôt que de le laisser perdre.

Alors le jour de la distribution on est descendus à Burzet, ça s'est fait à l'hospice, chez les sœurs.

A l'époque y avait cette grosse femme, qu'on appelait « la meneuse, » elle montait régulièrement de Marseille, avec deux ou trois gamins à s'occuper dans les bras. Des tout petits sans père ni mère, ou qui s'étaient fait abandonner à la naissance.

Pour ceux dont les parents étaient encore vivants, il se produisait parfois qu'un des deux ou le couple revienne chercher l'enfant, pour le reprendre.

Mais c'était pas le cas le plus fréquent.

Deux fois l'an, la meneuse venait aussi avec un petit troupeau de grands pour les placer, de pauvres bambins qui avaient déjà quelques années.

Elle nous a tout expliqué comme y faut :
le carnet, les habits, le baptême qu'il faudrait faire ou refaire pour être bien sûr, et les sous qu'ils allaient nous donner à la perception.

La première année, une nourrice touchait 20 francs tous les mois pour un enfant. Rends-toi compte, c'était le salaire d'une doubleuse à l'usine.

En l'absence de réaction de ses enfants, la mamé rectifia sa position dans le lit en s'enfonçant davantage encore sous l'édredon.

— *Je vais me reposer un peu maintenant, vous devriez aller dormir aussi,* leur dit-elle en faisant mine de fermer les yeux.

Joseph eut un rictus de dépit, alors que Marthe agitait fermement la main de sa mère pour maintenir son attention.

— *Attends maman, il s'est passé quoi après ?*
— *Après quoi ?*
— *Après !*
Y s'est passé quoi avec le petit ?

Augustine souffla sous le drap comme une locomotive à vapeur, avant de reprendre :

— *La grosse matrone attendait dans l'hospice avec une nonne et les petits, deux garçons et une fille. Ils étaient pas bien en forme surtout la petiote. Il s'en perdait beaucoup de ces nouveau-nés, on disait que la moitié ne survivait pas.*
Comme nous étions les seuls, elle m'a laissé choisir.
Ton père a voulu un gars pour le travail...

La voix d'Augustine se voila.

Y avait celui-là qui était bien gentil, il ne s'arrêtait pas de me regarder en gazouillant.
Ces choses-là, ça se commande pas.

Pendant qu'on faisait les papiers, personne ne s'est présenté pour venir chercher ceux qui restaient, la femme voulait par force qu'on en prenne un autre, elle m'aurait donné les trois si j'avais dit oui, mais moi j'ai pas voulu, on a pris que lui. Personne n'a jamais pu nous dire ce que les deux derniers sont devenus...

Joseph s'agitait de plus en plus sur sa chaise, il ne put réprimer la question qui lui brulait les lèvres.
— *Il est où l'enfant ?*
La vieille femme émit un gémissement plaintif.
— *Tu veux boire un peu de tisane maman ? Elle est encore tiède.*
— *Si tu veux,* articula-t-elle difficilement.
Passablement tendu, Joseph réitéra sa question.
— *Qu'est-ce qu'il est devenu le bébé ?*
— *Il est venu avec nous à la ferme, pardi.*
— *Et quoi ? Y s'est passé quoi ?*
— *Y s'est passé qu'à force de lui donner le lait de mon sein, petit à petit il est devenu mon petit, autant que l'autre.*

Augustine se redressa pour avaler quelques gorgées du bol tendu par sa fille. Dès qu'elle eut terminé, Joseph ne lui laissa aucun répit.
— *Y s'est passé quoi après ?*
— *Vous m'agacez à la fin, j'ai déjà tout confessé à l'abbé Gayffier par deux fois. Qu'est-ce que je peux vous dire de plus que ce que j'ai dit au Bon Dieu ?*
Devant les mines désabusées de Marthe et Joseph qui ne se satisfaisaient aucunement de sa réponse, après une profonde respiration, elle reprit le fil de son récit.
— *On a eu un mois de bon, les enfants étaient bien gentils.*
Vous « mener » tous les trois ensemble c'était du travail, mais j'étais plus jeune, mes forces ne m'avaient pas encore abandonné.
Les soucis sont arrivés plus tard.
Le petiot il était pas très gaillard, le sein ça lui allait pas bien, ou alors c'était mon lait ?
On n'a jamais su, mais je voyais bien qu'il ne profitait pas !

Les jours qui ont suivi, il a eu de la fièvre et la diarrhée, y voulait plus prendre. Les tout petits c'est comme les agneaux, les premières semaines c'est pas bien solide...
Alors ça n'a pas su durer longtemps.

— *Il est mort ?* s'écria Joseph.
— *Oui, il est reparti d'où il était venu.*
Devant la pâleur de son visage et ses tremblements, Marthe posa une dernière question à sa mère, en tâchant de la ménager autant qu'elle le pouvait.
— *Lequel des deux est mort maman ?*
— *Mon petit.*
— *Lequel ?*
— *Joseph !*
Consterné et décontenancé au plus haut point, « le fils de la maison » ne parvenait pas à admettre ce qui venait d'être dit, contrairement à sa sœur qui avait envisagé la supercherie familiale depuis la veille…
— *Qu'est-ce que tu dis la mère, tu es folle ?*
Hurla-t-il en se levant.
— *J'ai fait ça pour toi aussi, pour que tu sois des nôtres.*
Joseph ne répondit pas et quitta la pièce à la hâte, pour ne pas en entendre davantage.
Une chape de plomb venait de s'abattre sur la maison et les bois alentour. La lueur fragile d'une lune descendante habillait la neige d'ombres difformes aux reflets bleutés. Marthe rejoignit Joseph dans le froid intense de cette nuit de janvier. Sans oser prononcer le moindre mot, elle se tenait à côté de lui, légèrement en retrait, pour le cas où… Pour le cas où il aurait eu besoin de se raccrocher à quelque chose ou à quelqu'un, dans sa chute. Assis sur le large billot de coupe à proximité de sa hache, l'homme était parcouru de spasmes nerveux, il tremblait intérieurement de tout son être et de tout son dégout.

— *Il me semble à présent que je l'ai toujours su !*
— *Toujours su quoi Joseph ?*
— *Que je n'étais pas le fils du père.*
— *Allez viens, il fait trop froid pour rester là, rentrons maintenant.*
— *Qu'est-ce qui t'a pris de faire ça maman ?* demanda Marthe, à sa mère à leur retour dans la maison.
— *Le bon Dieu nous a enlevé Joseph sans raison !*
J'ai dit à ton père que personne ne viendrait me reprendre celui-là, et que je savais comment le garder pour toujours.
— *Vous avez fait quoi ?*
— *Quand ils recueillent les enfants à l'hospice de Marseille, ils scellent un minuscule collier en perles de buis autour de leur cou, avec un pendentif enfermé dedans. Un médaillon à tête d'ange, où est inscrit leur nom, la date et le lieu d'accueil.*
Votre père s'est débrouillé pour défaire le collier du cou de…
L'Augustine marqua un temps, avant de plonger son regard dans celui de Joseph.

De ton cou, pour le passer à celui de notre petit, avec toutes les perles et le médaillon… Comme si de rien n'était.
J'ai enveloppé son petit corps dans un lange et Firmin l'a descendu à Burzet le lendemain matin, pour déclarer sa mort et le rendre à la mairie.
Comme ça se fait toutes les fois qu'un petit Marseillou décède, le secrétaire a rédigé le procès-verbal de rupture du collier pour en informer l'assistance publique.
J'ai pleuré des larmes, parce que c'était mon bébé.
Mais, « petit enfant, petit deuil, » comme on disait avant, et puis le temps a passé et y avait du travail partout à la ferme !
Totalement hébété, Joseph observait cette femme qu'il avait considérée comme sa mère pendant 27 ans, sans parvenir à se persuader du contraire.

— Tu vois, c'était pas bien difficile !
Finis par lâcher Augustine à l'attention de sa fille.

De toute façon, à la mairie ils n'auraient pas su reconnaitre un garçon d'une fille, alors un petit gars pour un autre...
Quand ils l'ont demandé, le père a dit qu'il avait oublié le livret d'adoption, ils lui ont épargné la peine de remonter le chercher.
Nous on voulait pas le rendre à cause de ce qui était écrit dessus, ton père leur a dit qu'on le rapporterait plus tard.
Ils ne l'ont jamais réclamé !

Marthe s'alarma soudain, comme prise de remords.
— Qu'est-ce qu'ils ont fait de lui ?
— *Quand ça se présentait, c'est le prêtre et les sœurs de l'hospice qui s'occupaient de l'enterrement de ces gosses.*
Les bébés, on avait pris l'habitude de les mettre en terre dans des caisses de pâtes au détail que nous cédait l'épicière, pour pas grand-chose. Y avait beaucoup d'Italiens dans ceux qui nous étaient apportés de Marseille, à cause de l'immigration de cette époque et de la misère qui accablait ces gens.
Y s'est trouvé un gars dans un hameau, un bougre suffisamment méchant pour en venir à se moquer de ces pauvres âmes. Il disait que les Italiens c'étaient tous des macaronis, et que la preuve en était faite... Jusque dans la tombe.
Notre petit a été enterré près de la porte du cimetière, une tombe minuscule, dans le carré des enfants sans famille. Les sœurs étaient surprises de nous y voir, parce que ce n'était pas le cas de tous les parents d'accueil.
Comme j'étais bien malheureuse, une d'entre elles m'a dit que j'étais trop sensible, que les anges de Dieu avaient déjà pris ce petit innocent sous leurs ailes. On les a remerciées pour leurs prières et nous sommes remontés au plateau avec nos deux enfants, sans rien pouvoir se dire.

Joseph avait disparu depuis la veille, sans que l'on sache s'il avait dormi dans son lit cette fameuse nuit ou s'il s'était enfui on ne sait où. Augustine avait tenté de rassurer Marthe en disant que les bêtes blessées n'ont besoin que d'un trou où se cacher, en attendant que leurs cicatrices se referment.

Ce n'était pas un terrier ni un cratère d'obus dans lequel venait de tomber Joseph, mais un gouffre sombre et amer, l'abîme insondable de l'être, de son identité.

Dans l'après-midi, en suivant son idée première, Marthe s'engagea à travers bois vers la petite crique située au bord de la Padelle. Un des refuges de son frère, qu'elle connaissait fort bien pour l'y avoir jadis espionné…

Sa cachette !

Joseph ne fut pas surpris de voir sa sœur le rejoindre, cette sœur qu'il aimait tant, sa seule présence lui fut d'un grand soulagement. En jaugeant son état général, avec une pointe d'inquiétude dans le regard, Marthe lui tendit les morceaux de pain et de fromage, qu'elle avait apporté pour lui.

Sans se départir de sa concision habituelle, il loua en retour sa gentillesse et son dévouement.

— *Une sœur peut bien faire ça pour son frère,* répondit-elle avec malice.

— *Tu ne peux pas être ma sœur si je ne suis pas ton frère.*

— *Ne commence pas Joseph, tu ferais mieux de manger un morceau.*

— *Manger, boire, dormir, parler, vivre, mourir…*

Se faire tuer à la guerre ! Me faire tuer…

C'est peut-être ce qu'il me reste de mieux à faire ?

— *Jamais, tu m'entends ! En aucun cas, tu ne dois repartir avec cette idée en tête, tu n'en as pas le droit.*

— *Pas le droit ?* hurla-t-il.

— *Qui décide qu'on a le droit de vivre et pas celui de mourir ?*

— *C'est Dieu.*

— *C'est Dieu ou c'est l'Augustine ?*
La question laissa Marthe sans voix durant un court instant.
— *C'est Dieu le père, le créateur du ciel, de la terre et de toutes choses.*
— *Au nom de quoi ?*
Hurla-t-il à nouveau en s'agitant comme un possédé.
— *Au nom du père tout puissant…*
— *Au nom du père, au nom du père…*
Comment tu fais dis-moi, quand le tien n'a pas voulu de toi ?
Elle ne sut rien dire d'autre que :
— *Jure-moi que tu n'iras pas te faire tuer.*
— *Si je ne suis pas le fils du père, je suis qui ?*

Incapable de répondre, Marthe se rapprocha de Joseph en essayant de capter son attention et son regard.
— *Joseph, jure-moi que tu n'iras pas te faire tuer.*
— *Rassure-toi.*
Je suis bien trop lâche pour ça !

La neige refit une timide apparition en saupoudrant de ses flocons légers les rives froides et brumeuses de la rivière. Marthe prit Joseph dans ses bras, pour un temps de consolation et de soutien, une étreinte inédite entre ces deux êtres humains.
Silencieux, serrés l'un contre l'autre, entendaient-ils seulement la musique limpide de l'eau à côté d'eux, ou les hululements d'alerte de la chouette en plein jour ?
Les mains harpées sur le manteau de la jeune femme, ce que Joseph entendait taper dans son crâne, c'était les battements de son cœur. La seule chose qu'il percevait, c'était la fragilité de ce corps et le contact irréel d'une poitrine rebondie sous les vêtements. Gênée, Marthe interrompit la longue effusion en proposant à Joseph de rentrer avec elle, pour retrouver les enfants et « la mère. »

Durant les dernières heures de permission du soldat, ils n'évoquèrent plus le destin avorté de Giovanni Montanelli ni entre eux ni avec l'Augustine qui avait orchestré sa disparition un après-midi d'avril 1889, à la suite du décès de son propre fils.
A dater de ce triste jour, Joseph Chabanel ne fut plus que l'amalgame improbable et sordide de deux âmes, une qui n'était plus et sa doublure qui ne parvint jamais à être vraiment.

La veille du départ, dans l'après-midi, en empruntant l'échelle de meunier depuis la pièce commune, Marthe rejoignit Joseph dans le galetas, ce refuge de l'étage qui lui servait de chambre.
Cet espace ne disposait d'aucun aménagement particulier, l'unique fantaisie de ce cadre misérable était exposée sur une commode rustique à larges tiroirs.
Il s'agissait d'une vasque de toilette en céramique et de son pichet à large encolure. Des accessoires dont l'occupant des lieux prenait le plus grand soin en ne les utilisant jamais, préférant de loin faire ses ablutions à la coulée d'eau de l'étable.
Deux pauvres lits constituaient le seul mobilier de la pièce, les objets usuels se limitant à une chaise et à un pot de chambre à large bord.
Après son ascension, Marthe déposa sur la chaise l'uniforme de soldat de Joseph qui avait fini de sécher en face de la cheminée, durant les deux derniers jours. Ils échangèrent quelques mots au sujet de son retour sur le front le lendemain, de la boite à vivre remplie à ras bord qui l'attendait en bas et des confitures qu'il avait pour mission de rapporter à Emile. Joseph déambulait dans la pièce en faisant montre d'une vive agitation que la jeune femme prit pour un trop-plein de nervosité avant son départ.
— *N'oublie pas ce que je t'ai dit Joseph, tu ne retournes pas sur le front pour en venir à des extrémités !*
— *N'oublie pas ce que je t'ai dit toi non plus…*
Il se rapprocha d'elle l'air grave et énigmatique.

— *De quoi tu parles ?*
— *Tu sais bien de quoi je parle.*
— *Je t'assure que non, pas du tout.*
Ses mains tremblaient irrépressiblement lorsque dans une pulsion incontrôlée, d'un geste brusque, il saisit les poignées de Marthe.
— *Laisse-toi faire…*
— *Non Joseph !*
— *Laisse-moi faire, s'il te plait.* Insista-t-il en la couchant maladroitement sur le lit.
— *Arrête Joseph, pas ça !*
— *Il faut que tu comprennes que je n'en reviendrai pas…*
— *Arrête, je te dis, pas ça…*
Joseph, je dois redescendre.

Les petits sont en bas avec la mère, je dois redesc…

— *Laisse-toi faire…*
Lança-t-il encore, en relevant la robe de Marthe.

— *Attends, attends, pas comme ça…*

Depuis la nuit des temps

— A la radio ils disent que l'épidémie est désormais mondiale, que le nombre de morts risque d'augmenter de façon exponentielle.
— Ça ne sert à rien de s'alarmer...
Tu verras, le virus va perdre de sa vigueur avec les chaleurs de l'été !

La réponse formulée par son père depuis la salle à manger poussa Manon à sortir de la cuisine.
— Tu ne te prendrais pas un peu pour Raoult papa ?
— Garde-toi de hurler avec les loups ma fille...
Personne ne veut l'entendre, mais c'est lui qui détient la solution à tout ce pataquès !
Une petite semaine après l'épisode de la succession chez le notaire, installé à la table de monastère de la salle à manger qui n'avait plus que la fonction de bureau, Julien s'employait à mettre de l'ordre dans les papiers conservés par ses parents.
— Tu me passeras la carte grise de l'Audi papa ?
— Tu veux faire la révision avant de la donner à ta belle-mère ?
— Mais bien sûr, et le plein aussi avec ça !
Déjà que j'ai pris la peine de la nettoyer.
Je lui descendrai la voiture dans la soirée, Bastien me remontera après la livraison. On en profitera pour faire deux courses à la supérette.
Au cours de l'échange avec son père, Manon se saisit machinalement d'une pile de courriers qui trainait au milieu des dossiers et des classeurs.
— Ça commence à dater tout ça...

— *Oui beaucoup trop, je suis en train de faire un classement par le vide.*
— *Tu as vu celle-là ? Elle a été envoyée en recommandé.*
— *Oui et alors...*
— *Alors rien, c'est curieux que les grands-parents l'aient gardé.*

A l'attention de M. Emilien Bourillon
Ferme de Pierrebelle
07450 Burzet

                        Le Puy-en-Velay, le 18 septembre 1958

Monsieur Bourillon,

Nous avons le regret de vous informer de la disparition de, monsieur De Froideterre survenu à son domicile du Puy, dans le courant de la semaine dernière.
Un médecin légiste à procéder au constat du décès en présence des forces de police.
Lors des investigations effectuées dans le domicile, nous n'avons trouvé aucun élément ou indice attestant de l'existence d'une quelconque famille, ou de proches du défunt, si ce ne sont vos coordonnées inscrites sur une enveloppe.
(Enveloppe qui était timbrée.)
Dans la mesure où vous êtes la seule personne identifiable à ce jour ayant eu un lien avec M. De Froideterre, nous faisons le choix de vous écrire pour savoir si vous êtes un membre de sa famille ou un de ses proches.

Le cas échéant, nous vous saurions gré de bien vouloir nous contacter à l'adresse portée sur l'enveloppe, afin de nous apporter de plus amples informations à son sujet.

En ce qui concerne l'évacuation des biens de monsieur de Froideterre et la libération de l'appartement qu'il occupait, nous vous informons que sans nouvelle, ou avis contraire de votre part avant le 26 septembre de ce mois, le logement sera débarrassé de son mobilier, pour être remis à la location.

Veuillez agréer, monsieur l'expression de nos sentiments distingués.

Monsieur Allibert, représentant
du syndic d'immeuble.

— *C'est qui ce type ?*
— *Aucune idée...*
— *Y avait quelque chose avec la lettre ?*
— *La copie de sa carte de combattant.*
— *Ça ne t'interpelle pas ?*
— *Qu'est-ce que tu veux que je te dise, y a un gars du Puy-en-Velay qui connaissait mon père...*
Et alors, ce n'est pas un crime !
— *Pourquoi tu m'agresses ?*
— *Je ne t'agresse pas, je te dis juste que c'est insignifiant, c'est tout.*
La soirée était déjà bien avancée lorsque les bras chargés de sacs de courses et d'un entrain communicatif, Manon et Bastien firent irruption dans la maison, à leur retour de Burzet.
Julien appréciait beaucoup la personnalité du jeune homme et cette bonne humeur coutumière qui allait de pair avec un humour caustique à souhait. Il trouvait un réel plaisir à être en sa compagnie et voyait d'un très bon œil ce rapprochement de plus en plus étroit avec sa fille.

— On mange dans une demi-heure papa, j'espère que tu n'as pas trop faim ?
— Parfait... La livraison de l'Audi s'est bien passée ?
— Ma mère vous remercie d'avoir fait le nécessaire.
— C'est normal Bastien, une dernière volonté est sacrée !
Au cours du repas, Julien releva la magnifique complicité qui unissait les deux jeunes gens face à lui.
Les attentions de Manon et sa tendresse lorsqu'elle s'adressait à son chéri, traduisaient des sentiments croissants et une très grande proximité.
— *Vous avez l'air de vous entendre de mieux en mieux tous les deux, il me semble ?*
— *Pourquoi dis-tu ça ?*
— *Pour rien, je ne sais pas, c'est agréable à voir en tout cas.*
— *C'est vrai que ça va plutôt bien,* répondit le jeune homme avec un large sourire. *Même si votre fille a un sacré caractère, et que ce n'est pas toujours un cadeau.*
— *Je suis désolé Bastien, mais je n'assure pas le SAV...*

— *Ce genre de remarque fait vraiment plaisir à entendre de la part de deux gros machos,* plaisanta la jeune femme.
— *Au fait Manon, malgré tout ce que tu peux dire j'ai fini par t'écouter, j'ai contacté le service des archives départementales du Puy au sujet du bonhomme de la lettre...*
— *Alors ?*
— *Alors, ils ont effectivement trouvé un dossier à son nom dans la rubrique des militaires. Mon interlocuteur m'a par contre suggéré de m'adresser à l'Hôpital du Val-de-Grâce pour obtenir de plus amples informations.*
— *De quoi parlez-vous ?* demanda Bastien.
— *Ce n'est rien, une vérification au sujet d'une connaissance de mon grand-père. Tu vas les contacter ?*

— *L'hôpital est fermé définitivement, ce sont les archives nationales qui gèrent ces vieux dossiers à présent. Je les ai eus dans la foulée, ils doivent me faire suivre les infos concernant ce monsieur De Froideterre…*

— *Ah super ! Ça dit quoi ?*
— *Je n'ai encore rien reçu…*
Le type m'a par contre dit que nous avions de la chance, parce qu'à l'occasion du centenaire de la Grande Guerre entre 2014-2018, un gros travail de collecte et d'archivage de documents et d'objets divers a été effectué au niveau national…
Manon proposa aux garçons de finir le morceau de poulet qui flottait dans un bain de sauce à la crème et aux lardons. Dans le même temps, Julien remplissait le verre de Bastien d'une rasade de Viognier local.
— *Manon m'a dit qu'au bout de vos recherches sur l'histoire familiale, vous aviez un doute au sujet de la paternité de votre père, c'est bien ça ?*
— *Pas de la mienne, mais de celle de mon père avec le sien.*
— *Votre père n'est pas le fils du poilu ?*
— *Le doute semble permis, en effet !*
Comme le montre son acte de baptême, Emilien mon père est né le 29 septembre 1916, jusque-là rien d'anormal. Le souci c'est que lorsque j'ai rencontré le prêtre à Aubenas, il m'a fait remarquer une annotation sur le document, quelques mots précisant que le bébé était corpulent et de forte stature.
— *Ça change quoi que ce soit un gros bébé ?*
— *Rien évidemment, mis à part le fait que si mon grand-père a bien passé sa dernière permission à la ferme au début de cette année-là comme l'atteste ses carnets. Ce fut par contre durant une période bien précise : entre le 10 et le 18 février 1916. Soit un peu plus de 7 mois seulement avant la naissance d'Emilien.*

La dernière phrase de Julien laissa planer un malaise, jusqu'à ce que le jeune homme se sente obligé d'ajouter.

— Je suis désolé.
— Ne soit pas désolé Bastien, il n'y a pas mort d'homme, juste un gros doute qui plane...
Manon regarda son père avec insistance.
— Mon cher papa, il doit y avoir une bonne raison pour que les grands-parents aient gardé cette lettre aussi longtemps. Il est tout à fait envisageable que ce monsieur soit le géniteur de papi et qu'il ait cherché à se rapprocher de son fils dans les derniers jours de sa vie.
La remarque fit sourire Julien.
— Je crois que tu as trop vu de film à l'eau de rose ma fille.
— Il faut que nous en ayons le cœur net.
Nous pourrions poursuivre les recherches en nous rendant aux Archives du Puy, la semaine prochaine. Il y a peut-être sa photo dans son dossier, et si tu lui ressemblais ?
— Nous verrons ça mon ange, en attendant, passe-moi le fromage s'il te plait.

Une semaine plus tard, en s'asseyant derrière le volant de sa voiture, Julien confia une pochette cartonnée à sa fille, avant de lancer :
— Tout le monde a son masque ?
— Oui, c'est bon !
— Alors en route, pour la grande plongée vers le Puy...
Alors que la voiture de son père dépassait les dernières maisons de la bourgade de Sainte Eulalie, assise à sa droite, Manon parcourait une nouvelle fois le dossier de M. De Froideterre, communiqué trois jours plus tôt par les archives nationales.
— Tu ne veux pas nous en faire profiter ?
— Si bien sûr, tu veux savoir quoi mon chéri ?

— Ce que ça dit...
— Ce qui est sûr c'est que le bonhomme a souffert, et c'est peut dire au regard de tout ce qu'il a traversé.
D'après le dossier, il a été laissé pour mort au moins deux jours sur un champ de bataille, avant d'être pris en charge.

Julien interrompit sa fille, en précisant qu'à la suite des assauts avortés des poilus sur les lignes ennemies et aux mouvements de repli désordonnés qu'ils engendraient, il était fréquent que des soldats grièvement blessés soient « oubliés » sur place, au beau milieu du no man's land.
A défaut d'une trêve conclue entre les deux camps pour les récupérer, ces malheureux mouraient au bout de quelques heures. D'autres par contre pouvaient agoniser durant des jours entiers dans d'indicibles souffrances, sans pouvoir être secourus.
Il arrivait malgré tout parfois qu'ici ou là, on retrouve un de ces pauvres bougres, resté agrippé à la vie comme une moule à un rocher.
— Il est effectivement précisé que le gars a passé deux jours dans un cratère d'obus avant d'être secouru.
Il souffrait de plusieurs blessures, au niveau de la face et du crâne et a dû être amputé d'un membre. Il a également développé une amnésie sévère, et divers troubles psychiques.
Après un séjour de deux mois à l'hospice militaire de Clermont-en-Argonne, où il a soigné ses blessures les plus sérieuses. (Aux bons soins de la sœur Gabrielle, comme il est précisé dans le dossier !)
Il a été rapatrié à l'hôpital du Val-de-Grâce, dans le service des gueules cassées, où monsieur De Froideterre a subi de nombreuses opérations de chirurgie réparatrice et des greffes du visage. Un détail en passant, son chirurgien était en fait une chirurgienne en la personne de la docteur Suzanne Noël.

Une heure plus tard, la voiture des Bourillon amorçait la descente vers Le Puy-en-Velay. Tels de grands panneaux indicateurs, les trois sites historiques remarquables les plus aisément identifiables de la ville surplombaient les toits rouge orangé des maisons :
- L'improbable chapelle Saint-Michel d'Aiguilhe sculptée dans la roche, au sommet de son neck volcanique.
- Le clocher de la cathédrale Notre-Dame.
- Ainsi que la très imposante statue de la vierge qui domine l'ensemble, depuis le point culminant de la cité médiévale.

Bastien lança la phrase coutumière de sa chérie, en arrivant à la hauteur du bâtiment des archives départementales.
— *Le Puy, deux minutes d'arrêt !*
Le véhicule s'immobilisa avenue de Meschede, du nom de cette ville allemande de Rhénanie jumelée avec la commune du Puy-en-Velay depuis l'année 1965.
Au-dessus de leurs têtes, le ciel s'emplissait peu à peu de gros nuages menaçants.
Après avoir passé l'accueil et patienté une dizaine de minutes, le trio fut reçu par l'archiviste.
— *Bonjour, je suis Julien Bourillon, nous avons échangé au téléphone.*
— *Oui, je vois très bien...*
Vous cherchiez des renseignements au sujet d'un poilu, monsieur De Froideterre, c'est bien ça ?
— *Tout à fait.*
— *C'est un parent à vous ?*
— *Pas exactement...*
— *Vous avez pu contacter le Val-de-Grâce ?*
— *Oui, ils nous ont fait parvenir son dossier médical.*
— *A très bien... Je ne vous cache pas que depuis notre conversation, ce cas est une petite énigme pour moi.*
— *A quel point de vue ?*

— Son dossier stipule qu'il a séjourné plus de deux ans au Val-de-Grâce, où il a été « rafistolé. » Ce qui est par contre étonnant, c'est que je n'ai trouvé aucun antécédent ou état de service, pas la moindre trace, il semble sorti de nulle part !
— C'est peut-être lié à son amnésie.
— Son amnésie ?
— Oui, il souffrait d'amnésie et de bouffées délirantes.

— Ah, je comprends mieux, c'était une situation assez fréquente qui pouvait avoir plusieurs causes : un choc traumatique, un stress intense ou une blessure à la tête.
— Il a effectivement été touché au niveau du crâne, nous vous avons apporté une copie de son dossier.
L'homme prit le temps de parcourir le document, sous le regard amusé de Manon.
— C'était une gueule cassée, c'est bien ça ?
— Oui, absolument.
— On considère qu'il y en a eu environ 15000 au total durant la Première Guerre, beaucoup d'entre eux n'ont malheureusement jamais pu accepter l'image qu'il renvoyait.
— Pauvres bougres.
— Ces hommes ont été confrontés à des difficultés inouïes au moment de reprendre le cours de leur vie. Certains n'y sont d'ailleurs jamais parvenus et ont préféré abréger leurs souffrances en mettant fin à leurs jours.
Un silence fit suite aux propos de l'archiviste.
— C'est tout ce que vous pouvez nous dire sur ce monsieur ?
— Oui, pour le moment…
— Comment-ça, « pour le moment ! »
— Et bien, pour tout vous dire, nous sommes à la recherche des éléments qui nous ont été adressés en leur temps, c'est-à-dire au moment du décès de monsieur De Froideterre, comme le stipulent nos registres.

Nous creusons la question, mais après les deux déménagements de nos archives, à l'heure qu'il est, nous n'avons pas remis la main sur ces pièces.
— *Bien, j'espère que vous retrouverez quelque chose !*
— *Tenez, je vous laisse une brochure qui date un peu, mais elle donne les chiffres du département et quelques indications.*
— *Merci beaucoup monsieur.*

L'archiviste avait déjà pris congé, lorsque Manon l'interpella.
— *Vous avez une idée de l'endroit où il a pu être enterré ?*
— *Il y a un carré militaire tout au fond du cimetière nord, si vous avez une chance de le trouver quelque part, c'est là-bas.*
Vous y verrez pas mal de tombes de gars du 86e régiment d'infanterie du Puy, et quelques sépultures anonymes.
— *Anonymes ?*
Et oui ! Nous avons aussi nos soldats inconnus au Puy-en-Velay.
— *Où est situé le cimetière ?*
— *Derrière le rocher Corneille, à l'opposé de la cathédrale.*

Lorsqu'ils sortirent du bâtiment des archives, le temps avait radicalement changé, de violentes bourrasques accéléraient davantage encore la course des nuages et la sensation de froid ambiant. En cheminant vers La cathédrale du Puy, assise à son poste de copilote, Manon fit la lecture à haute voix du fascicule remis par l'archiviste :
— *Durant « la Grande Guerre » qui n'a de grande que l'étendue du conflit et le nombre de nations qui y furent engagées, notre région a donné plusieurs milliers de ses fils à la patrie.*
Avec une confiance aveugle en leur pays, leur armée et son commandement, des milliers d'hommes dans la pleine force de l'âge n'hésitèrent pas un seul instant à partir en rangs serrés et en colonnes par deux vers la mort. Un grand nombre d'entre eux

fut happé et déchiqueté par la machine à tuer qui avale sans état d'âme des bataillons entiers de victimes hébétés et exsangues.

…/… En ce qui concerne l'Ardèche, le chiffre 13 est attaché à cette macabre comptabilité :
- 13 247 morts au combat, et 1051 des suites de leurs blessures, pour un total de 14 298 décédés.
- Soit 13 % de la population masculine de l'époque.
- Le 07 se situe au 13e rang des départements, en ce qui concerne le nombre des pertes en vies humaines, 73 % de ces hommes étaient des agriculteurs.

…/… Ce dont on parle moins c'est de l'après-guerre, du retour des héros. Beaucoup revinrent en effet, blessé pour la plupart, au comble de l'épuisement physique et mental, haché menu par les conditions de vie, le fracas des explosions et la tension de chaque instant…/…
…/… Dans chacun des pays belligérants, au terme des sévices subis et des horreurs traversées, une multitude innombrable de vétérans sera finalement « rendue » à la vie civile dans le courant de l'année 1919. C'est-à-dire à leurs épouses, à leurs foyers et à leurs villages, au sein de nations qui ne parviendront jamais totalement à justifier le carnage.

Après avoir rejoint le cœur de ville et déambulé dans son centre - historique, les trois visiteurs se retrouvèrent à hauteur de la fontaine située au pied de la montée de la rue des tables, dans l'axe exact de la cathédrale de la préfecture du 43.
Durant leur ascension, ils croisèrent les visages enthousiastes d'un petit groupe de pèlerins qui dévalaient la voie en suivant les coquilles Saint-Jacques incrustées dans les pavés de la rue.

A la faveur des premières foulées d'un périple de plusieurs semaines, en direction d'une autre cathédrale, Galicienne celle-là, située à 1500 km de distance.

Ils parvinrent en haut de la rue juste à temps pour échapper à l'orage et aux premières gouttes de pluie qui se mirent à tomber, au moment même où la gueule béante du fronton de l'édifice les avala. Pendant leur visite, le fracas du tonnerre résonnait entre les hauts murs du vaisseau de pierres, en tentant vainement de perturber la quiétude des lieux.

Face à la statue en bois de Saint-Jacques qui est l'exact point de départ du grand pèlerinage vers la tombe du saint apôtre, Julien eut une pensée pour sa propre pérégrination…

Sa déambulation personnelle entreprise soixante ans plus tôt, à l'occasion d'un périple long et harassant en quête d'une vie « juste et belle, » et de vérité.

Après avoir allumé un cierge et maladroitement tenté de formuler une prière en face de l'autel, pour la paix et le repos de tous les membres des familles Bourillon et Chabanel, Julien quitta la cathédrale en devançant Bastien et sa fille.

A l'extérieur, loin de s'être calmé, l'orage déversait à présent des trombes d'eau sur les toits de la ville médiévale. Le restaurant « comme à la maison, » situé de l'autre côté de la rue, au pied de la cathédrale, fut leur nouveau refuge.

— *Je m'absente un instant.*

Bastien qui n'avait pas trouvé de place sous le parapluie familial, lors de la traversée du parvis, laissa Manon et Julien en tête à tête, pour aller se sécher les cheveux et essuyer son visage aux toilettes.

— *Comment ça va papa, pas trop éprouvé ?*
— *Notre enquête prend un peu l'eau ma fille, qu'en penses-tu ?*
— *Oui, c'est le moins que l'on puisse dire, il nous reste un petit espoir avec le cimetière.*

— Je n'y crois pas davantage.
Et vu le temps qu'il fait, je crois préférable de rentrer juste après le repas, ça nous évitera une autre rincée.
Au terme de son propos, Julien fit l'effort de retirer son pull en laine, qui avait lui aussi largement pris l'eau.

— Je ne suis pas de ton avis, ce n'est qu'un orage, nous verrons après le repas !

A peu près séché et recoiffé, Bastien vint s'asseoir à la table en passant dans le dos de son beau-père.
— Qu'est-ce que vous avez dans le cou ? demanda-t-il en scrutant la nuque de Julien.
— De quoi tu me parles ?
— Il parle de ton angiome, répondit Manon.
— C'est sensible ?
— Sensible non, disgracieux tout au plus, mais on s'y fait.
— C'est quoi ?
— Le terme médical est effectivement angiome, mais on appelle ça plus communément « une tache de vin. »
C'est héréditaire, Emilien mon père avait la même sur la cuisse.

Le repas fut d'une excellente facture, les plats faits maison ravirent les trois convives, tout autant que la gentillesse des patrons. Au moment de se remettre en route, la pluie ayant cessé aussi brutalement qu'elle était apparue, la décision de poursuivre l'enquête fut prise de concert.
La balade pour rallier le cimetière nord, fut par contre plus longue que Julien ne l'avait envisagé, il marchait largement à la traine en suivant les jeunes à distance.
— Allez, papa, on s'active un peu…
— Me voilà ma fille, me voilà.

— *Regarde au-dessus de ta tête, nous avons fait le tour de la vierge et de son rocher, jusqu'à lui passer dans le dos !*
Après avoir patiemment contourné le rocher Corneille et longé le haut mur en pierre de son enceinte, le petit groupe fit son entrée dans le cimetière en milieu d'après-midi. Un plan détaillé des secteurs où figurait l'emplacement du carré militaire les renseigna sur la direction à prendre.
Le long des allées, des bouquets d'arbres d'essence et de taille variées surplombaient les sépultures en protégeant leurs occupants des morsures du soleil. Pendant que les cyprès et les marronniers se disputaient le ciel, en faisant la course avec des eucalyptus. Le brouhaha de la ville et son agitation s'était dissipé depuis longtemps, un parfum entêtant de forêt humide et de senteurs végétales flottait autour d'eux.
— *Ce cimetière a une âme,* lança Julien *et une belle vous pouvez me croire.*
— *C'est vrai qu'on s'y sent vraiment bien,* répondit Manon.
— *Sans rire, on reviendrait presque pour pique-niquer entre les tombes !* ajouta son chéri.
Julien se laissa aller à une confidence.
— *Moi qui ai l'idée de me faire incinérer, en voyant un endroit pareil j'en arriverai presque à changer d'avis.*
Alors que le soleil faisait ses premières apparitions, entrecoupées par des amas de nuages, ils finirent par atteindre le carré militaire aisément identifiable au drapeau tricolore qui flottait en haut de son mât.
Manon prit la direction des opérations :
— *Bon, on va se répartir la tâche, papa tu prends par la droite et nous de ce côté, le premier qui voit quelque chose prévient l'autre.*
Plantées dans leur rectangle de pelouse, les croix blanches alignées les unes à côté des autres offraient aux regards du visiteur un médaillon métallique en leur centre.

Une plaque circulaire où figurait le nom du défunt, lorsque celui-ci était connu, la date du décès, le numéro de son régiment ou bien encore la mention : « mort pour la France. »
L'heure avançait, sans que les enquêteurs trouvent la moindre trace de ce qu'ils étaient venus chercher. Après qu'ils eurent parcouru deux fois au moins la totalité des croix de la zone militaire, les Bourillon et Bastien étendirent le cercle de leur recherche aux tombes et aux caveaux avoisinants.
Alors que Julien s'attardait sur un patronyme bien exotique pour le lieu, inscrit sur une pierre tombale, quelle ne fut pas sa surprise d'apercevoir le museau et la moustache d'une musaraigne dans un espace entre deux tombes.
Trop affairé à chercher quelque chose à se mettre sous la dent, le rongeur ne remarqua pas la présence de l'homme, qui l'observait.
— *Tiens !*
Te revoilà toi... Lança-t-il.
Tu en as fait du chemin, dis-moi !
Le mulot poursuivit sa déambulation au milieu des feuilles, sans prêter la moindre attention au visiteur.
— *Aurais-tu un autre passage à m'indiquer ?*
La question resta à nouveau sans réponse, après la disparition de l'animal à l'angle d'un bloc de marbre anthracite.
L'homme songea aux derniers mois écoulés, aux tribulations qu'il venait de vivre, qui faisaient suite à la découverte de la malle entre ses murs. A cette quête qui l'avait ramené un siècle en arrière sur les traces de ses aïeuls, à toutes ces vies qui l'avaient précédé et dont il était le fruit.

— *Papa...* En le faisant sursauter, la voix de sa fille sortit Julien de ses pensées.
— *Oui,*
— *Papa vient, vite !*

Incapables de pouvoir détacher leurs regards de la pierre du caveau qui leur faisait face, Manon et Bastien se tenaient immobiles devant une tombe, de l'autre côté du carré militaire.
En se rapprochant d'eux, Julien put distinguer le sourire radieux qui illuminait le visage de son enfant.
— *Regarde,* lui lança-t-elle, lorsqu'il parvint à leur hauteur.
Sur la pierre, parfaitement polie à l'endroit des écritures, était inscrit :

René de Froideterre

Né
le 04 avril 1884
et le 21 aout 1916

Mort
le 23 juin 1916 à Verdun
et le 12 septembre 1958
au Puy en Velay

—

L'élégance des doux, le halo de l'étoile,
Nous rappellent, aux malheurs quand les destins se brisent,
Que les purs sentiments sont habillés d'un voile
De pudeur et de soie, que les vents tyrannisent.

Aux enfants qui sont à naitre.
E. Bourillon

Julien fut saisi jusque dans les tréfonds de son âme. Il sentit ses jambes se dérober et fléchir sous le poids de trop d'émotions, jusqu'à ce que ses genoux prennent appui sur la tombe.

Comme il est de coutume dans ces moments-là, le temps s'arrêta à nouveau, pendant une durée indéfinissable…
Le corps légèrement penché en avant, une main posée sur ses yeux, de l'autre il caressait la pierre humide du caveau. Son corps était parcouru de soubresauts incontrôlables, alors qu'il sanglotait doucement, entre deux secousses, il ne put articuler qu'un embryon de phrase :
« *C'est lui, c'est le grand-père !* »
Les yeux emplis de larmes et d'une intense lumière, Manon applaudissait délicatement sans qu'aucun son ne s'échappe du claquement de ses mains. Le regard de Bastien, quant à lui, était resté fixé sur l'épitaphe qu'il s'évertuait à déchiffrer. Le jeune homme cherchait encore à comprendre quelle trajectoire avait pu emprunter le poilu pour que sa dépouille se retrouve au cimetière Nord du Puy-en-Velay, alors qu'il était mort et disparu sur une colline de Verdun.

Au bout de leur enquête, Julien et sa fille venaient de libérer de la cachette du grenier et de l'oubli, la mémoire d'Emile Bourillon. Le souvenir d'un héros ordinaire, d'un poilu de 14 qui en son temps, avec ses frères d'armes, a fait que la France a pu rester ce qu'elle était. Pour qu'aujourd'hui encore nous soyons ce que nous sommes…
Lorsqu'à la suite d'un paquet de nuages, le soleil fit son apparition en inondant les lieux de sa lumière, Julien sentit malgré cela, le poids de l'ombre qui peser encore sur eux.
En relevant la tête et ses yeux humides, il découvrit au-dessus du cimetière, le dos de l'immense statue de la vierge à l'enfant perchée au sommet du rocher Corneille qui surplombe la ville. Ironie de l'histoire, allongé dans sa tombe sous la sainte protection de la mère de Dieu, son aïeul restait encore et toujours à portée des canons et de la guerre !

Dans la mesure où la gigantesque statue de 23m de haut de Notre-Dame de France, édifiée en 1860 au sommet de son pic rocheux, avait été fondue avec le métal des pièces d'artillerie réquisitionnées à l'ennemi par Napoléon III, pendant la guerre de Crimée. Ainsi, depuis toutes ces années, l'ombre qui glissait chaque jour de beau temps, pendant quelques minutes, sur la tombe d'Emile Bourillon alias re né de Froideterre, était celle des 800 tonnes de fonte de fer de 213 canons russes.

En éteignant délicatement les dernières lueurs du jour, le soir finit par envahir totalement les grands espaces du cimetière, pendant que le trio quittait les lieux à regret, en suivant les allées désertes. Pour quelques instants encore, les rayons d'un soleil déclinant jouaient à cache-cache avec les ombres entre les branches des arbres.
En se retournant vers son père, Manon s'assura d'abord que celui-ci était en mesure de lui répondre, avant de lui demander si tout allait bien.
Après quelques pas et une profonde respiration, Julien parvint à lui répondre :
« Ma fille, je ne sais plus comment je m'appelle, ou plutôt comment je devrais m'appeler, je ne sais pas où j'habite ni vers quoi je vais. Je sais juste que je suis ton père, que je t'aime et que je suis vivant. »
De ce jour, il ne me reste que la photographie d'une pierre tombale et de son épitaphe, un petit mausolée oublié depuis longtemps et la dernière trace encore visible d'un soldat de la Grande Guerre.
Un rectangle de papier écorné que je conserve avec moi dans un recoin de mon portefeuille, pour que jamais je n'oublie :

« Ce que m'ont dit les pierres. »

Depuis la nuit des temps...

Une montre à gousset que la nuit met en scène,
A perdu ses aiguilles dans un grand courant d'air
Et ne donne plus l'heure qu'en couchant à grand-peine
Les ombres projetées par son cadran lunaire.

Quand les heures font des jours, bien rangés en semaines,
Que le nombre d'années va lui aussi croissant.
« Lune blanche évadée des quatrains de Verlaine,
Tu irises les cieux d'un tendre apaisement. » *

Ô nuit bleue alanguie, insondable promesse,
Néant d'intensité aux sphères infinies,
Tu fais de nos saisons enfuies, de celles qui naissent,
Des points de suspension que le vide englouti.

Des milliers de colliers d'étoiles aurifères,
M'adressent un firmament d'étincelles diaprées,
Et m'avouent qu'à l'échelle vaste de l'univers,
Le temps passé sur terre n'est qu'un souffle léger.

Allongé dans le pré, sous la voûte superbe,
Je cherche le théorème de Thalès ou d'Euclide,
Qui fait jaillir des cieux la lueur et la gerbe,
D'un grain de météore appelé Perséide.

Ivre de cet espace à portée de la main,
Je me tiens sur le seuil de la porte de verre
Qui m'invite à laisser là mes alexandrins...
Vers la nue s'envoler, histoire de changer d'air.

Ce voyage poussé jusqu'aux confins du ciel,
Sans rien envisager, sans refaire sa vie.
Est pour moi le présent de l'instant éternel,
Un garrot fait au temps, à son hémorragie.

Re né de Froideterre

La lune blanche (Paul Verlaine)

Texte communiqué par les Archives départementales de Haute Loire, trois semaines après la visite de la famille Bourillon.

Sommaire

1. La malle……………………………………………. 01
2. Marie………...…………………………………… 10
3. Firmin………...…………………………………… 31
4. La terre, les hommes……………………………..….. 59
5. Julien………………………………………...……. 90
6. Mobilisation générale…………….……………..……... 106
7. Marthe……………….…………………….……….. 139
8. Annus Horribilis…………..…….…………………… 164
9. Emile………………...…………………………….. 187
10. Aurore……………………...……………………… 216
11. Morts au champ d'honneur…………..……………… 239
12. Joseph………………………..….………………… 258
13. Augustine……………...……..……………………. 272
14. Depuis la nuit des temps…………..…….……….…... 299

Simplex sigillum veri